서하 임춘전

서하 임춘전

2017년 3월 29일 1판 1쇄 인쇄 / 2017년 4월 5일 1판 1쇄 발행

지은이 임병준 / 펴낸이 임은주
펴낸곳 도서출판 청동거울 / 출판등록 1998년 5월 14일 제406-2002-000128호
주소 (10881) 경기도 파주시 문발로 115 (파주출판도시) 세종출판벤처타운 201호
전화 031) 955-1816(관리부) 031) 955-1817(편집부) / 팩스 031) 955-1819
전자우편 cheong1998@hanmail.net / 네이버블로그 청동거울출판사

ISBN 978-89-5749-196-6 (03810)

이 도서의 국립중앙도서관 출판시도서목록(CIP)은 서지정보유통지원시스템 홈페이지
(http://seoji.nl.go.kr)와 국가자료공동목록시스템(http://www.nl.go.kr/kolisnet)에서
이용하실 수 있습니다. (CIP제어번호: CIP2017007920)

서하 임춘전

임병준 지음

고려 중엽 대문장가인 임춘(林椿) 선생은 우리나라 최초의 가전체 소설인 「국순전」과 「공방전」을 지었고 수많은 글과 시를 『서하집』에 남겼다. 그러나 임춘 선생의 모든 작품이 난해한 한문으로 기술되었기 때문에 한글만 배우는 오늘날 젊은이들이 읽기란 여간 어려운 일이 아니다. 그래서 나는 1982년 진성규 교수에게 부탁을 드려 『서하집』을 한글로 완역하여 발행하였다.

얼마 전에 먼 친척인 임병준 박사가 나를 찾아와 원고를 내밀며 말했다.

"임춘 선생은 숨고 도망 다니며 살았기 때문에 그의 일생과 작품에 대해 일반인들이 이해할 수 없는 부분이 너무 많습니다. 그래서 제가 그의 일생에 대해 소설을 만들어 보았습니다. 만일 모든 작품을 한글로 완역하고 각주를 충실히 달은 한글판 『서하집』이 없었다면 한문 실력이 부족한 저로서는 이 소설을 쓸 염두도 내지 못했을 것입니다. 그러니 이 원고를 읽어 보시고 서문을 지어 주시면 고맙겠습니다."

내가 이 소설의 원고를 읽어 보니 9백여 년 전 고려 의종조 정중부의 무신난 이후 상황과 임춘 선생의 활동에 대해 이해하기 쉽도록 그 내용을 너무 잘 전개하였다.

무신난의 직접적 피해자로서 임춘 선생이 숨고 도망 다니면서도 핍박받던 선비의 길을 꾸준히 걷는 것이 당시엔 참으로 어려운 일이었다. 임춘 선생은 친척들이 자기에 연좌되지 않게 하고자 스스로 보주 사람이라 하지 않고 서하 사람이라 했는데 그 이유와 서하가 조상인 임방이 살던 중국 지명임이 이 소설에서 최초로 밝혀졌다. 임춘 선생은 유가를 신봉하는 선비였지만 불교와 도교의 진수도 터득하였으므로 선생의 시문에 그것들이 녹아들었음이 확인되었다. 임춘 선생은 시와 문장을 쓰는 데 기가 중심이 된다고 주장하였고, 시문을 어떻게 가르쳤는지와 죽림고회가 당시 쇠퇴하던 문풍 진작에 어떤 역할을 했는지 이해하기 쉽게 기술되었다. 그 결과 임춘 선생이 천재시인, 천재문인으로서 수많은 시문을 남기고 각종 책을 저술하였으며, 당대의 명유였음과 초서를 매우 잘 써서 초성이라는 명성까지 들었다는 점도 분명히 밝혀졌다.

단지 내가 임춘 선생에 대한 연보를 만들면서 어려움을 겪었던 것처럼 작가인 임병준 박사도 임춘 선생의 생애와 재세 기간에 대해서 깊이 고뇌한 것으로 짐작된다. 내가 기술한 "임춘 선생 연보" 내용과 이 소설에서 임춘 선생의 재세 기간이 차이가 있는 것은 관점의 차이에서 비롯된 것이기에 크게 따질 일은 아니라고 생각한다.

끝으로 임춘 선생에 대해 깊이 연구하고 그의 전기를 쓴 작가의 노고에 감사드리며 이렇게 쉽게 이해하도록 쓰여진 이 소설이 널리 읽혀지기 바란다.

2017년 2월
임춘 선생의 21세손, 예천 옥천서원 도감
경영학 박사 임영인 삼가 씀

차례

仕曰吾必耕而後食矣乃居獻獻上問其右後記
以安車徵之下郡縣所在敦遣命下臣親造甘
美定交杵信之間而和光同塵矣敦漸清行逝
稍之美年乃益曰我我者朋友也當不信然成而
以清德開乃表旌其閭所從上祀圖丘以功封中
侯僉邑一萬戶食實封五千戶賜姓馮魏氏五
世孫聞成王以社稷為已任致太平既醉之威事
王郎竝斷見疎忌使之禁錮著於譜令是以後世
無顯著者皆成匿於民間至魏初醉父酹知名然
世與尚書郎徐趙偏汲引於朝每說酹不輟口時

서하 임춘전

大倉一稊稗耳設使盡覩雖窮萬毅之皮兒千兒

之餘司馬太史甞遊會稽窺禹

以窮氣益奇偉而其文頗踈蕩而久

有豪壯之風則大丈夫周遊遠覽揮斥八極將以

廥其宵中秀氣其余若極栖於名檢之內則必不

能窮其詭拔其興以賞其雅志也有以覓天之厚

余多矣月日某記

趙醇傅

趙醇傅其先隴西人也九十代祖平佐后稷

耘粢民有功焉詩所謂貽我來牟是也爭始隆不

1. 우애 있고 희망에 부푼 생활

행복하였던 대년의 가정

대년은 8살 때(고려 의종 15년; 1161) 개경 시내이긴 하지만 성벽 가까운 한적한 동내에서 살고 있었다. 아버지(임광비)가 관청에 출근하지 않는 날이면 항상 사랑방에서 안석에 꼿꼿하게 앉아 조용히 책을 읽었기 때문에 대년은 그 뒷방에서 아무 소리도 내지 않고 종일 책을 읽는 것이 일과였다.

어느 정자일(쉬는 날) 오후였다. 매미 소리가 요란한 가운데 대년은 책을 읽다가 소피가 마려워서 뒷간으로 가고자 자리에서 일어섰다. 문을 열자 뒤쪽에서 목검 부딪치는 소리가 들렸다. 무슨 일인가 궁금하여 얼른 뒤로 돌아가다가 깜짝 놀랐다. 아버지가 아재(김명식)와 목검 하나씩 들고 서로 노려보며 싸우고 있었던 것이다. 대년은 다리가 뻣뻣해지고 어찌해야 할지 몰라 움직이지도 못하고 그 자리에 섰다.

얼마간 서로 겨루고 치고받고 하더니 아버지가 웃으면서 "그만 하세, 이만하면 오늘 운동은 충분하네." 하자 둘은 목검을 거두었 다. 대년은 그제야 싸움이 아니고 운동이라는 사실을 알게 되어 안 심하고 소피를 보았다. 아버지와 아재는 땀이 흥건히 젖은 윗옷을 벗고 샘에서 물을 떠서 각각 등목을 하고는 사랑방으로 들어갔다.

잠시 후 저녁식사를 하기에 살짝 훔쳐보았다.

"형님, 오이가 참 맛있게 보입니다. 맛 좀 보세요."

아재의 말에 아버지가 오이 반쪽을 누런 된장에 찍어서 맛있게 들 면서 말했다.

"크고 잘 익었군. 이것은 자네가 직접 밭을 갈아 심은 오이라면 서?"

"예, 금년 봄에 형님이 시골에서 올라와 합문지후로 일하게 되자 제가 돌쇠를 데리고 심심풀이로 뒤의 텃밭에 오이와 상추 등 야채 를 심었습니다. 그 중 오이는 오늘 처음으로 따 보는 것입니다."

"내 밭에서 이렇게 따서 먹으니 신선하기도 하고 기분이 참 좋군 그래."

둘은 즐겁게 먹고 마시면서 세상 이야기를 하다가 갑자기 대년 에 대한 말씀을 하였다.

"우리 대년은 글 읽기만 좋아하고 운동이 부족하여 걱정일세."

"무얼 그리 걱정하세요? 나이를 좀 먹으면 건강도 챙기면서 공부 하게 되겠죠."

"하긴, 요즈음 내자에게 들으니 대년이 벌써 육갑을 자유롭게 외 운다는 것이 아닌가?"

"그래요? 그 아인 천재가 분명합니다. 앞으로 큰 학자가 될 것입니다."

"허! 그렇지? 그 아이가 학문으로 크게 이름을 날릴 인물이 될 것 같아 기대가 크다네."

대년은 침을 꼴깍 삼켰다. 그렇게도 근엄하고 자기를 쳐다보지도 않는 것 같던 아버지가 자기를 저렇듯 인정하시니 더 열심히 책을 읽어야겠다고 생각하면서 얼른 뒷방으로 들어갔다. 두 분은 술을 들어서 그런지 목소리가 점차 커졌다.

"요즈음 군관을 좀 뽑는다던데 하급 무관이긴 하지만 자네 들어가 보겠는가?"

"그것 참 반가운 소식입니다. 어떻게 해야 하는지 말씀해 주세요."

아재는 아버지보다 네 살 아래로서 이웃에 살고 있었다. 아버지가 과거를 보기 이전부터 이웃에서 살던 아재와 운동을 함께 했는데 아버지가 과거에 급제하여 시골에서 벼슬을 살다가 얼마 전 합문지후로 승진하여 상경하니 반가워서 다시 자주 만나는 처지였다.

아버지가 어디엘 가 보라고 하였고 아재는 고맙다고 했는데 소리가 작아서 잘 알아듣지는 못했다. 둘은 활 쏘는 이야기를 하였는데 아재가 아버지보다 활을 좀 더 잘 쏘는 것 같았다. 또 칼 쓰는 것도 아재가 더 잘하는 것 같이 들렸다.

며칠 후 아재가 다소 상기된 표정으로 서재에 들러 아버지에게 말했다.

"어제 군관시험을 보았는데 다행히도 활이 잘 맞고 몸도 좋아 칼을 잘 쓰게 되어 군관에 뽑혔습니다. 모두가 형님이 잘 가르쳐 주신 덕분입니다."

"참 잘되었네. 축하하네. 오늘은 기념으로 몸 단련을 많이 하여 보세."

둘은 뒷마당으로 돌아가서 여러 가지 운동을 하였다. 그러고는 저녁식사를 함께 한 후 아재가 돌아가면서 어머니에게 인사를 하였다.

"형수님! 저는 군관이 되어서 군영엘 내일 들어갑니다. 지금까지 자주 와서 잘 얻어먹고 신세를 너무 많이 졌습니다. 이 은혜는 평생 잊지 않겠습니다."

어머니가 옅은 미소를 지으면서 대답하였다.

"우린 한식구인데 무슨 그런 말씀을 하세요. 어려운 시험에 합격하여 군관이 되신 것을 축하드립니다."

이때 아버지가 말했다.

"나는 매일 혼자 운동을 계속할 것이네. 자네가 쉬는 날이면 여기 와서 함께 운동을 하고 무술도 연마했으면 좋겠네."

"예, 그러겠습니다. 그러면 저는 이만 가 보겠습니다. 안녕히 계십시오."

아재가 떠나가자 어머니는 허전한 생각이 들었는지 한숨을 푹 쉬었다. 아재는 그후에도 매달 한두 번씩 우리 집에 와서 아버지와 운동을 하거나 아버지를 기다리기 무료하면 밭을 갈기도 하였다.

그로부터 삼 년 후(의종 18년, 1164)에 아버지가 한림이 되어 옥당에서 근무하게 되었다. 아버지는 대년을 데리고 이웃 동리에 사는 큰아버지(임종비)에게 인사하러 갔다. 큰아버지에게 아버지가 말했다.

"형님! 저는 이번에 옥당에 들어갔습니다. 모두가 형님의 덕택입니다. 이 아이가 저의 아들 대년입니다. 대년아, 큰아버님에게 인사 올려라."

대년이 큰절을 올리니 큰아버지가 물었다.

"너는 몇 살이냐?"

"11살입니다."

"다리가 긴 것을 보니 앞으로 키가 커질 것 같고 이목구비가 뚜렷하니 장래 큰 인물이 될 것 같구나. 혹시 요즈음 무슨 책을 읽고 있느냐?"

"시경을 마치고 서경을 읽고 있습니다."

"호오! 너의 수준이 거기까지 갔느냐?"

이때 아버지가 큰아버지에게 말했다.

"이 아이는 시와 부도 좀 아는데 앞으로 형님께서 특별히 지도해 주십시오."

"알았다. 내게 수시로 보내거라."

"네, 감사합니다."

큰아버지가 아버지에게 매우 진지하게 말했다.

"전에 말했지만 내가 16살 때 아버님이 돌아가셨다. 그때 너는 3살이었지. 아버님이 우리에게 유언하시기를 '나는 뛰어난 재능이 없었음에도 젊은 나이에 근시가 되어 임금님을 모시는 벼슬을 하였으니 무슨 불만이 있겠느냐. 다만 학문을 깊이 탐구하지 않은 상태에서 벼슬길에 들어갔던 일을 생각하니 가슴이 대단히 아프단다. 너희들은 평범한 사람들이 하듯이 노는 것을 되도록 삼가고 힘

써 배우고 익혀서 문장으로 크게 드러나도록 해라.' 하셨다. 그후 우리 형제가 아버님의 유훈을 받들어 학업에 정진하고 열심히 일한 결과 우리 둘이 모두 과거에 급제하였으니 고맙구나. 그런데 나만 옥당에서 일할 줄 알았는데 이번에는 너도 한림이 되었으니, 참으로 기쁜 일이다."

아버지가 말했다.

"형님께서 아버지처럼 항상 저를 돌보아 주시고 학업에서나 벼슬살이에서도 계속 가르침을 주셨기 때문에 오늘이 있게 된 것입니다. 참으로 감사하게 생각합니다."

"아니야! 아버님이 일찍 돌아가신 후 우리 집이 곤궁하게 살았는데, 나는 그래도 글방에 좀 가 보았지만 너는 글방에도 못 보내고 혼자서 공부하게 만들었다. 네가 천행으로 과거에 급제는 했지만 나는 항상 미안하게 생각한다."

"아닙니다. 그런 생각 마세요. 저의 공부는 형님이 계속 가르침을 주셨으니 가능했던 일입니다. 또한 분가할 때 집도 주시고 공신전 중 일부를 떼어 저에게 주셔서 가족의 생계를 걱정하지 않게 되어 저는 항상 형님에게 감사한 마음으로 생활하고 있습니다."

"그렇게 말하니 내가 오히려 고맙구나. 사실 가장 중요한 것은 우리 형제의 형제애가 남다르다는 점이다. 우리 형제가 더욱 돈독한 동기애와 신의를 다져 달라는 뜻으로 내가 시를 한 수 읊겠다."(동문선)

형제가 연달아 옥당에 들어가 봄을 누린 이
손꼽아 볼 때 지금까지 몇 사람인고.

생각컨대 화전에 들어가 지날 때마다
온 조정이 임금 은혜 새로움을 부러워하리.

鴈行聯拜玉堂春　屈指于今有幾人　想得入花甎上過　傾朝應羨寵光新

이렇게 형제간 우애가 남다르고 유복하며 재물 면에서도 부족함이 없었으므로 모든 가족이 즐거워했고 분위기가 화기애애했다. 가족들은 형제가 높은 벼슬길에 나갔고 특히 남들이 그렇게 원하는 옥당에서 일하게 된 점을 들어 정2품까지 올랐던 가까운 친척인 간할아버지 집안 못지않게 장래가 밝을 것이라고 말하기도 하면서 담소를 하였다. 한편 대년은 사촌 형(정옥)의 방에서 맛있는 과일을 먹으며 재미있는 시간을 보낸 후 집으로 돌아왔다.

아버지가 출세가도를 달리다

아버지는 큰아버지의 영향을 받아서인지 시와 음률 등에 탁월한 재질을 가지고 있었다. 또한 아재와 계속 운동한 덕택인지 몸이 날쌔고 건장하여 웬만한 무관보다 무예가 뛰어났다. 아버지는 격구도 잘해서인지 임금의 눈에 들어 여러 직위를 거치며 승진하다가 의종 21년(1167)에는 사간이 되었다.

그해 5월 초하루에 임금은 임진현의 강변에 있는 사찰에 유숙하였다. 이튿날 김영윤 등 재추와 이담 등 승선들을 거느리고 온종일 배를 내어 임진강을 오르내리며 즐겁게 놀았다. 오후가 되자 거나해진 임금은 새로운 사람을 불러 시 짓기를 하며 더 놀고 싶어져서 내시에게 물었다.

"시를 잘 짓는 문신이 누구 더 없는가?"

이에 대해 내시가 대답을 못 하고 머뭇거리자 임금이 다시 말했다.

"사간 임광비가 시를 좀 짓는다던데 그를 데려와라."

내시가 부지런히 개경에까지 말을 타고 달려가서 집무실에 있는 임광비를 데려왔다. 임광비가 임진강에 도착했을 때 나루터에는 무관들이 10명 정도 모여 있었고 강 건너편에도 몇 사람의 무관들이 지키고 있었다. 이들은 왕을 수호하기 위해 지키는 호종무사들이었다. 임광비는 우락부락한 그들 사이를 뚫고 조각배로 강 한가운데에 가서 큰 배에 올랐는데, 이때 임금은 그가 배에 올라와 앉기를 기다렸다가 술을 권하면서 말했다.

"시를 잘 짓는다는 소문이 있는데 어디 즉흥시를 한 수 지어 읊어 보아라."

임광비는 황공하여 머리도 못 들고 있다가 이런 우악한 지시를 받자 잠시 붓을 들어 시를 쓴 후 떨리는 목소리로 조그맣게 시를 읊었다. (동문선)

임금 은혜가 따뜻하기 마치 봄 같아
형제가 잇달아 옥당의 인물 되었네.
조용히 원리에게 전일의 일을 물으니
임명장 종이에 아직 먹빛이 새로워라

宸極恩波暖似春 鴈行繼作玉堂人 閑從院吏徵前事 演誥花牋墨尙新

이를 들은 임금이 말했다.

"명불허전이로고. 좋구나! 그러나 임금에게 아부하는 것 같은 시를 짓지 말고 현재의 상황에 맞는 시를 읊어 보거라. 한 잔 들면서 천천히 지어도 좋다."

임광비는 주위를 죽 둘러보았다. 무관들이 좌우에 있어서 지금 지나가는 배가 없으나 평소에는 어부가 노를 저으며 지나갔을 것이다. 임광비는 그런 어부를 상상하면서 잠시 생각한 후 이를 주제로 하여 시를 만들어 종이에 쓰고 읊었다.

배를 집으로 삼아 평생을 보내다가
달 밝은 밤 조각배로 동정호를 지난다.
단 위의 공자 말을 들을 것도 없고
못가에서 굴원이 술 깼다는 것 비웃는다.

조그만 피리 불며 가을에는 포구로 돌아가고
빗속에 도롱이 쓰고 저녁에는 물가를 향한다.
우습구나! 세상 사람들 만들기를 좋아해
몇 번이나 나를 그려 병풍을 만들었나.

浮家泛宅送平年　明月扁舟過洞庭　壇上不聞夫子語　澤邊來笑屈原醒
臨風小笛歸秋浦　帶雨寒蓑向晚汀　應笑世人多好事　幾廻將我畫爲屛

임금은 임광비의 시가 훌륭한 것에 만족해했고 크게 칭찬하였다.

18

그러다 보니 임금의 기분이 더욱 좋아져서 해질 무렵까지 연회를 계속하였다. 땅거미가 진 후 임금과 신하가 모두 대취하였는데, 그제야 임금이 연회를 파하고는 장단에 있는 보현원에서 유숙하기 위해 자리를 옮겼다.

그날 군신 모두가 대단히 대취하였는데 배에서 내려 보현원까지 가는 동안 시어사 가운데 한 사람은 술에 취해 걷지도 못할 지경이었다. 그러나 임광비는 늦게 도착했고 조심을 했기 때문에 아무런 실수도 하지 않았다.

대년이 태자시종으로 발탁되다

대년의 나이 17살 때(의종 24년, 1170) 이른 봄에 아버지(임광비)가 대년을 사랑으로 불렀다. 아버지는 이미 승진하여 임금의 명을 출납하는 우부승선이라는 높은 지위에 있었다.

"요새 무엇을 읽고 있느냐?"

"주역과 춘추를 주로 읽습니다."

"요즈음 태자의 시종을 구한다기에 너를 추천하였다. 과거를 통해 입신하는 방법이 매우 좋지만 태자시종은 어린 나이에 태자 저하를 모시고 함께 생활하면서 가까이서 배울 수 있어 더 좋은 기회로 보이는데 어떻겠느냐?"

태자는 대년보다 5살 많은 나이였고 앞으로 임금이 되실 분이므로 옆에서 모시며 보고 배우면 여러모로 좋을 것 같아서 대년이 대답했다.

"예, 저에게는 참 좋은 기회라고 생각합니다."

"자기소개를 할 겸 네가 계(일종의 편지)를 올리는 것이 좋을 듯하구나."

"예, 알겠습니다. 제가 글월을 써 보겠습니다."

"내시전중감으로 계신 김천 시랑님에게 글월을 올려라."

며칠 후 대년은 김천 시랑에게 자기를 발탁해 줄 것을 요청하는 글을 써서 올렸다. 이 글에서 자신의 성실성과 자질을 소개하면서 스스로가 사서삼경과 사기 등 여러 역사 서적까지 두루 읽었음을 암시하였다. 이 글을 보면 17살짜리 어린 아이로서는 상상하기 힘들 정도로 해박한 지식을 가졌음을 쉽게 엿볼 수 있었을 것이다.

그러나 한 달쯤 지나서 아버지께서 의외의 말씀을 하셨다.

"김 시랑은 너를 발탁하지 않았는데 웬일인지 모르겠다. 혹시 네가 보낸 편지를 초한 것이 있으면 가져와 봐라."

대년은 청천벽력과 같은 이 말씀에 풀이 죽어서 뒷방에 들어가 편지 초안을 찾아와서 드렸다.

대년이 올린 계의 속에는 "다행히 귀료(관직이 높은 관료)의 도움을 받아 선적(선택 명부)에 이름이 올랐습니다. 들으니 요행을 구하려는 폐단을 제거하고 고시의 규정을 특히 엄히 한다니 어찌 '우 나라 천지가 모두 곤(鯤; 상상 속의 큰 물고기)이다.'라고 하기를 바라겠습니까마는 공자의 말씀에 '나는 점(증석의 이름)의 의견에 찬동한다.'라는 것을 바랄 뿐입니다."라는 문장이 있었다.

『논어』 선진 편에 보면 공자가 제자들에게 각자의 포부를 물었다. 그때 증석은 "저는 늦은 봄에 봄옷이 만들어지면 몇몇 사람들을 데리고 기수에서 목욕하고 무(하늘에 제사지내는 곳)에 소풍갔다가 시를 읊으며 돌아오겠습니다." 하였고, 공자가 "나는 점의 의견에 찬동한다."라고 말했다 한다. 대년이 이 구절을 인용한 것은 심사관들이 후보자들 가운데에서 이구동성으로 대년을 큰 인물이라면서 발탁하기를 바랄 수는 없겠지만 누군가 대년이 좋겠다고 말할 때 시랑이 그에 찬동하면서 대년을 발탁해 주기를 바란다는 뜻이었다.

"아마도 이 구절 때문인 것 같구나. 이 구절을 바꾸어 해석해 본다면 '다른 사람은 너를 큰 인물로 보아 발탁하려 할 것이니 당신은 반대만 하지 말아 달라.'는 뜻으로 해석할 여지가 있다. 만일 그렇게 해석했다면 그는 네가 오만하다고 오해했을 수 있다. 또한 선적에 이름이 오른 것에 대해 '귀료, 즉 높은 관직에 있는 관리의 도움이 있었다.'고 쓴 부분도 선발 책임자인 김 시랑을 무시하는 느낌을 줄 수 있는 부분이구나. 선적에는 내가 올렸는데 높은 관리라는 용어를 썼으니, 네가 건방지다고 오해받을 수 있었을 것이다."

이에 대해 대년은 아무 말도 못 하고 눈만 껌벅이고 있었다.

그러자 아버지가 말을 이었다.

"그러나 이번 일은 내가 너를 너무 믿고 쓴 글을 검토도 하지 않고 그냥 보내게 한 것 때문이다. 엎질러진 물이니 하는 수 없지."

그 말을 들은 대년은 쥐구멍에라도 들어가고 싶은 심정이었다. 사실상 뜻글인 한문의 단점이 이런 오해를 가져오기 쉬운 것이니 옛날 일을 비유하기 좋아하는 대년으로서는 앞으로 오해받을 말을 가려야 하겠다고 생각하면서 그 자리에서 물러났다.

그런데 세 달 후 낙점된 사람에게 무언지 문제가 있음이 발견되어 태자시종을 다시 선발할 상황이 발생했다. 그래서 지난번에 떨어뜨렸던 후보자들에 관한 기록을 가져다 다시 살펴보았다. 이때 행궁별감이던 김거실 소경 등 여러 사람이 꼼꼼히 읽고는 결국 대년을 태자시종으로 발탁하기로 결정하였다.

며칠 후 임광비는 김 소경으로부터 대년이 태자시종으로 낙점되었으니 입궐을 준비하라는 전언을 받았다. 광비는 집에 돌아와 '태자시종을 다시 뽑는데 대년이 이에 낙점되었다.'는 말을 했다. 그러자 온 집안이 축제 분위기에 휩싸였고, 대년의 기쁨은 말로 형용할 수 없을 지경이었다. 잠시 후 안정을 되찾은 대년은 태자궁의 행궁별감인 김 소경에게 조심스럽게 감사 편지(계)를 썼다. 그 편지에는 다음과 같은 글이 적혀 있다.

"(전략) 과연 대궐의 조칙을 맡았고 일찍이 동궁의 우익이 되어 영웅 무리를 천거하시어 시종의 반열에 둘 때 지극히 공평함으로써 무상한(공적이 없음) 저에게까지 미치게 하시니 저는 미력을 분발하고 평소 품었던 바를 격앙하여 불능한 것이라도 보태어 공경히 원하는 바를 닦을 것입니다. 생성하여 주신 후의를 이제 와서 알고 감격하였으니, 이 마음 죽기 전에는 변하지 않을 것입니다."

대년은 태자시종으로 낙점된 후 들뜬 가슴을 진정하기 어려웠으므로 동궁에 들어가면 어떻게 처신해야 하는지 어머니에게 물었다. 어머니는 빙그레 웃으면서 천천히 생각해도 늦지 않으니 고전을 읽으면서 마음을 비우고 기다리라고 말씀하였다. 대년은 동궁에 언제 불려 갈지 모르므로 그날부터 주변을 정리하면서 사서삼경 등 동궁에 들어갔을 때 필요한 책을 다시 읽으면서 기다렸다.

2. 아버지의 피살과 대년의 피신

무신난이 발생하고 아버지가 살해되다

의종 임금은 어린 시절부터 오락을 좋아하고 격구를 즐겼다. 임금은 내시나 무장 등과 함께 시합하는 일이 잦았으므로 정중부 등 무신을 측근에 두는 외에 문신들 가운데 건장한 사람도 좌우에 많이 두었다. 임금이 그들을 데리고 자주 격구를 하니 신하들이 임금에게 격구를 금하도록 강력히 간하였다. 그러자 임금은 격구 대신 궐 밖을 나가 행사를 하거나 연회를 자주 베풀게 되었다.

사간 임광비(일명 임종식)는 문무겸전하고 격구도 잘했는데, 의종 23년(1169) 말에 우부승선으로 승진되었다. 이듬해 정월에 임금은 종친들에게 명령하여 광화문 일대에서 경축행사를 하도록 하였다. 이날 행사를 위해 관현방 대악서에서는 광화문 좌우편 행랑에 채붕을 세우고 각종 희극을 늘어놓고 임금을 영접하였다. 행랑에는 주옥, 금수, 산호 등 온갖 황홀한 물품들이 나열되어 사치스럽기 그지없었다. 국자감에서는 학생들을 인솔하고 노래를 부르는 등 여러 가지 행사가 벌어졌는데, 임금은 보려를 멈추고 이를 구경하다가 밤 3경에야 대궐로 들어왔다.

임금이 이런 경축행사를 실시하게 되자 우부승선이던 임광비는 봉원전에서 저녁 겸 잔치를 준비하였다. 임광비가 주안상을 준비하고 기다렸는데, 임금 일행이 저녁을 거른 상태로 돌아온 것이다. 저녁 준비가 된 것을 본 임금이 매우 기뻐하였고 모두가 술과 음식을 들며 즐겁게 놀다가 새벽녘에서야 파했다.

그후 봄이 되어 날씨가 따뜻해지자 임금은 절을 자주 다니고 경치가 뛰어난 정자와 누각을 찾기도 하였는데, 그때마다 연회가 열렸다. 임금이 궁궐 밖으로 거동할 때에는 많은 호위무관을 데리고 다녔다. 연회할 때 문관들은 임금의 주위에서 시를 읊으면서 술잔을 기울이는데 반하여 무관들은 대체로 주변을 경계하느라 한 순간도 한눈을 팔지 못하고 한 발짝도 자리를 뜨지 못했다. 임금의 주연이 밤을 새며 계속될 경우에는 무관들이 끼니를 거르는 때도 많았고, 고픈 배를 움켜쥐고 희희낙락거리는 임금과 문신들의 자리가 파하기를 기다리다 보면 증오심도 일었다. 임금의 이런 행차가 잦게 되자 특히 중·하위직 호위무관들의 불만이 점차 고조됐다.

한편 고려시대에는 문·무 양반정치를 시현하였는데, 개국 초기에는 전시과나 음서제 등에서 문반과 무반 간에 거의 차별이 없었다. 그러다 광종 때부터 과거제 시행으로 문관이 늘어나자 문관을 우대하게 되었다. 그후 문관은 종1품인 시중에까지 오를 수 있는 반면 무관은 정3품 상장군까지 오르는 것이 고작이었다. 그래서 고위직 무관들은 문관에 비해 차별 대우를 받는 데 대해 점차 불만을 갖게 되었다.

그해(1170) 8월 말일쯤 의종은 화평재로 나가 연회를 베풀고 문관들과 어울려 떠들고 놀았다. 이때 호위무관들 중에는 밥을 먹지 못하고 굶는 사람이 생겨서 불평이 나오기 시작했다. 임금이 밤늦게까지 연회를 즐기자 호위하던 무관들의 불만은 최고조에 달하게 되었다.

환관이 아닌 문관으로서 내시가 된 젊은 김돈중(김부식의 아들)이 전에 나이 많은 정중부의 수염을 태운 사건이 있었는데(정중부는 수염이 아름답기로 유명했음), 이날 연회에 김돈중도 문관 속에 끼어 먹고 마시고 있었다. 정중부가 김돈중을 바라보니 수염을 태웠을 때 그의 아비 김부식이 인종 임금에게 고하여 임금이 벌 주라고 명령하게 한 후 몰래 김돈중에게 언질을 주어 큰 화를 벗어나게 했던 일이 생각나서 피가 거꾸로 솟구쳤다.

그러나 지금 와서는 어찌해 볼 수 없고 단지 김돈중에 대한 악감정만 남아 있어 표정 관리에 노력하고 있었다. 그런 상장군 정중부에게 장군 이고가 살며시 다가가 귓속말로 조용히 거사를 거행할 것을 건의했다.

"문관들은 의기양양하여 취하도록 마시고 배부르게 먹고 있는데, 우리 무관들은 굶주려 지쳐 있으니, 이 노릇을 어찌 계속 참을 수 있겠습니까?"

정중부는 한참 생각한 후 거사할 마음을 굳히고 이의방과 이고에게 말했다.

"그래, 우리 무신들이 그동안 너무 무시 당해 왔다. 지금이 거사할 만한 좋은 기회인 것은 분명하다. 하지만 임금이 여기를 떠나 환궁한다면 거사가 성사될 가능성이 적어지니 거사를 미루는 것이 좋을 것 같다. 반대로 만일 임금이 환궁하지 않고 보현원으로 자리를 옮겨 간다면 잘 준비하여 거사를 단행하자."

이렇게 서로 약속을 하고는 임금의 말씀에 귀 기울였다. 그런데 의종은 그날 환궁하지 않고, 다음날 보현원에 가서 다시 연회를 계속하자고 말하는 것이었다.

다음날 의종은 보현원으로 가는 길에 오문 앞에서 신하들을 불러 술을 마셨다. 잠시 후 호위무관들을 제외하고 자기들만 마시는 것에 미안한 생각이 들었는지 임금이 말했다.

"훌륭하구나! 이곳은 군사기술을 연습할 만하구나!"

그러고는 무관들에게 명하여 오병수박희 시합을 하게 하였다. 임금은 무관들에게 상품을 나누어 주어 그들을 위로하고자 함이었다.

오병수박희가 시작되자 대장군 이소응과 젊은 장교 하나가 시합을 벌였는데, 이소응은 힘에 부치어 수박희 도중에 포기하고 밖으로 나왔다. 이때 문관 한뢰가 도망가는 이소응의 뺨을 후려치면서 "평생을 무관으로 지낸 장군이 왜 이리 비겁하냐?" 하였다. 거나해진 임금은 물론이고 함께 있던 문관들은 농으로 생각하고는 아무 생각 없이 박장대소로 넘겼다.

그러나 호종하던 무관들은 노기탱천하게 되었고 크게 분개하였다. 이에 상장군 정중부가 앞으로 나섰다.

"한뢰 이놈! 이소응은 비록 무관이기는 하나 벼슬이 3품인데 6품에 불과한 네놈 따위가 어찌 손찌검을 하며 모욕을 줄 수 있느냐?”

이때 성미 급한 이고가 칼을 빼려 하였는데 정중부가 눈짓을 하여 이고를 말렸다. 사태가 험악해진 것을 눈치챈 임금이 정중부를 불러 이해를 구하면서 참으라고 달래었다. 정중부는 임금이 한뢰에 대해 어떤 처벌도 내리지 않고 자기만 무마하려는 것이 불만이었으나, 겉으로는 “예예” 하면서 그 자리를 물러났다. 또한 임금이 참으라는 말씀에 대해 정중부는 부하들에게는 아무런 말도 하지 않았다. 한편 이고와 이의방 등은 전일 약속한 대로 거사를 준비하였다.

주연이 계속되는 동안 이고, 이의방은 앞질러 가서 순검군을 모아 놓고 명령했다.

“임금님의 명령이니 순검군은 모두 보현원 인근에 있는 순검군 훈련소에 집합하여 우리의 명령을 기다려라.”

순검군 속에는 김명식 군관도 있었는데 그들은 모두 명령을 받들어 순검군 훈련소로 갔다.

이고와 이의방이 상의했다. 임금이 신뢰하는 호종문관들 중 호랑이처럼 가장 힘이 세고 무예가 출중하여 반항할 가능성이 있는 사람은 우부승선 임광비(대년의 아버지)와 기거주 이복기이니 그 두 사람만 제거하면 나머지는 오합지졸일 것이라는 결론을 내렸다. 그래서 이고는 임광비를, 이의방은 이복기를 각각 맡아서 불시에 죽이기로 약속했다.

이런 사실을 까맣게 모르는 임금이 문관 및 내시들과 함께 해가 저물어 어두컴컴해질 무렵 보현원에 도착했다. 임금이 보현원으로 막 들어가 문이 닫히고 뒤에 남은 여러 신하들이 물러서려는 순간이었다. 이고는 임광비에게, 이의방은 이복기에게 살짝 다가가서는 칼을 빼 전광석화와 같이 각각 찔러 죽였다.

그 두 사람은 무장하지 않은 상태인 데다 갑자기 당한 일이라 한마디 소리도 지르지 못하고 그 자리에서 즉사했다. 김돈중이 이를 보고는 거짓으로 취한 척 말에서 떨어지는 소란을 벌이고는 그 틈을 타서 부리나케 줄행랑쳤다. 무관들은 우왕좌왕하는 나머지 사람들을 모조리 죽였다. 다만 한뢰는 임광비가 죽는 것을 목격하고는 얼른 보현원 안으로 들어가 임금의 옷자락을 붙잡고 뒤에 숨었다. 무관들은 보현원 문을 박차고 들어가 한뢰를 찾았다. 한뢰가 임금 옆에 있는 것을 보고는 이고가 칼을 뽑아 위협하였다. 하는 수 없이 앞으로 나오는 한뢰를 이고가 임금 앞에서 한 칼로 죽이고, 옆에 있던 이세통과 이당주를 비롯한 문관들과 내시들을 모조리 학살하였다.

그런데 김돈중이 도망간 것 같다고 누군가 소리 질렀다. 이에 정중부는 군사 얼마를 보현원에 남겨 왕을 지키게 하고는 순검군들에게 "우리는 대궐로 들어갈 테니 너희들은 개경 시내에 들어가서 도망간 김돈중을 찾아내고 지금부터 문관의 복두(관)를 쓴 자들은 비록 서리라 하더라도 모조리 죽여라."라고 명령하였다.

정중부는 이의방과 이고 등을 이끌고 대궐로 몰려가서 숙직 중인 추밀원부사 양순정, 대부소경 박보균 등 근무자 전원을 죽이고 대궐을 접수하는 한편 태자궁으로 직행하여 행궁별감 김거실 등 근무자 10여 명을 몰살하고 태자궁도 접수했다.

순검군들은 김돈중을 찾는 한편 문관은 발견되는 족족 닥치는 대로 죽였다. 그들은 판리부사 허홍재, 최유청, 지추밀원사 최온 등 문관 수십 명을 살해했다. 또한 죽인 문관에 관해서는 그들의 집에까지 찾아가서 가족들을 죽이고 아수라장을 만들기도 했다. 이때 김명식 군관은 김돈중을 찾아 나선 순검군 대열에서 산짝 이탈하여 대년의 집으로 뛰어갔다.

대년이 급히 난을 피하다

대년은 태자시종으로 부름을 받아 동궁으로 들어갈 날을 기다리며 주변을 정리하고 관련된 서책을 읽었다. 그날 오후에도 사랑채 뒷방에서 한가로이 주역을 읽고 있었는데, 김명식 군관이 갑자기 뛰어 들어와 말했다.

"대년아! 빨리 피해라. 난이 일어났으니 여자는 몰라도 남자인 네가 가장 위험하다. 우리 집으로 우선 피신해라."

대년은 급한 김에 뒷문을 통해 안내받은 대로 이웃에 있는 김 군관의 집으로 가서 얼른 숨었다. 대년은 꼼짝 않고 숨어서 밤을 새웠는데, 김 군관은 밖으로 나간 후 그날 밤에 돌아오지 않았다. 다음날 아침 일찍 돌쇠를 시켜 무슨 일이 일어나고 있는지 알아 오게 하였다. 몇 시각 후 돌쇠가 돌아와 눈물을 흘리면서 말했다.

"어제 보현원 앞에서 정중부 등 무신들이 대감님을 비롯한 문관과 내시들을 임금 앞에서 모두 무참히 살해했답니다. 또 그 반란군은 대궐로 달려가서 추밀원부사 양순정 등 근무자들을 모두 죽였고, 정중부가 '문관의 복두를 쓴 자들은 서리일지라도 모조리 죽여라'라고 명령한 결과 어제 밤에만도 50여 명이 살해되어 시체가 온 거리에 흩어져 있습니다. 병사들은 문관을 닥치는 대로 죽인 후 그 죽은 문관들의 집까지 쫓아가서 난장판을 만드는 등 난동을 부리고 있답니다. 임금님과 태자께서도 군기관과 영은관에 유폐되셨다고 합니다."

"정말이야? 아버님이 돌아가셨다는 것이 사실인가?"

"네, 정말입니다. 그리고 언제 무신들이 도련님 댁으로 쳐들어올지 모를 일입니다. 다만 이곳은 김 군관님 댁이니 안전할 것입니다."

무신들에게 아버지가 무참히 살해당했다는 말을 듣고도 실감이 나지 않았고 처음에는 눈물도 나오지 않았다. 단지 대년은 치가 떨리면서 이 원수를 어떻게 갚아야 할 것인가 생각했다. 대년은 자신도 김 군관과 같이 무술을 익혔다면 원수 놈들을 때려눕힐 방법이 있을 텐데 이렇게 글만 읽고 시나 지었던 것이 잘못한 일이 아닌가 하는 생각이 들었다.

그런 한편 이고 같은 무신은 무예도 출중할 뿐 아니라 잔혹하다는 소문이었다. 그들의 눈에 문관들이 보이면 무조건 살해할 뿐만 아니라 살해당한 문관들의 집을 찾아가 그 가족에게까지 칼날을 겨누고 있다는 말을 듣고는 두려움이 앞섰다.

원수를 갚아야 하겠지만 힘이 약하고 그렇다고 가만히 보고만 있을 수는 없는 일이었다. 앞으로 어찌 해야 좋을지 17살의 어린 대년으로서는 도저히 풀 수 없는 숙제였다. 멍하니 허공만 바라보던 대년이 한참 후 눈물을 펑펑 흘리더니 떨리는 목소리로 돌쇠에게 물었다.

"어머니와 누이동생은 어떻게 되었어?"

"예! 김 군관님께서 보호하시니 다행히 아무 일도 없습니다."

"아버지의 시신만이라도 찾아와야 할 텐데……."

"도련님은 가만히 숨어 계십시오. 제가 한번 가 보겠습니다."

그날 밤 어둠이 깔리자 돌쇠는 다른 하인과 함께 똥 푸는 수달구지를 끌고 가서 병사들이 한눈을 파는 틈을 엿보아 임광비의 시신을 실어왔다. 골목 안에 소달구지를 숨기고 돌쇠가 대년을 나와 보게 하였다. 뛰어나가 보니 아버지의 시신이 분명하였다. 아버지가 정말 돌아가셨다는 생각에 눈물이 앞을 가리고 어찌할 바를 모르고 있는 대년에게 언제 왔는지 어머니가 어깨를 토닥거리며 말했다.

"대년아! 지금 울고 있을 시간이 없다. 얼른 들어가 숨고 문 밖엔 절대 나오지 마라. 아버지 시신은 내가 알아서 잘 모시겠다."

어머니가 재삼 재촉하시는 성화에 못 이겨 대년은 다시 돌아가 숨었다. 어머니는 하인들을 데리고 그날 밤중에 아버지 시신을 인근 야산에 몰래 매장하였다. 어머니가 돌아오셔서 "무덤은 사람들의 눈에 잘 띄지 않게 거의 평장에 가깝게 처리했고, 단지 무덤 앞에 조그만 돌을 세워 표를 했다."고 말씀하셨다. 대년은 비겁하게도 그 자리에 참석치도 못하고 방안에서 소리 죽여 흐느낄 뿐이었다.

대년은 아무도 모르게, 특히 무관들의 눈에 띄지 않게 숨어 지내야 할 것 같았다. 병사들이 대년 같은 사람을 찾아다닐 것 같고 죽음의 그림자가 지척에 다가온 느낌이 들어 두려움에 견딜 수 없었다. 며칠을 그렇게 방안에서 혼자 두려워하였는데, 3일 후 김 군관이 오니 지옥에서 구세주를 만난 것처럼 반가웠다. 김 군관은 부드러운 얼굴로 말했다.

"얼마나 놀랐니? 이제는 좀 진정된 것 같구나."

김 군관을 보니 대년은 눈물이 앞을 가렸다. 얼른 눈물을 훔치고 말했다.

"아재! 그동안 여러 가지로 고마워요. 그런데 원수를 어떻게 갚아야 할까요?"

"너의 아버지는 이고가 죽였다. 나는 마침 이의방의 휘하에 있으니 내가 기회를 보아 아버지의 원수를 갚을 것이다. 너는 아무 생각 말고 숨어서 지내라."

아재가 아버지의 원수를 갚아 주겠다고 말하니 매우 고맙고 의지가 되었다. 대년이 말했다.

"아재! 그렇게 말씀하시니 참으로 고마워요. 그런데 누군가 우리 집에 쳐들어오지는 않을까요?"

"응, 아직은 괜찮을 것이다."

"밖은 어떻습니까?"

"정중부 장군의 난이 성공하였고, 권력이 좀 안정되었으니까 이제 세상은 좀 조용하다."

"앞으로 저는 어찌하면 좋을까요?"

"오늘 어둠이 깔린 후 늦게 집으로 돌아가서 당분간 숨어 지내라. 밖은 내가 살피겠다."

대년이 그날 땅거미가 진 후 살그머니 집으로 돌아가니 어머니와 연희가 얼른 맞아들여 사랑채 뒷방으로 안내했다. 한참을 서로 부여안고 울다가 대년이 말문을 열었다.

"아버지가 너무도 억울하게 돌아가셨으니 어찌해야 좋을지 모르 겠습니다."

"이제는 하는 수 없는 일이다. 모두 잊어버려라. 그리고 병사들이 언제 쳐들어올지 모르니 숨어서 지내야 할 것이다. 다행히 군관님 이 우리를 보살펴 주시고 있으니 고마운 일이다. 가문을 위해 제발 너만은 병사들에게 잡히지 말아야 할 것이다. 이제부터 사랑채 뒷 방에만 숨어 지내고 낮에는 절대로 밖에 나오지 말거라. 만일 네가 잡히면 태자시종으로 낙점된 것도 드러나게 될 것이고 그리 되면 그들은 대역죄 같은 무서운 죄명을 붙여서 너를 해칠 것이니, 꼭꼭 숨어 지내야 한다. 또한 일가친척에게도 화가 미칠 수 있으니 앞으 로 친척들과는 일절 연락을 끊고 지내는 것이 좋겠다."

대년은 어머니 말씀대로 얼른 뒷방으로 들어갔다. 책상에는 도망 가기 전에 읽던 주역책이 놓여 있었다. 그러나 책을 볼 생각은 나 지 않고 또 무엇을 해야 할지 생각나지도 않았다. 아직도 그토록 인 자하고 건장한 아버지가 죽었다는 것이 믿기지 않았다. 모든 것을 잊으려고 책을 잡아 보았으나 한 자도 눈에 들어오지 않았다.

빈둥거리며 방황하다

대년은 사랑채 뒷방에서 아무런 생각도 없이 멀뚱거리면서 며칠 을 보냈다. 밥맛도 없고 의욕도 없이 뒹굴뒹굴 하는 것이 일과였다. 하루는 땅거미가 질 무렵에 아버지가 계시던 서재로 들어갔다. 책 장에는 책들이 가지런히 꽂혀 있고 장식들도 모두 전처럼 정리되 어 있어서 안석에 아버지가 꼿꼿이 앉아서 자애로운 얼굴로 말을 걸어오실 것만 같았다.

아버지는 대년이 10살 되던 생일날에 말씀하셨다.

"너의 엄마가 북두칠성 중 여섯째 별인 문창성이 몸으로 들어오는 태몽을 꾸고 너를 낳았다. 나는 네가 한고조를 옹립하여 천하를 통일했던 장량과 같이 훗날 제왕의 큰 스승이 되기를 바라면서 예기에 나오는 것처럼 뽕나무 활로 쑥대 화살을 사방에 날리고 싶었단다. 그런데 너는 커 가면서 책 읽기와 시문을 매우 좋아하니 나의 그런 희망을 네가 꼭 이루어 줄 것이라 기대되는구나."

그 말씀이 너무 어깨를 무겁게 하여 아버지 기대를 이루고자 수천 권의 책을 읽고 또 읽어 왔다. 그런데 아버지가 이렇게 갑자기 돌아가셨으니 창자를 도려내듯 아픈 심경을 어찌 견딜 수 있을 것인가? 이런 상황 속에서도 계속 책을 읽어야만 하는가?

아버지 자신은 문관이면서도 호신을 위해 무술을 계속 연마하였다. 대년도 아버지와 같이 무술을 연마했어야 했다는 생각이 들었다. 지금이라도 책을 버리고 무술을 연마해야 하는 것이 아닌가도 생각되었다. 그러나 이 세상에는 보통사람보다 한수 위인 무인들이 얼마든지 있다. 특히 이고나 이의방 같은 천하장사들 앞에서는 매일 무술을 연마한 아버지마저도 한칼에 숨을 거두었으니 지금부터 무술을 시작하여도 한계가 있을 것이었다. 한편 선비로서의 꿈도 이제는 불가능한 일로 보였다. 그러니 이제 대년이 할 수 있는 일은 아무것도 없다고 생각되었다.

아버지는 생전에 대년에게 글을 많이 읽고 좋은 시를 많이 지으라고 말씀하였다. 그래서 큰아버지(임종비)에게 자주 대년을 보내

가르침을 받도록 했다.

대년이 12살 되던 해 봄에 큰아버지 댁을 찾아간 적이 있다. 사육체 시와 부 등에 대해 가르침을 받기 위해서였다. 큰아버지가 대년을 반갑게 맞이하신 후 물었다.

"요사이 무슨 책을 읽느냐?"

"요즈음 서경과 예기를 읽고 있습니다."

"학문의 길은 깊고 넓으니, 남자란 모름지기 일곱 수레의 책을 읽어야 하느니라."

"예! 알겠습니다."

"어디 그동안 시를 지은 것이 있으면 한번 보자꾸나."

대년은 보퉁이에서 그동안 지었던 시를 꺼내 올렸다. 큰아버지는 유심히 살펴본 후 시마다 잘된 점과 잘못된 점을 지적하면서 가르침을 주고는 말씀하였다.

"대년아! 나로서는 너의 아버지를 비롯한 우리 형제들이 얼마나 자랑스러운지 모르겠다. 또한 지금과 같은 날들이 계속 되었으면 좋겠구나. 너는 시를 잘 지으니 앞으로 큰 시인이 될 수 있을 것이다. 네가 앞으로 좋은 시를 많이 짓기 위해서는 선배들의 시와 문장 가운데 감명받은 문구와 자기가 쓴 시를 보관하고 수시로 보완해야 하느니라. 내가 송풍정의 구부러진 소나무를 보고 쓴 오언율시가 있어서 네게 줄 테니 보관하고 앞으로 시를 지을 때 참고해라."

"네, 감사합니다."

큰아버지가 해설한 후에 대년에게 건네준 시는 다음과 같았다.

(동문선)

그윽한 골짜기에 늙어 누운 소나무
바람 앞에 만학의 슬픔이 나타나네.
건곤에 스스로 병을 얻었을망정
서리와 눈에 그 모습 안 변하네.

대부의 원을 아직 못 이뤘으나
장석이 알아주길 어찌 구할 손가?
초연하게 세상을 깔보면서
홀로 흰 구름과 짝해 사는구나.

松偃老幽谷　風前萬壑悲　乾坤自得疾　霜雪不渝姿

未遂大夫願　寧求匠石知　軒然眞傲世　獨與白雲期

　이 시에서 '대부의 원'이라 함은 진시황이 태산을 순행하다가 비를 만났는데, 큰 소나무 아래서 비를 피한 후 그 소나무에 대부의 벼슬을 준 사실이 있다. 그래서 모든 소나무들의 선망의 대상이 되었다고 생각하며 만든 용어다. 뒷 문단에서 초나라의 유명한 목공인 장석이 본다면 훌륭한 소나무임을 쉽게 알 수 있을 것이라는 점을 지적하면서 고고하고 훌륭한 그 소나무를 예찬한 것이다.

　이 시를 보고 대년은 '이렇게 옛날 일들을 인용한 문장을 듣고 해석하려면 고사를 많이 알아야 한다. 만일 고사나 고문을 넣어 시를 지으려면 고사의 깊은 뜻까지 알고 응용할 수도 있어야 한다. 따라서 앞으로 고문을 더 많이 읽고 깊은 뜻을 음미하며 공부해야겠다.'

고 다짐을 하면서 집으로 돌아왔던 것이 어제의 일과 같이 생생하였다.

그 다음 해(의종 20년, 1166) 음력 늦은 3월 아침 일찍 안채에서 아침을 먹었다. 대년이 밥을 다 먹고 밥상을 물렸을 때였다. 어디선지 꾀꼬리 소리가 들려왔다. 대년의 집은 개경 시내이기 하지만 섬에 가까웠으며 집 주변에 숲과 밭이 많아서 아침이면 온갖 새들이 시끄럽게 지저귀곤 하였는데, 꾀꼬리 소리는 그날 처음 듣는 것 같았다. 그래서 무심코 시의 구절이 입에서 튀어 나왔다.

> 농촌의 3월은 보리가 한창 자랄 때
> 푸른 나무에서 꾀꼬리 소리 처음 들었네.

옆에서 바느질하다가 이 시를 엿들은 어머니(나주 오씨)께서 빙그레 웃으면서 말했다.

"너는 어느새 시를 그렇게 잘 짓게 되었는지 놀랍구나. 우리말은 한자와 다르고 한자에는 음과 운이 있어서 이를 기록하기 매우 어려운데, 너는 그것을 써서 보여 줄 수 있겠니?"

대년은 기분이 좋아서 그 시를 종이에 써서 어머니에게 드렸다.

田家三月麥初稠　綠樹初聞黃栗留

이 글을 본 어머니는 음운이 적절한 것 같아서 깜짝 놀라더니 확실히 하기 위하여 저녁식사 때 아버지에게 보이며 말했다.

"대년이 지은 시인데 한번 보아 주세요."

"아! 어린 아이가 이렇게 성률에 딱 들어맞는 시를 쓰다니, 놀라운 일이군요. 큰아버지에게 좀 배웠다 하지만 참으로 좋은 시구를 만들었군요. 이로 미루어볼 때 이 아이는 장차 큰 시인이 될 것 같군요."

아버지가 어머니에게 말한 후 대년에게 일렀다.

"대년아! 앞으로 시를 지을 땐 종이에 써서 너의 어머니에게 꼭 드려라. 그리고 그 글들을 모았다가 큰아버지에게 가서 보여드리고 계속 가르침을 받도록 해라."

"예, 작년에도 보여드리고 가르침을 받았습니다."

"오, 그랬었구나. 앞으로도 그리 하거라."

이때 어머니가 사랑 가득한 눈길로 대년에게 말하였다.

"너를 가졌을 때 문창성이 몸으로 들어오는 태몽을 꾸었는데, 아버지도 너에 대해 기대가 매우 크시니 문장 공부를 더욱 열심히 하고 시를 짓거든 나에게 가져오도록 해라. 그 시를 모두 모아둘 테니 큰아버지에게 가져다 드리고 가르침을 받도록 하자."

"네, 알겠습니다."

그날부터 대년은 시상이 떠오르거나 고전을 읽고 감명 깊은 글이 있을 때마다 시구나 문구를 수시로 적어서 어머니에게 가져다드렸다. 어머니는 그 종이들을 모두 금낭에 넣어 모았다가 큰아버지 댁에 갈 때 주었고, 대년은 큰아버지에게 이를 보여드리면서 가르침을 받았다. 큰아버지가 처음에는 많은 부분을 수정, 보완하도록 하였는데, 세월이 갈수록 대년의 시가 원숙해진다고 칭찬이 많아졌다.

그러던 큰아버지는 한림학사로 근무하다가 1년 전에 신병으로 벼슬에서 스스로 물러나 지금 집에서 병을 치료중이고 사촌형 종옥은 비록 말단이긴 하지만 문음으로 벼슬에 올라갔다.

대년은 자기가 정중부 등 권력을 잡은 무신들이 눈에 띄어 살해당하게 된다면 죄명이 '대역죄인'으로 될 것이 분명하고 '대역죄인은 3족을 멸하던' 당시의 관습에 따라 큰아버지와 사촌형에게까지 화가 미칠 것 같아서 두려움에 머리가 아팠다.

따라서 이런 상황에서 책을 읽어서 무엇 하겠나 하는 생각에 책은 눈에 들어오지 않고 그렇다고 다른 마땅한 일도 생각나지 않았다. 아버지가 지금 이 자리에 계시다면 무슨 말씀을 하실 것인가도 알 수 없었다. 대년은 낮이면 뒷방에 들어가서 숨고 밤이면 아버지 서재에 들어가 별별 생각을 다하며 빈둥거렸다.

아버지가 살해당한 후 보름쯤 된 날 어떻게 알았는지 미수가 찾아왔다. 미수를 보고는 어머니가 얼른 뒷방으로 안내했다. 미수가 방에 들어와서 말했다.

"엄친께서 그렇게 돌아가시다니, 얼마나 상심이 큰가? 늦게 찾아와서 미안하네."

"고마워. 나는 이렇게 숨어 살아서 무엇 하겠나 하는 생각뿐이야."

"마음을 굳게 먹게. 가문을 일으켜 달라는 것이 엄친의 뜻일 텐데."

"알겠어. 그러나 이런 상태에서 어떻게 가문을 일으키겠어? 나는 아무도 보지 못하고 죽는 줄 알았어."

이때 똑똑 하는 문소리가 들렸다. 대년이 문을 열고 보니 연희가 과일과 칼을 쟁반에 받쳐서 가져왔다. 대년이 이를 받아 방 가운데 놓고 과일을 깎으면서 물었다.

"무슨 좋은 소식은 없어?"

"지금 같은 세상에서 무슨 좋은 소식이 있겠어? 무신들이 의종 임금을 폐하고 임금과 태자를 유폐시켰다가 거제현과 진도현으로 각각 추방하였다는군. 그리고 왕의 아우 악양공을 새 임금으로 세웠다고 하고, 전 임금의 사저인 관북택, 천동택 및 곽정동택도 모두 무신들이 탈취하여 나누어 가졌다는군. 말세일세. 말세야."

"태자님도 유폐되셨다고? 그러면 시종들은 어떻게 되었는가?"

"태자궁 행궁별감이던 김거실 소경을 비롯한 내시들 모두가 주류을 당했다더군."

대년은 소름이 전신에 돋으면서 목이 움츠러드는 것을 느꼈다. 만일 대년이 태자시종으로 조금만 일찍 발탁되었거나 동궁에 며칠만 일찍 들어갔다면 그들과 마찬가지로 주류의 대상이 되었을 것이라는 생각이 들었다. 또한 무신들이 이번 난리로 억울한 일을 당했다고 원통해하는 사람이 있는지 눈에 불을 켜고 찾아서 어떤 위해를 가할지 모른다고 생각하니 두려움이 전신에 퍼졌다.

"아니, 자네 왜 얼굴이 그렇게 창백해지나? 어디 아픈가?"

대년은 큰 비밀이 탄로난 것처럼 소스라치게 놀라 얼른 둘러댔다.

"아니야, 너무 끔찍한 이야기를 들어서 그래."

새 임금인 명종은 허수아비와 다름이 없었다. 권력은 모두 난을 일으킨 무신들이 전횡하고 임금은 그들 틈바구니에서 목숨을 부지하기에 바빴다. 미수가 말을 계속 이었다.

"글쎄 새 임금은 즉위하자마자 정중부, 이의방과 이고를 벽상공신으로 삼아 화상을 전각에 붙였다더군. 앞으로 세상이 어떻게 되려는 것인지 모르겠네. 무관들이 선비를 핍박하고 있으니 선비로 살기는 어려울 것 같네. 그래서 서울을 떠나는 선비들이 많고 절로 들어가는 사람들도 많다더군. 나는 아무래도 대숙님을 따라 절에나 들어갈까 생각중이야."

"우리나라가 불교를 국교로 삼았다지만 일단 중이 되고 나면 벼슬길에 나가는 것을 포기하는 것이 되니 장래가 만리 같은 사람이 절에 들어가서야 되겠어? 좀 더 생각해 보는 게 좋겠어. 나 같은 사람도 이렇게 참고 기다리는데……."

"아니야! 아무래도 이런 판국에 벼슬은 해서 무엇 하고 공부는 해서 무엇 하겠나?"

그날 밤 미수가 돌아간 후에 대년은 곰곰이 생각해 보았다. 미수의 생각이 모두 옳은 것 같았다. 무신들이 이제 권력을 잡았으니, 그동안 문관에 비해 홀대 받으며 품었던 앙심을 어떻게 풀지 모른다. 권력을 잡은 무신들은 그것을 빼앗기지 않기 위해 위험스럽게 생각되는 사람들을 제거하려 할 것이다. 특히 이고 같은 포악한 사람이 권력을 잡았으니 문관들을 학대할 것은 분명하고 전 임금의 총애를 받던 문관들을 찾아내 그 가족들까지 살해할지도 모른다.

아버지는 왕이 총애하는 승선이었고, 그 아들인 대년도 태자의 시종으로 낙점된 사람이었으니 왕권을 무너뜨리고 정권을 잡은 무신들에겐 가장 위험스럽게 생각될 사람이다. 이 무신정권이 얼마나 오래 갈지는 알 수 없지만 정권이 무너지기 전에는 대년이 벼슬하는 것을 기대할 수 없을 것이고 나아가 생명을 부지하기도 어려울 것이다. 대년은 허탈감에서 벗어나지 못하고 멀뚱히 허공만 쳐다보고 있었다.

다음날 땅거미가 질 무렵 아버지 서재에 들어가 앉았다가 잠시 바닥에 드러누웠다.

대년은 아재가 찾아와서 어딘지 함께 가자고 하여 따라나섰다. 뒤뜰로 가니 아버지가 목검을 들고 혼자서 무예를 연마하다가 대년이 오는 것을 보고는 웃으면서 말씀하셨다.

"대년아! 시를 쓴 것이 금낭에 가득 찼겠지?"

대년은 오늘따라 왠지 아버지가 서글퍼 보이고 무언가 잘못된 것 같아서 말했다.

"아버지! 건강하세요?"

아버지는 팔뚝의 옷을 걷고 근육을 만들어 보이면서 말했다.

"암, 이렇게 건강하고 튼튼하지."

"그렇다면 저에게 무예를 좀 가르쳐 주세요."

"안 된다. 너는 글을 읽고 시를 써야 한다. 너의 머리 위에 문창성이 빛나는 것을 알지 못하느냐?"

"아버지! 무신들이 판치는 이런 세상에선 무예가 더 필요할 것 같아요."

"안 돼! 나와 같이 매일 운동하는 사람도 안 되는 것이 무술이다.

특히 너는 글을 읽고 시를 짓는 데 전념해야 성공할 수 있느니라.”

“아버지! 저는 아재를 따라 무예를 배우고 싶어요.”

아버지가 갑자기 험상궂은 얼굴이 되어 고함치듯 말했다.

“안 돼! 너는 가문을 생각해라.”

“아버지!”

외마디 소리를 지르고 보니 꿈이었고 온몸은 땀으로 흥건히 젖어 있었다.

대년은 곰곰이 생각해 보았다. 결국은 글을 읽는 것이 나의 숙명이고 가문을 위하는 일이란 말인가? 대년은 그날 오랫동안 생각하였으나 어떤 것이 가장 옳다는 결론을 내지는 못하였다. 그렇다고 매일 이렇게 빈둥거려서야 되겠는가? 결국 아버지의 생전의 뜻을 받들 겸 아무런 생각도 하지 말고 책을 읽기로 결심하고는 자기 방으로 돌아왔다.

두문불출하고 책을 읽다

그날부터 대년은 두문불출하고 오직 책만 소리 없이 읽으며 지냈다. 어머니도 대년이 큰 결심을 한 것을 알고 방해하지 않고자 친구들이 물으면 그때마다 고향에 내려갔다고 말하여 돌려보냈다. 세월은 무심히 흘러갔다.

그런데 원수를 갚을 방법은 먼 데 있지 않았다. 1년쯤 후 아버지를 한칼에 죽였던 이고가 법운사와 개국사 중들과 결탁하여 여정궁 태자의 관례식에 참석할 때 이의방을 죽일 계획을 세웠다고 김대용이 제보하여 왔다.

이 이야기를 들은 이의방은 김명식 군관에게 부하 몇 명을 붙여 주고는 채원을 도와 불시에 습격하여 이고를 잡아 죽이게 했다. 그래서 아버지를 살해한 이고를 죽여 아버지의 원수를 갚아 주었다. 그런데 이번에는 채원이 조정 신하들과 결탁하여 이의방을 제거하려 한다는 소식이 들려왔다. 이에 이의방이 김 군관에게 또 지시했으므로 부하들을 데리고 불시에 쳐들어가서 채원과 그의 문객들을 모두 죽였다.

이렇게 이고와 채원을 죽임으로써 이의방이 정권의 중심에 서게 되었고 김명식 군관은 낭장으로 승진하였다. 그렇게 진급한 김명식 낭장이 뒤를 돌보아주고 있기 때문에 대년의 집안에서는 위기가 멀리 사라진 것 같아 평온한 나날을 보낼 수 있었다.

하루는 어머니가 말씀하셨다.

"대년아! 나는 네가 더 늦기 전에 혼인하는 것이 좋을 것 같구나."

"숨어 지내는 제가 무슨 염치로 혼인을 생각하겠습니까?"

"아니야. 네 아버지가 살아계실 때 병부사랑 하음전씨 둘째딸과 혼약한 사실을 너는 기억할 것이다. 그 집에서는 너의 인품을 잘 알고 있고 네가 또 요즈음 열심히 공부한다는 소식을 듣고 서두르고 싶은 모양인데, 너는 싫지 않으냐?"

"모든 것은 어머니의 뜻에 따르겠습니다만 제 처지를 생각하니 걱정입니다."

"네 뜻은 알겠다. 내가 알아서 잘 추진하겠다."

그때부터 어머니와 그 집 사이에 혼인에 대해 논의가 있었다. 그후 대년이 19살 되는 따뜻한 봄날에 정한수를 떠 놓고 양쪽 집 가족만이 지켜보는 가운데 혼례를 올렸다.

혼인 후에도 아내는 안채에서 지내도록 하고 대년은 뒷방에서 책 수천 권을 쌓아 놓고 오직 글 읽기에만 몰두하였다. 가끔 글이 눈에 들어오지 않고 잡념이 생길 때면 대년은 증조할아버지 언을 생각하였다.

숙종 9년(1104)에 여진이 침공해 와 윤관이 동북면행영병마도통으로 임명되었을 때 보군이 중심이었던 고려군은 마군이 주축이었던 여진군에게 패퇴를 거듭했다. 그때 부승선이었던 언 할아버지가 여진을 물리치기 위해서는 군대를 재편성해야 된다고 임금에게 건의하였다. 그래서 마군과 보군으로 나누어 신기군과 신보군을 창설하였고 언 할아버지는 별감에 임명되어 그 신기군과 신보군의 훈련을 전담했다. 군사들이 어느 정도 훈련되자 언 할아버지가 도지병마영할사로 임명되어 군사를 이끌고 동북면에 가서 수년간 전쟁터를 달렸다.

언 할아버지는 부하들과 함께 매서운 추위 속에서도 용맹을 발휘하여 마군이 중심이었던 여진군을 물리치는 큰 전과를 올렸다. 그리고 동북면에 여섯 성을 쌓은 후, 공험진에 비석을 세워 경계를 삼는 한편 언 할아버지가 지휘관인 윤관의 이름으로 장계를 임금에게 올렸는데 그 글이 명문이었다고 칭찬이 자자했다는 것이다. 언 할아버지는 그후 영주성을 쌓고는 그 경위와 앞으로의 대책 등을 글로 써서 성벽에 붙여 여진족을 경계했는데, 이때 쓴 글도 명문이었다고 알려지고 있다.

증조할아버지는 이렇듯 전쟁터에서는 용맹한 장군이었을 뿐만 아니라 붓을 들면 매우 훌륭한 문장가였다. 할아버지가 동북면의 전선에서 조정으로 돌아오자 한림시강학사로 임명되었으며, 한번은 지공거가 되어 오연총과 더불어 과거시험을 관장하였다. 또 뒤이어 간의대부 및 예부시랑 등을 역임하였다고 한다. 참으로 훌륭한 증조할아버지였으므로 대년은 스스로 본받고 싶었다.

대년은 때로 먼 조상들에 대해서도 생각해 보았다. 그중에서 특히 증조할아버지와 똑같은 이름을 가진 언 할아버지가 있었다. 그 언 할아버지는 신라 말 어지럽던 후삼국시대에 왕봉규 장군 휘하에서 많은 전공을 세웠다. 그는 사은사가 되어 후당에 다녀오기도 했는데 고려가 삼국을 통일한 후에는 한 고을의 태수로 임명되었다. 그 할아버지가 개국공신(벽상공신)에 임명된 관계로 자손들이 공신전을 받게 되어 대대로 호의호식하였고, 큰아버지가 아버지에게 공신전을 나누어 준 관계로 지금까지 농지를 가지게 되었으니 이는 참으로 고마운 일이라는 생각이 들었다.

그렇게 용맹스럽고 훌륭한 조상님들의 자손임에도 지금 자신은 비겁하고 무능하기 그지없다는 데 생각이 미치면 가슴을 도려내는 아픔을 느끼곤 하였다. 그래서 그런 할아버지들의 피를 이어받은 사람으로서 어찌 이렇게 마음 약해서야 되겠느냐고 속으로 다그치곤 하면서 대년은 더욱 열심히 서책에 몰두하였다.

하루는 대년이 뒷간에 다녀오다가 마당을 보니 아버지와 아재가 신체를 단련하던 모습이 눈에 떠올랐다. 그 마당에 아버지는 없고 잡초만이 무성한데 그 잡초 속에 이름 모를 예쁜 야생화가 섞여 있었다. 아무도 돌보지 않는데도 예쁜 꽃을 피우는 야생화의 생명력에 놀라면서 멍하니 쳐다보고 있었다. 그때 마침 담지가 집 앞을 지나가다가 대년이 뜰에 서 있는 것을 담 너머로 보았다.

"대년이! 이 얼마 만인가? 큰 변란을 겪은 후 자네가 시골로 내려가 소식이 끊겼다고 친구들이 얼마나 걱정을 많이 했는지 아는가? 언제 돌아왔나?"

"사실은 시골에 내려가지 않고 집에서 책만 보았다네. 어서 들어오게."

담지가 방에 들어오자 대년은 아내를 가리키며 말했다.

"난 그새 혼인을 했는데, 이 사람이 내 내자일세."

"아! 인사드리겠습니다. 저 이담지입니다."

아내는 아무 말 없이 고개를 숙여 인사하고는 밖으로 나갔다.

"참으로 놀라운 일들이 많았구먼."

"나를 만났다고 친구들에게는 말하지 말게. 혹시 밖의 소식은 좀 없는가?"

"얼마 전 귀법사 승려 백여 명이 이의방 타도를 외치며 도성의 북문으로 침입하였다네. 이에 이의방이 군사를 이끌고 그들을 공략하였고 승려들은 뿔뿔이 흩어졌지. 그러자 이의방은 중들에게 앙심을 품고 귀법사, 중광사 등 여러 절을 허물고 재물을 약탈하였다더군."

대년은 김명식 낭장도 이의방 군대 속에 있었지 않았을까 생각하며 물었다.

"아니! 절까지 허물고 약탈했어? 반발이 심할 텐데?"

"그런 걸 생각하는 사람들이 아냐."

"아무튼 승려들도 기가 많이 꺾였겠군. 혹시 우리 선비들에게는 영향이 없을까?"

"왜 없겠어. 무신들의 권력이 안정되지 않으면 선비들을 핍박하겠지."

이때 아내가 방문을 열고 다과를 넣어 주고는 돌아갔다. 대년이 물었다.

"참! 미수 소식은 없는가?"

"승려가 되기로 결심했다더군. 며칠 안에 머리를 깎을 예정이래."

"승려들에 대해 무신집정자들이 악감정을 가지고 있는데도 입산한대?"

"무신정권 아래 선비들은 설 땅이 없을 것이고, 그래서 출세를 포기한 선비들이 얼마나 많은 줄 아는가? 나도 시골로 내려갈까 망설이고 있네. 미수는 대숙이 승려 중 가장 존경받는 화엄승통 요일이 아닌가? 또한 미수가 어릴 때 부모를 여의고 그 승통에 의해 양육되어 왔으니 그 영향도 클 것이네."

"그래? 미수가 전에 농처럼 내게 한 말이 있네. 장래가 구만리 같은 좋은 친구이니 입산만은 말려야 하지 않겠나?"

"글쎄, 만류해 보았지만 이미 결심한 것 같으니 어려울 것이야."

미수가 머리 깎고 입산하다

담지가 돌아간 후에 대년은 미수에 대해 한동안 생각해 보았다.

대년이 14살 때 글방을 다니게 되었다. 그 글방 친구들 가운데 담지와 미수가 가장 친한 친구였다. 담지는 대년과 동갑이고 미수는 둘보다 2살 위로서 셋이 글방 안에서 시를 가장 잘 지었다. 16살 되던 의종 23년(1169) 7월이었다. 대년은 어머니의 승낙을 얻어 미수와 담지에게 칠석을 주제로 하여 시를 지어 오라면서 집으로 초청하였다. 세 사람은 칠석날 밤에 모여서 학문을 닦는 방법과 시를 짓는 마음가짐 등 여러 문제에 대해 의견을 나누었다. 그날 미리 써 가지고 온 시들을 읽고 서로 토론해 보았다.

미수는 해마다 칠석에 견우와 직녀가 만나는 오작교를 까마귀와 까치가 만든다는 이야기를 주제로 하여 시를 지어 왔다.

> 은하수 맑디맑고 달빛은 밝게 빛나는데
> 기쁘다, 견우·직녀 이 밤에 만난다네,
> 많은 인간들아! 까마귀와 까치가
> 해마다 수고롭게 오작교를 만든단다.

銀河淸淺月華饒　也喜神仙會此宵　多少人間烏與鵲　年年辛苦作仙橋

담지는 도가의 집안에서 자란 사람답게 도가의 옛 인물들의 행적 가운데 위진남북조시대의 죽림칠현 중 한 사람인 완함(완적의 조카)의 일화를 생각했다. 당시에는 해마다 칠석날에 옷을 장대에 내걸어 햇볕을 쬐는 세시풍속이 있었다. 칠석이면 장마도 다 지나고 해가 강해지기 시작하므로 그간 눅눅해진 옷을 말리기 적당했기 때문이었다.

완씨들은 많은 친척들이 모여 살았는데 큰길의 남쪽 집들은 가난했고 북편은 부유했다. 그들은 이 풍속을 기화로 자신들의 부를 은근히 뽐내서 형형색색의 비단옷을 걸어서 화려했다. 남쪽의 가난한 완씨들은 자신들의 낡은 옷을 내걸 엄두도 내지 못했다. 그러나 완함은 가난을 부끄러워하지 아니하고 대나무 장대를 들고 나와 넝마주이나 다름없는 웃옷과 바지를 턱하니 널어 놓았으며, 이에 사람들이 완함의 이런 행동에 크게 탄복했다 한다(진서 완함전).

담지는 이와 같이 옷가지를 햇볕에 쏘이던 세시풍속을 주제로 하였는데, 당나라 무제 때 외척으로 활략해서 거부를 이루었다는 허씨, 사씨들과 칠석날 옷을 말렸던 누대인 폭의루 등과 비교하면서 시를 지었다.

앉아 생각하니 호사했던 허씨, 사씨 집안
폭의루 위에 화려한 비단옷 많이 내걸었지!
세시 풍속을 따르지 않을 수 없어 구차하게
마당 한가운데 쇠코잠방이 높게 걸었다네.

坐想豪奢許史門　曝衣樓上綺羅繁　未能免俗聊爲爾　高掛中庭犢鼻褌

대년은 칠석을 맞이하면 우리나라에서 부녀자들이 직녀성에 길쌈과 바느질 솜씨가 늘기를 비는 제사를 지내고 잔치하는 관습을 생각하며 지은 시를 제시했다.

집집마다 칠석 잔치에 분주하고
마을마다 결교하는 사람들이 많네.
나 홀로 직녀성과 약속이나 있는 듯
어리석은 정신을 다시 가다듬네.

千家有菓競時新　无限區區乞巧人　獨與天孫仍有約　更將愚拙付精神

셋은 가져온 시를 번갈아 가면서 살펴보고는 시의 관점이 서로 다른 것과 셋의 생각을 합치면 매우 아름다운 시를 만들 수 있음을 알게 되었다. 그래서 앞으로는 각자가 지은 시를 서로 보여 주고 비판하거나 협력해서 더욱 좋은 문장을 만들고 훌륭한 시인이 되자고 약속하였다.

그런데 그 단짝 중 미수가 속세를 떠나 중이 되려 한다니 어이가 없는 일이었다.

"미수는 한동안 정권을 좌지우지했던 세도가인 경원이씨의 자손이지만 정중부 등과 원수진 일이 없다. 대년의 아버지처럼 죄도 없이 살해당한 경우는 가족들이 원한을 품을 것이니까 무관들은 보복을 당할까 우려할 것이지만 미수에게는 그런 문제도 없다. 그런데 출세를 버리고 석가모니를 따라 머리를 깎고 입산한다면 그의 재주가 너무나 아깝지 않은가? 아무튼 미수의 입산만은 꼭 만류해야 한다."

대년은 혼잣말을 이렇게 지껄이다가 미수에게 편지를 썼다.

(전략) 그러나 유자와 승려의 무리들 가운데 그 도를 해롭게 하는 사람들이 많습니다. 오늘날 몸에는 의관을 걸치고 입으로는 인의를 말하면서 "나는 공씨의 무리(유교를 숭상하는 선비)이다." 하는 사람들이 있습니다. 그들을 천천히 훑어보면 도에 의탁하여 불의만 증가시키고 가끔 어리석고 무식한 백성들에게 차마 하지 못할 바를 행합니다. 이것은 진실로 시와 글을 배운 자들이 스스로 무덤을 파헤치는 것과 같으니 우리 성인(공자)에게 큰 죄를 짓는 것입니다.

　머리 깎고 검은 옷을 입은 사람(승려를 말함) 중에도 부부와 부자도 없고 남을 속이고 망령되이 허튼말을 지껄여 사람을 꾀어 자기만을 이롭게 하는 사람이 많습니다. 어찌 유자와 승려가 다르다고 하겠습니까? 군자가 배척하지 않고 무조건 칭찬하고 부추기기만 하면 되겠습니까? 내가 석씨(석가모니)를 배척하는 것은 대개 여기 있는 것이고 그 본래의 도를 더욱 존중하기 때문입니다.

　형과 나는 친했고 즐거이 석씨를 좋아하였습니다. 비록 내가 좋아서 따랐던 것이지만 의심되는 것은 일 만들기를 좋아하는 형이 석씨 무리를 보면 합장을 하며 공경해 마지않는 것입니다. 그들이 어찌 진정으로 석씨를 좋아하는 사람이겠습니까? 내가 항상 형을 위해 말했으나 조금도 막지 못했으며 그 결과로 형은 나를 석씨를 배척하는 사람이라고 생각하고 있습니다.

　또한 본래의 그 도는 즐거워하면서도 거짓을 마음대로 하고 허황된 이야기를 하는 무리에게 성낼 줄 모릅니다. 장차 나를 버리고 남으로 떠나가려 하니 그 떠남이 중요하므로, 이런 말을 고하여 그 뜻을 변하도록 하고자 하는 것입니다. (후략)

변성명하고 강남에 숨기로 하다

명종 4년(1174) 초에 미수가 머리 깎고 강남으로 떠났다는 말이 들려 왔다. 그러나 대년은 더 이상 미수의 입산을 막을 방법이 없었다. 미수가 떠나서 이제 대년이 혼자 남았다는 서글픈 마음이 들었다. 그런 심경을 추스르고 싶어서 대년은 뒷방에서 수많은 서책들 속에 파묻혀 읽고 또 읽었다. 무슨 목적이 있어서 읽는 것이 아니고 단지 아버지의 뜻을 받들고 선비는 책을 읽어야 한다는 막연한 생각에서였다.

그해 초봄에 오세재와 황보약수가 찾아왔다. 대년이 얼른 뒷방으로 불러들였는데, 앉자마자 약수가 말했다.

"형이 오래 전에 시골로 갔다는 소식을 들었기에 찾아뵙지 않았어요. 며칠 전 담지 형을 만났는데, 형이 시골에 가지 않고 서울에 계신다더군요. 오랫동안 형의 소식을 말하지 않은 담지 형이 미워서 좀 욕을 했어요."

"내가 부탁을 했기 때문일세, 미안하이. 요즘 바깥세상의 이야기 좀 하여 주게."

"작년 8월에 동북면병마사 김보당이 난을 일으켰답니다. 정중부와 이의방을 토벌하고 의종을 복위시키자는 것이 명분이었다더군요."

이때 아내가 다과를 가져왔으므로 대년이 인사를 시켰다.

"부인! 인사를 드리세요. 이분은 내가 가장 존경하는 오세재 형님이고 이분은 글방 후배인 황보약수입니다."

비좁은 방이라 두 사람이 어렵게 일어나 인사를 한 후 자리에 앉았다. 아내가 돌아가고 문을 닫은 후 대년이 약수에게 물었다.

"그래 김보당은 어떻게 되었나?"

"그들은 녹사를 거제도에 보내 의종 임금을 경주로 모셔오는 등 기세가 등등했는데, 이의민이 이끄는 정부군에게 패배하였고 결국 은 김보당 등 여러 사람이 저잣거리에서 살해되었습니다. 또한 의 종 임금은 경주에서 이의민에게 허리를 꺾인 채 시해되었답니다. 이때부터 무관들은 문관들이 언제고 배신할 수 있는 사람들이라면 서 의심스런 문관들을 대거 참살하고 있다고 하니 참으로 걱정입 니다."

"무관들이 죄 없는 문관들을 대거 참살하는 이유가 무엇이라던 가?"

"김보당이 체포되었을 때 '임금을 복위시키려는 이 모의에 무릇 문관이라면 가담하지 않을 자가 누가 있겠는가?'라고 진술하였답 니다. 그래서 그후 10일간 많은 문관들이 죽임을 당했다 하고, 또 많은 문관들이 의심을 받게 되었답니다."

대년은 깜짝 놀랐다. 문관을 의심하여 대거 참살한다면 그 화가 자신의 가정에도 미칠 가능성이 매우 높았기 때문이다. 대년은 두 사람이 떠난 후 오랫동안 속으로 근심을 하였다. 아무래도 하루빨 리 개경을 벗어나는 것만이 살 길인 것 같았다. 그렇다고 얼른 떠 날 수만도 없는 것은 어머니, 누이동생과 처를 데리고 움직이기 어 려웠기 때문이다.

초여름에 접어들자 지루한 장마가 며칠간 계속되었다. 하루는 구 름이 걷히고 모처럼 만에 청명한 하늘을 보게 되어 기뻤는데, 그날 오후에 김 낭장이 찾아왔다. 김 낭장은 대년과 어머니가 있는 자리에서 근심스런 얼굴로 말을 꺼냈다.

"김보당의 난 이후에 중방에서는 무신들이 살해한 문관들의 가족이나 재산을 전반적으로 조사하자는 결정이 있었습니다. 무신들에게 악감정을 가질 가능성이 많은 사람들을 찾아내 대역죄로 다스리기로 결정한 것입니다. 지금까지는 제가 잘 막아왔지만 앞으로도 막을 수 있을지 걱정입니다."

개경을 빨리 벗어나야겠다고 생각하던 대년이 물었다.

"제가 전에 태자시종으로 발탁될 때를 전후하여 김천 시랑님과 김거실 소경님에게 보낸 글월이 있는데 동궁전에서 혹시 그런 것도 찾아내지 않을까요?"

"이번 조사에는 승선 가운데 한 분이 참여하기로 하였으니까 궁중이나 동궁전의 기록도 살펴볼 것이야. 그러나 그 많은 기록 중에서 그런 편지를 찾아내기란 쉽지 않겠지. 그보다는 너의 아버지가 누군지 밝혀지기가 더 쉬울 것 같아."

한참을 생각하다가 어머니(나주박씨)가 결심한 듯이 대년에게 말했다.

"대년아! 김 소경 등 두 분에게 보낸 편지에 '임대년'이라는 너의 이름을 썼고 너의 태자시종 발탁 기록도 동궁전에 있을 테니까 아무래도 너는 이름을 바꾸는 것이 좋겠다. 그리고 네가 먼저 개경을 벗어나 양양(전에 보주라 함, 지금의 예천)으로 가서 숨어라. 여기 집에 있는 돈과 패물들을 줄 테니 가져가서 조그만 집도 장만하고 농토도 두어 이랑을 사거라. 후에 필요하다면 내가 내려갈지도 모를 것이야. 양양에는 옛날에 임장부라는 분이 정의감과 덕망이 높았고 호장으로 계시면서 불사를 한 것으로 유명한데 그분 자손도 불교를 중시할 것이다. 혹시 자리를 잡기 어려우면 그분의 자손을 찾아가 부탁드려도 좋을 것이다. 모든 일은 돌쇠를 데리고 가면 잘 알아서 주선할 것이다. 만일 급한 일이 생기면 상주에 있는 황령사를 찾아라. 너도 인사를 드린 적이 있는 관제 스님이 한 달 전에 그곳 당두로 내려가셨다."

"네. 그러나 집사람은 애를 가진 지 넉 달이나 되니 먼 여행을 떠나는 것은 위험할 것 같습니다."

"그래도 조심하면서 데리고 가거라. 나는 연희와 함께 이곳에서 집을 지키겠다."

이때 김 낭장이 한마디 거들었다.

"그게 좋겠습니다. 대년은 오늘이라도 떠나는 것이 좋겠어요."

"아재! 대단히 미안한 일이지만 앞으로도 어머니와 식구들을 잘 보살펴 주세요. 저는 아재만 믿고 내려가겠습니다."

"그래, 내가 열심히 노력하겠다. 이곳 걱정은 잊고 내려가서 잘 지내라. 언젠가 함께 모여 살게 될 날이 있을 것이니 기다려 보자."

그날 밤 대년은 먼저 자기 이름을 '기지'라고 바꾸고, 호를 '춘'이라 새로 정하는 한편 고향으로는 가되 관향이나 출신지를 보주(지금의 예천, 한때 양양이라 불림)라고 말하지 않겠다고 어머니에게 말했다. 한편 이제 떠나면 언제 다시 돌아오게 될지 모르는 먼 길을 떠나는 서글픈 심정을 시로 적어서 담지에게 보냈다. 비록 고통스런 일이지만 남쪽 지방으로 떠나겠다는 뜻을 친구들에게 알리기 위해서였다.

단혈에 봉황새 살았는데
어느 날 아침에 새끼를 낳았네.
산타(새끼를 낳고 털을 떨어뜨림) 속에서 처음 떠나 날자
다섯 빛깔의 문채가 풍요롭구나.

훨훨 날아 남쪽 나라에 가버리면
어찌 둥우리 속에 가둘 수 있으랴.
어느 때 큰 들판에 다시 나와서
조소(악기 이름)의 가락에 응할는지?

丹穴有鳳凰　一朝生鸑鷟　初離産毻中　五色文章足
飛來入南國　豈可樊籠束　何時出大平　鳴應詔簫曲

3. 양양에 숨다

개경을 떠나 양양으로 가다

다음날 이른 새벽에 기지는 어머니에게 하직을 고했다.

"먼저 내려가겠습니다."

"그래라. 먼 길에 조심해라."

"어머니와 연희를 두고 떠난다는 것이 못내 가슴 아픕니다. 특히 연희는 시집보내야 하는데 시집가는 것을 보지 못하고 떠나야 하는군요."

"하는 수 없는 일이다. 연희는 내가 알아서 시집을 잘 보낼 것이니 이곳 걱정은 하지 말거라."

어머니가 비단주머니(금낭)를 꺼내 주면서 말했다.

"우리 여자들이야 무슨 일이 있겠느냐? 집과 땅이 있으니, 내가 연희를 데리고 잘 지낼 것이니 이곳에 대한 염려는 하지 마라. 그리고 이 금낭은 매우 소중한 것이니 네가 지녀라."

"연희야! 우리만 떠나게 되어 미안하구나. 어머니를 잘 모셔라."

연희가 눈물을 훔치며 말했다.

"오빠! 올케가 배가 부르니 조심해서 내려가세요."

기지가 돌아보니 돌쇠가 나귀에 이미 자주 읽는 서책 십여 권과 옷가지, 필묵, 쌀 두말 등을 싣고 아내와 함께 출발 준비를 완료한 상태였다.

기지는 동네 사람들에게 들키지 않도록 조용히 집을 나와서 곧바로 개경을 출발하여 양양을 향해 남쪽으로 길을 재촉하였다. 마침 날씨는 쾌청하여 걷기에 좋았다. 장단에 도착했을 때 두기진이라고도 불렸던 장단천은 양안에 청석이 멀리 뻗쳐 있어서 마치 한 폭의 그림같이 아름다웠다. 마침 조각배가 반대편 언덕에서 이쪽으로 돌아오고 있다기에 잠시 기다리기로 했다.

철썩이는 물결 소리는 전과 같이 듣기 좋았지만 기지로서는 언제 다시 돌아올지 기약 없는 발걸음이기에 쓸쓸한 생각이 들었다. 시간이 지나면 모든 것이 변할 것이니 자신의 운명도 나아지지 않겠는가 하는 희망도 가져 보지만 서글픔을 지울 수는 없는 일이었다.

넓적한 바위 위에 털썩 주저앉아서 어머니가 주신 금낭을 열어 보았다. 금낭에서는 수많은 종이 쪽지가 쏟아져 나왔다. 자세히 보니 기지가 읽은 고전 중 아름다운 문구와 지금까지 짓다가 어머니에게 드렸던 시구들이 가득 들어 있었다. 눈물이 왈칵 쏟아졌다. 이제는 아들에게 좋은 시를 짓거나 문장을 만들면서 살아가라는 어머니의 진심어린 충고가 느껴졌다.

한참 만에 마음이 진정되자 찬찬히 종이들을 훑어보았다. 그 속에 이곳 장단에 관한 글이 쓰인 쪽지도 있었다. 기지는 그 쪽지를 참조하면서 먼 길을 떠나가는 나그네의 심사를 담아 즉흥시를 지었다.

> 장단땅 바람 세차 물결이 산 같은데,
> 조각배를 빌어 여울을 오르려 하네.
> 12시간 지나면 아침도 밤이 되는 것,
> 인간에겐 어느 때 파란이 적어질까?

長湍風急浪如山　欲借孤舟上瀨灘　十二時回朝復暮　人間何日少波瀾

　　개경에서 양양까지는 5백여 리로서 걸어서 가는 것이고 배가 불러오는 처를 데리고 가는 길이라 여러 날이 소요되었다. 기지는 힘없이 산 넘고 물 건너 터덜터덜 걸어가노라니 지난 일들이 주마등처럼 스쳐 지나갔다.

　　기지가 10살 되던 생일날에 아버지가 다음과 같은 요지의 말씀을 하셨다.

　　"어머니가 문창성 태몽을 꾸고 너를 낳았으니 한고조를 옹립하여 천하를 통일했던 장량처럼 훗날 제왕의 큰 스승이 되기를 바란다."

　　그때부터 아버지의 뜻을 받들고 제왕의 스승이 되기 위해 기지는 수천 권의 책과 씨름을 하였다. 실제로 선비란 그렇게 쓰여지질 않으면 다른 면에선 쓸모가 없는 것이 아닌가? 좋은 시를 짓고 읊는다고 하여 어디서 돈이 생기는 것도 아니니까 어쩌면 집안 식구들만 고생시키게 된다. 그래서 기지 자신은 제왕의 스승이 되는 꿈과 기개를 가지고 지금까지 학업을 연마하고 열심히 살아왔는데, 이제는 더러운 무리들로 인하여 그 기개를 펼칠 수 없게 되었다고 생각하니 한심하기 그지없었다.

기지는 가까운 친척 가운데 큰 인물이셨던 간 할아버지 집안을 생각해 보았다.

간 할아버지는 숙종과 예종 임금 때에 높은 벼슬을 하였던 분이다. 그는 과거에 급제하여 여러 직위에서 많은 일을 하다가 지추밀원사판삼사사와 지추밀원사좌복야를 거쳐 수사공에 임명되는 등 오랫동안 여러 높은 관직에서 임금을 성실히 보필하면서 국가사회를 위해 큰일을 많이 하다가 문하시랑평장사(정2품)로 관직에서 물러났다. 당시 신하 가운데 가장 높은 시중이 종1품이었으니까 정2품이라면 시중 다음에 해당하는 매우 높은 지위에 올라간 것이다.

간 할아버지의 후광을 입은 세 아들 모두 큰 벼슬을 하면서 조정에서 임금님을 잘 보필하였다. 그 결과 맏아들 경청은 인종 임금 시절에 자기 아버지와 같은 정2품인 수사공을 거쳐 추밀원사판삼사사의 높은 벼슬을 하였고, 나머지 경식과 경화도 모두 정3품의 벼슬을 하였으니 당대에는 따라갈 집안이 없을 정도의 고관대작의 집이라고 할 수 있었다.

한편 기지의 할아버지(중간)도 증조할아버지인 언의 군공 및 높은 문관직에 힘입어 문음으로 일찍 벼슬길에 나갔다. 젊은 나이에 임금을 지근거리에서 모시는 내시가 되었으니, 당시에는 임가 가문을 부러워하지 않는 사람이 없을 지경이었다. 그런데 그 중간 할아버지가 신병으로 38세의 젊은 날 갑자기 돌아가셨던 것이다. 그래서 큰아버지 종비와 아버지 광비가 열심히 노력하여 과거에 급제하고 다시 가문의 희망을 이어갔다. 그런데 이번에는 아버지가 36세의 젊은 나이에 이의방에게 죽임을 당한 것이다.

아버지의 갑작스런 죽음도 억울하기 그지없지만 그 결과로 기지는 무신들의 눈을 피해 이렇게 도망가고 숨도 크게 쉬지 못하는 신세가 된 것을 생각하니 가슴을 도려내는 듯하였다. 이제는 가문을 일으키기는 어려워졌을 뿐만 아니라 친척들을 위해서라도 스스로가 그들을 모르는 사람 취급을 하면서 숨어 살아야 한다니 더욱 기가 찰 노릇이었다.

간 할아버지와 백부 종비가 보주 사람으로서 너무 유명한 분들이었기 때문에 만일 기지의 신분이 밝혀지고 보주 사람임이 알려진다면 사람들은 기지가 간 할아버지와 백부의 친척임을 쉽게 알게 될 것이다. 따라서 무신정권하에서 친척들에게 누를 끼치지 않기 위해서는 자신이 보주 사람이라고 말하지 않아야 할 것이다. 그래서 어머니에게 자신은 보주 사람이라는 말을 하지 않겠다고 약속한 것이다.

그렇다면 어느 지방 사람이라고 하여야 할 것인가? 엉뚱한 지방을 고향이라고 거짓말을 한다면 조상이 다른 사람이라고 말하는 것과 같으니 안 될 일이다. 차라리 중국에서 조상이 살던 지명을 사용하는 방법은 어떨까 생각해 보았다.

기원전 5세기에 임방이 태어난 곳은 서하(기하의 서쪽지방)였는데, 당 현종 때 공자의 제자인 임방을 기리고자 서하백작에 추봉하였다. 그래서 임방의 자손은 중국에서 서하당 임씨라고 불렸다. 임방의 후손인 기지는 중국의 친척들과 같이 서하를 관향 같이 사용하여 서하 사람이라고 자칭하는 것이 좋을 것 같았으나 쉽게 결론을 내기는 어려운 일이었다.

「장검행」 시를 쓰다

지금 기지가 출세의 가능성이 조금이라도 있는 개경을 떠나 이렇게 먼 시골 구석으로 피신한다는 것은 벼슬에 대한 희망을 버리는 일이다. 이런 상황 속에서 가슴을 저미는 아픔을 추스르는 한편 친구들에게 자신의 심경을 솔직히 토로하고 앞으로 그들만이라도 큰 인물이 될 것을 기대하고 있다는 요지의 시를 쓰고 싶었다. 그래서 양양으로 가는 며칠 동안 「장검행」이라는 산문 형식의 긴 시를 지었다.

이 장편의 시는 기지가 심혈을 기울인 시로서 몇 부분으로 나눌 수 있다.

첫 부분은 북두칠성 중 여섯 번째 별인 문창성을 태몽으로 태어난 기지 자신에게 부모님이 얼마나 기대가 컸던가를 회고하였다. 그리고 6척 장신으로 장성한 지금, 정중부를 중심으로 한 무신난의 발생으로 살 곳을 잃어버리고 어지럽고 궁벽한 팔극 밖으로 쫓겨나는 신세가 된 데까지 초년의 삶을 개관하였다.

> 꼿꼿한 6척의 이내 몸
> 한번 이 세상에 태어났네.
> 뽕나무 활로 쑥대 화살을 사방에 쏘듯

사나이 지닌 담력 크기도 하여라.

갑자기 미친 바람이 휘몰아쳐
파도가 온 나라를 흔드니
교룡과 물고기, 자라가 모두 불안하여
집 나와 헤매다가 살 곳을 잃었네.

지금 호방하고 걸출한 인물 없으니
누가 공명을 세울 수 있겠는가?
아! 나는 매달린 바가지와 같아서
어렵고 곤궁한 몸으로 먼 바깥으로 내쳐졌네.

骯髒六尺身　一落乾坤內　桑弧蓬矢射四方　男兒有膽如斗大
況有狂風吹　波濤搖四海　蛟龍魚鼈皆未安　出穴動蕩失所在
時無豪傑士　誰赴功名會　嗟哉我若匏瓜繫　揮斥難窮八極外

　다음 부분은 기지가 1170년 무신난 후 4년여 동안 숨어 살면서
학문에 진력한 것을 기술하였다. 고려사회에서는 광종 때 과거제
도를 도입한 이후로 가문을 빛내기 위해선 과거를 통한 입신이 필
요했다. 그런데 기지로서는 무신난에 뜻하지 않은 큰 화를 당하여
과거를 볼 수는 없게 되었다. 그렇다고 선비가 글월을 멀리하여서
는 안 된다는 생각으로 모든 고민과 어려움을 극복하고 굶주림이
극에 달한 가운데에서도 열심히 서책에 파묻혔던 것이다.

개경 땅 흙먼지 속에서
베개 돋우고 5년을 버텼네,
굶주려서 낯빛 이미 검게 변했어도
메마른 창자에 책 천 권 들었어라.

정강이만 덮더라도 따뜻할 만하고
배만 부르면 더 원할 것이 없네.
가소롭다! 문장이란 값이 나가지 않는 것
만승천자가 언제 「자허부」를 읽었던가?

長安塵土中　高枕臥五載　恒飢已變顔色黧　牢落枯腸千卷書
及骭亦足溫　滿腹不願餘　可笑文章不直錢　萬乘何曾讀子虛

그 다음 부분은 무신난 이후 세상이 더러워졌음을 비판하면서 21살의 기지가 무신들을 피해 강남으로 숨어 들어가는 장면을 기술하였다. 그는 가족을 이끌고 나귀 한 필로 먼 길을 가면서 뒤돌아보곤 하는 상황을 기술하였다.

어지러운 세상 더러운 무리들은
치질 핥고 30수레 얻었다네.
너희 얼굴에 침 뱉고 떠나련다.
큰 뜻 가지고 귀거래 노래하면서.

여염에 발을 끊고 늙어가는 이 몸은
장에 갇힌 새요, 연못 속의 고기라네.
집안을 이끌고 만리를 가는데
쓸쓸히 나귀 한 필로 떠나왔네.

고향에 도달하여 가을바람 불어오면
순채국 술 한 잔이 한창 맛있으리.
머뭇거리며 머리 돌려 중원을 바라보니
풍파의 땅 그대로인 것 가련하구나.

紛紛世上鄙夫輩　舐痔猶得三十車　我欲唾面去　浩然賦歸歟
休向閭閻老一身　如籠中鳥池中魚　盡室萬里行　蕭蕭一疋驢
家山急赴秋風至　蓴羹一杯方有味　遲遲回首望中原　可憐久作風波地

　기지는 자기가 품었던 웅대한 포부를 기술하였다. 그는 역발산의
힘센 항우를 사로잡은 장량처럼 제왕의 스승이 되는 것이 장부의 사
업이라고 보았다. 다만 자신은 모든 것을 포기하고 강남으로 내려오
는 길이지만 그런 꿈만은 버리지 말아야 한다고 스스로 말하고 있다.

　황계가 밤에 울어도 나쁜 소리 아니니
일어나 춤추자! 영웅의 뜻 펼 때다.
누가 말했나? 여인들이 많은 옷 다 못 입는다고
훌륭한 계책 웅대한 지략, 사람들은 모르네.

철퇴를 만들어 잘못 진시황을 공격했다가
몸을 피해 하비에 숨었었네.
조용히 무릎 꿇고 흙다리에서 신을 주웠으니
스승과이 기야을 뒤로 하지 않음이라.

우습구나, 저 힘센 항우도
어린애처럼 붙잡혀 버렸구나.
용안의 오뚝한 콧등을 한번 뵙고서
만호후에 봉해졌고 제왕의 스승 되었지.

장부의 사업은 참으로 이러해야지
어찌 쌀 동냥으로 웃음거리 되랴.
조각배 한 척으로 강남으로 건너왔고
돌아왔으니 머물러 양식 방아를 찧으리라.

黃鷄夜鳴非惡聲　起舞自有英雄志　誰言婦女不勝衣　長策雄謀人莫知
作鎚誤擊秦　脫身遊下邳　從容跪授圯橋履　會須不俟帝者師
笑彼拔山力　浦取等嬰兒　龍顏隆準一相遇　萬戶封侯帝者師
丈夫事業固如是　何爲乞米還遭嗤　一葦江之陽　歸來宿舂粮

　기지가 볼 때 자연은 아름답지만 인생은 허무하고 떠돌이가 된 지
금 자신은 비참하기 그지없다. 자기는 모든 희망을 버리고 숨어 지

내고자 지금 강남으로 가고 있으면서도 친구들에게는 대장부로서
큰 뜻을 가져야 한다고 말한다면 너무 허황되게 들리지 않겠는가?

기지는 친구들의 사기를 살리면서도 실질적으로 필요한 말을 하
고 싶었다. 즉 서로가 경쟁적으로 출세할 것을 주문하고 싶었고 모
름지기 남자는 국가에 보답할 기회를 기다리며 항상 준비해야 한
다고 말하고 싶었다. 그리고 끝으로 기지 자신은 비록 촌부가 될망
정 국가를 사랑하는 모습을 보이고 싶었다.

구름과 연기는 완연한 그림과 같고
풀과 나무는 아름다워 단장한 것 같아라.
여기저기 떠돌이로 평생을 사니
가슴속에 지닌 것 낙원 따로 없구나.

이번 길이 농사지으려 가는 것 아니니
다만, 나 먼저 출세할 사람 있을까 두렵네.
감개하여 말 못하고 눈물만 흩뿌리니
아득히 나는 새의 뒤에는 드높은 하늘.

칼집 속엔 서슬 퍼런 석자의 칼
장부는 끝내 나라에 보답할 마음뿐이네.

雲煙苑若畫　草樹巧如粧　浮家泛宅任平生　胸中自有無何鄉
此行不是求爲田　祗恐祖生先着鞭　感懹無言淚如洗　茫茫島外空長天

68

匣中霜劒寒三尺　壯士有心終報國

양양에 초가집을 마련하고 책을 읽다

기지는 개경을 떠난 지 12일 만에 새재를 넘어 문경에 도착하였다. 그동안 비도 오지 않고 맑은 날씨여서 여행에 지장은 없었다. 날이 저물었으므로 주막을 찾아 하루 유숙하겠으니 방을 달라고 부탁했다. 매우 시장했으므로 먼저 저녁식사로 국밥을 한 그릇씩 주문했는데, 텁텁하게 생긴 주인아주머니가 국밥에 고기를 넉넉하게 얹어 주면서 말했다.

"어디서 오는 분인데 나귀까지 가지고 오십니까?"

"개경에서 오는 중인데 고향이 양양이라서요."

"멀리서 오셨네요. 양양은 여기서 50리밖에 안 됩니다. 방은 조용한 뒤편에 마련했으니 편히 쉬셨다 천천히 가세요."

이제 목적지에 거의 다다랐다고 생각하니 맥이 풀렸다. 방바닥이 따끈따끈하여 드러누웠는데 내일 가서 거처할 집을 어떻게 구할까 걱정이 앞섰다. 그래서 돌쇠에게 말했다.

"양양에 가면 집을 어떻게 구하지?"

"그러지 않아도 말씀 드리려고 했습니다. 내일 아침 일찍 제가 혼자 양양에 가서 집을 수소문한 후 돌아오겠으니 여기서 좀 쉬고 계세요."

기지보다 나이가 2살 어린데도 돌쇠는 매사 긍정적이고 적극적이라 기지로서는 의지가 되고 좋았다. 다음날 기지는 좀 늦잠을 잤는데, 일어나 보니 돌쇠는 벌써 떠난 뒤였다.

천천히 아침을 먹고 주변을 산책하였다. 양쪽에 높은 산이 있는데 짙은 초록색을 자랑하면서도 울긋불긋한 곳도 있어서 한 폭의 그림이었다. 매미 소리가 귀를 요란스레 찌르는 것은 개경 집과 다름이 없었으나, 사람들이 매우 적어서 복잡하던 개경과는 사뭇 다른 별천지 같았다. 이제는 모두 잊고 이런 시골 풍경과 벗하면서 살게 되겠구나 하는 생각을 하니 시원하면서도 섭섭하였다.

점심을 먹은 후 여행의 고달픔 때문인지 자기도 모르게 잠에 떨어졌다. 얼마나 잤을까? 이미 날이 어둑어둑해지고 있었다. 돌쇠가 너무 늦는다고 생각하며 걱정하고 있을 때 돌쇠가 싱글벙글 웃으면서 방으로 불쑥 들어왔다. 일들이 잘된 모양이구나 생각하고 있는데, 돌쇠가 다음과 같은 요지로 말했다.

"마침 좋은 집을 하나 발견했습니다. 동네 끝에 붙어 있는 3칸짜리 초가집인데, 주인이 보름 전에 이사를 가서 비어 있으니 바로 들어가 살 수 있고, 돈을 조금만 주어도 구입할 수 있습니다. 또한 그 집주인이 가진 땅도 조금 있다고 하니 그것까지 사면 좋을 것 같습니다. 그 집 매각을 위임받았다는 분과 대충 이야기를 끝냈으니 내일 가 보십시오."

기지는 매우 흡족한 이야기였으므로 돌쇠 의견에 따르기로 마음먹었다. 이튿날 아침 짐을 챙겨 주막을 나섰다. 주인아주머니는 천천히 쉬다 가라고 말했지만 기지는 앞으로 살 집을 한시바삐 보고 싶어서 발걸음을 재촉했다. 배부른 아내를 데리고 가는 길이라 빨리 갈 수는 없었다. 해가 서산에 지려고 할 때 양양에 도착하여 곧바로 그 집으로 들어갔다.

이사를 떠난 후 아무도 돌보지 않은 탓인지 어지럽게 널려 있는 쓰레기와 먼지를 대충 치우고 돗자리를 깔아 누울 자리를 만들었다. 돌쇠는 부엌에 솥을 걸고 아내가 저녁밥부터 준비했다. 반찬이 없는 밥이었지만 고슬하게 지어지니 꿀맛 같았다.

이튿날 돌쇠가 ㄱ 집 매각을 위임받은 분하고 흥정을 하여 그 초가집과 세 이랑의 밭을 인수하였다. 대금은 가져온 엽전을 모두 지불하고도 약간 모자라서 어머니가 주신 금비녀를 주어 계산을 끝냈다. 어머니가 주신 패물에는 손을 대지 않고 싶었지만 그럴 수 없었다. 좀 께름칙했으나 할 수 없는 일이라고 마음을 달랬다.

마침 할아버지와 아버지가 일찍 돌아가시는 바람에 이곳이 고향 땅인데도 친척들 가운데 기지를 아는 사람이 없었으므로 다행이었고 숨어 지내기에는 안성맞춤이라는 생각이 들었다. 어머니가 말씀하신 임장부의 후손을 찾을 필요도 없다고 생각되었다. 그래서 초가집과 밭 세 이랑을 구입한 일과 앞으로의 계획에 대하여 자세하게 어머니에게 편지를 썼다.

또한 앞의 「장검행」이라는 장편시도 완성되었으므로 기지는 자기가 이름을 기지로 바꾼 사실과 서하 사람이라고 말할 뜻도 알릴 겸, 서하 임기지 명의로 4부를 써서 조역락, 오세재, 이담지와 황보약수에게 보낼 봉투도 만들었다. 그리고는 이튿날 돌쇠로 하여금 개경에 가서 두루 찾아보고 전달하도록 보냈다.

기지는 아내와 함께 그날부터 밭을 갈아서 채소를 심는 등 입에 풀칠을 할 준비를 하는 한편 가져온 책을 읽기 시작하였다.

쓸쓸하고 외로운 생활

양양에 이사한 지 보름쯤 지났을 때 기지는 갑자기 열이 오르면서 구토와 설사를 하였다. 마침 개경을 다녀온 돌쇠가 수건에 차가운 물을 적셔다 주어서 이마에 얹어 열을 식혀 보았으나 별 도움이 되지 않았다. 그래서 돌쇠에게 업히다시피 하여 의원 집을 찾아갔다. 의원 말씀은 '샘물을 바꾸어 먹어서 장에 염증이 생긴 것인데, 이곳으로 처음 이사 온 사람들은 대부분 이런 병에 걸린다.'고 하였다. 침을 맞고 의원의 처방대로 약을 달여 먹은 결과 좀 차도가 있었다.

며칠 후 병상에서 일어난 기지는 서글프고 매사에 의욕이 없어졌다. 기지를 알아보거나 만나는 사람이 전혀 없었으므로 기지는 하루 종일 책을 읽는 일 외에는 쓸쓸히 생활하였다. 가끔 지나가는 아이들을 붙잡고 글을 가르치겠다고 농이나 할 뿐 대화할 상대가 없으니 외로움이 가슴속에서 울컥 치밀어 올랐다.

그해 가을이 지나도록 아무도 찾아주는 사람이 없었다. 그러다 보니 옛날 친구들이 눈앞에 어른거리며 보고 싶어졌다. 친척들을 마음대로 찾아볼 수 없는 것도 가슴 아팠다. 배고픔도 문제지만 더 무서운 것이 외로움임을 절실하게 느꼈다.

쓸쓸하거나 외로울 때면 기지는 어머니가 주신 금낭을 꺼내 보았다. 그 금낭에서는 어머니의 체취가 은은히 풍기는 것 같았고 속에서 종잇조각들을 꺼내 읽으면 어머니가 한마디씩 격려하고 백부께서 가르침을 주시던 목소리가 들리는 것 같았다. 책을 읽다가 의미 있는 고사를 발견하거나 시흥이 일면 종잇조각을 하나씩 추가

하여 넣는 것도 일과가 되었다.

늦은 가을날 기지는 책이 눈에 들어오지 않고 외롭고 쓸쓸한 마음을 어떻게 진정시킬 수가 없었다. 이런 때 미수가 있었다면 얼마나 좋을까? 미수가 가야산으로 들어갈 것이라는 말은 들었지만 지금쯤 어디에서 어떤 모습일까 궁금했다. 미수는 화서 공에게서 글을 받은 장량과 같이 천하를 경륜할 만한 큰 뜻을 이어받고 웅장하고 깊은 지식을 가진 친구인데, 옛날 성현들을 우리가 그리워하면서도 만날 수 없는 것과 같이 미수가 속세를 버리고 멀리 떠나서 이제는 만날 수 없게 되었다.

만일 미수를 만날 수 있다면 정담을 나누기도 하고 함께 시를 지으면서 즐거운 시간을 보낼 수 있을 것이라고 생각하니 소리 없이 눈물이 흘러내렸다. 21살의 기지는 미수를 그리는 마음에 어느새 붓을 들고 시를 쓰기 시작했다.

가야산에 고상한 선비 사는데
토납법으로 동안을 유지한다네.
사귄 정은 육신 밖의 정신적 동지고
문장 솜씨는 백중의 사이라네.

황석노인에게서 글을 받았고
구자산에서 길을 물었다지.
어구(열자)는 지금 어디 있는가?
바람 타고 가서 돌아오지 않네.

그대와 이별한 지도 오래되어
가는 곳마다 서럽기만 해라.
무산에는 가을 구름 저물고
소상강에 밤비 내리는 때로다.

타향 땅 다 같은 나그네
기약 없이 고향을 떠났네.
다만 산음 땅을 생각하며
조각배 타고 대규를 찾네.

(그대는) 소년 때부터 재주가 많아
과거장에선 자주 이름을 날렸지.
세상에 마음 알아주는 사람 적어
소매 뿌리치고 운산에 들어갔네. (후략)

伽倻有高士　吐納駐童顏　爾汝形骸外　文章伯仲間
受書黃石老　問路具茨山　禦寇今何在　乘風去不還
與君久別離　觸處摠堪悲　巫峽秋雲暮　湘江夜雨時
異鄕同是客　古國去無期　祇憶山陰地　孤舟訪載逵
少年才思瞻　往往擅場闈　世路知音寡　雲山拂袖歸

추운 겨울 어느 날 아내가 몸을 풀었다. 아들을 낳은 것이다. 기지는 아들의 이름을 충세라 지었다. 그런데 다음날 마침 개경에서 어머니의 편지가 왔다. 반가운 마음에 얼른 뜯어 보았더니 누이동생이 혼인을 하였다는 기쁜 소식이 들어 있었다. 누이동생은 전에 혼인 말이 있던 읍내 의원인 한양조씨에게 지난 11월에 시집을 갔다고 한다. 기지는 멀리 있어서 그 자리에 참석하기 어렵기 때문에 사후에 알려 주게 되었다는 말씀이셨다.

기지는 즉시 어머니에게 누이동생의 혼인을 축하하는 요지의 답장을 썼다. 또한 아내가 몸을 풀어 아들을 낳았다는 것과 아들의 이름을 충세로 지었다는 내용도 담았다.

그후 기지는 무료한 가운데 혼자서 글만 읽으며 지냈다. 초봄이 되었어도 아무도 만날 사람이 없어 쓸쓸한 생활이 계속되었다. 하루는 한나라 시대 장안 사람들이 손님을 보낼 때 패교에 이르러 버드나무 가지를 꺾어 이별했다는 절유의 고사가 생각나서 시를 지어 어머니와 그리운 친구들을 그리는 마음을 달랬다.

봄날 낙교 동쪽에서 버들가지를 꺾고서
헤어진 후 어찌 이리 소식이 없는가?
그대 생각에 마음 더욱 간절하니
얼굴의 혈색도 지난해만 못하다네.

구름과 비처럼 뿔뿔이 헤어졌지만
꿈속에서 보이는 모습에도 기뻐하네.
객사에서 즐겁게 지낸 시절 생각하나니

술 마시고 노랠 흥얼거리던 기생까지도.

春風折柳洛橋東　一別如何信未通　自是思君心更苦　容華應減去年紅
雲飛雨散各西東　祗喜音容夢裏通　億得郵亭行樂處　淺斟低唱看紅紅

　어느 봄날 오후에 기지는 산보를 하다가 이웃에 있는 죽림사에 들어갔다. 절 안에는 대나무가 빽빽하게 심어져 있고 온갖 꽃들이 자태를 뽐내고 있었다. 한 곳에는 평평한 바위들이 서너 개 놓여 있었으므로 기지는 그중 가장 넓적한 바위 위에 앉았다. 내 이웃에 이렇게도 아름답고 공기 맑은 곳이 있었다고 생각하니 너무 늦게 온 것이 후회스러웠다. 아마도 신선이 사는 곳이 있다면 바로 이런 광경 같았으리라. 기지는 시상이 떠올라서 자신도 모르게 큰 소리로 시를 읊었다.

한적한 틈을 내서 선가를 찾아가니
고요한 경치에 사람 드물며 만물 풍요롭네.
마루 밖 대나무는 10만 장부 같고
난간 앞 꽃들은 삼천 궁녀 같아라.

이 세상 가는 봄을 어찌 탄식하랴!
특히 선경에는 달도 지지 않는데
선비와 스님이 상봉하는 행락처
자신이 천애에 떠도는 것도 잊었네.

76

乘間杖履訪仙家　境密人稀富物華　十萬丈夫軒外竹　三千宮女檻前花

那愁世上春將暮　別有壺中月未斜　儒釋相逢行樂處　不知飄泊在天涯

　그러자 지나가던 한 젊은이가 서 있다가 기지가 시를 다 읊자 말
을 걸었다.

　"정 서기님이시죠?"

　"아……?"

　"저 인사 올리겠습니다. 인근에 사는 최백환입니다."

　"아니! 저는 정 서기가 아닌데요."

　"그러셔요? 하도 시가 아름답기에 상주 고을의 정 서기님이 여기
에 오신 줄로 알았습니다. 죄송합니다. 어찌되었든 만나 뵙게 되어
영광입니다. 혹 존함이라도……?"

　"예. 저는 이웃에 이사 와서 사는 임기지입니다."

　"참으로 반갑습니다. 저는 이곳으로 2년 전에 이사 왔는데요, 매
일 여기에서 이 시간에 산책합니다."

　"이곳은 경치도 뛰어나지만 대나무와 꽃들이 참으로 잘 가꾸어
져 있군요."

　"그래요. 쓸쓸할 때 여기 산책 나오면 공기도 맑고 속세를 깨끗
이 잊게 해주어 매우 좋습니다. 또 저기 있는 샘물을 마시면 정신
이 맑아지고 뱃속 깊이 정기가 들어가는 것 같습니다. 매일 이 시
간에 나오세요. 나쁘지 않으시다면 말동무라도 되어 드릴게요."

　"그것 참 좋은 말씀이십니다."

　기지는 그날부터 매일 오후 5시경에는 죽림사로 들어가 산책하

는 것이 일과가 되었다. 그후 서로의 속사정을 조금씩 말하다 보니 최백환은 개경에서 공부하다가 무신난이 일어난 후 가족을 따라 이곳 시골로 이사 온 사람이었다. 그의 말로는 이웃 고을인 상주관 아의 정 서기가 인근에서는 시를 가장 잘 짓는다는 것이었다.

한 보름쯤 사귀어 보니 최백환은 시를 좀 알고 있고 문장에 대해 취미를 가진 사람이었다. 또한 지식도 풍부하고 기분이 서로 통하는 것을 느꼈다. 그래서 서하 임기지 명의로 시를 써서 그에게 주었다.

서을 떠나 1년 만에 친구가 그리워서
오늘 아침 비슷한 사람만 보아도 기뻤네.
어찌 진등이 백 척의 루에 누워 있으랴!
밭과 집을 구해 이 몸 살아갈 일 꾀해야지!

서로 만나서 어찌 그리 빨리도 친한지
우리는 모두 강남에 유락한 사람들
새로운 시를 쓰면 빼어난 기운이 있으니
생각컨대 간담이 몸과 같이 크리라.

期年去國戀交親　尙喜今朝見似人　豈臥元龍樓百尺　求田問舍且謨身
相逢何必早相親　共是江南流落人　下筆新詩多俊氣　也應肝膽大於身

황보약수에게 충고하다

초여름이 되자 한낮의 날씨는 매우 더웠다. 기지는 연신 부채를 부치며 책을 읽고 있었는데, 밖에서 사람 찾는 소리가 났다.

"혹시 임춘 선생님 댁이 아닌가요?"

기지가 내다보니 개경의 옛날 친구인 민원발이었다.

"이게 민원발이 아니신가?"

"참으로 오랜 만입니다. 마침 안동에 볼 일이 있어서 가다가 뵙고 싶어서 들렀습니다. 선생은 안색이 좋으니 별고 없으신 것 같습니다."

민원발은 쇠고기를 두어 근 내놓았다.

"시골에서 사니 건강하고 별고 없습니다. 잘 오셨습니다. 그동안 별고 없으셨죠?"

"예."

마침 집에 아무도 없었으므로 기지가 쇠고기를 받아 부엌에 가져다 놓고는 김치와 막걸리를 꺼내왔다.

"반갑습니다. 고기는 장만할 사람이 없으니, 우선 김치로 술이나 한잔 합시다."

둘은 김치를 안주삼아 함께 술잔을 기울이면서 여러 가지 이야기를 하였다. 기지는 그간의 외로움을 토로하였고 민원발은 여러 가지 개경 소식을 들려주었다. 이때 기지가 물었다.

"혹시 황보약수의 소식을 듣지 못했습니까?"

"그분은 공부를 열심히 해왔는데, 요즈음은 공부를 접은 모양입니다. 얼마 전에는 '과거는 폐해가 많으니 모름지기 없애야 한다.'고 말씀하셨다고 합니다."

민원발의 말을 들은 기지는 장래가 구만리 같은 친구가 과거를 포기해서는 안 되겠다고 생각하였다. 또한 사람의 능력과 기국을 시험하는 장치인 과거시험이 단순한 기교나 성률을 묻는 수준에 머물고 있고 무신정권 아래서 문풍이 쇠락하게 된 것을 누군가 개선해야 하는데, 미수도 입산한 마당에 약수마저 포기한다면 누가 이런 일을 할 것인가 걱정되었다.

그때 돌쇠가 잘 구워진 쇠고기를 소반에 받쳐왔으므로 가운데 놓고 둘이 계속 먹고 마셨다. 그러다가 기지는 지필묵을 당겨 앞에 놓고 먼저 자신의 지금 심정을 담아 시를 지었다. 기지는 이 시를 서하 임기지 명의로 전서체로 정성스레 써서 민원발에게 주었다.

늙어 양양이 생각나 은거지로 돌아오니
눈에 선한 옛 친구 모두 멀어졌네.
찬 계곡에 숨어 있는 몸 처량해진 지 오래라
진인의 가르침도 귀에서 끊어졌다네.

의자에 기대어 조용히 제물론도 보고
문을 닫고서 절교 편지도 쓴다네.
성 밖의 곤궁한 거처 스스로 놀라나니
어찌 고관의 수레를 자주 볼 수 있으랴.

老憶襄陽歸隱廬　眼中親故盡相疎　身藏氷谷凄涼久　耳絶眞人警咳餘
隱几靜觀齊物論　閉門方著絶交書　自驚負郭窮居陋　何事頻回長者車

당나라 때 맹호연은 어려서부터 절의를 좋아하였고 후에 녹문산에 은거하였다가 40세 젊은 나이에 죽었다. 맹호연의 고향이 양양이었고 기지의 고향도 양양으로 둘이 같았으며, 맹호연이나 기지 모두 은거했던 관계로 기지는 맹호연의 처지에 동감하게 되어 그의 시를 여러 번 읽었다. 기지는 위 시에서 '양양'을 맹호연을 지칭하는 것과 자기의 은거지라는 두 가지 의미를 함축한 것처럼 사용하면서 은거의 외로움과 서글픔을 말하고 있다.

그날 기지는 황보약수에게 다시 마음을 잡고 학업에 열중한 후 문풍을 일으켜 달라는 간곡한 편지도 다음과 같이 썼다. 그리고 앞의 시도 한 수 다시 써서 민원발이 돌아가는 길에 함께 약수에게 전해 달라고 부탁했다.

(전략) 요즈음 서울사람이 와서 '과거는 반드시 폐지해야 한다.'고 말하면서 그대가 첫 번째로 그런 말을 했다고 합니다. 과연 그렇습니다. 내가 어찌 평소에 그것을 생각하지 않았겠습니까? 흔쾌히 평소에 바랐던 것과 같은 말이라 기뻐하고 있습니다.

근세에 선비를 고르는데 성률에만 구애되어 왕왕 소인배들이 갑과, 을과를 모두 따내고 박식한 선비들은 불합격되는 일이 많았습니다. 그러므로 조정이나 민간에서도 슬퍼하고 원통해 했습니다. 나는 이런 폐단이 오래되어서 하루아침에 바로잡을 수 없는 것을 걱정스럽게 생각했습니다. 이제 내가 겨우 그대를 (동조자로) 얻었는데 나는 먼 곳에 있어서 잘 알지 못하나 동조자는 많을 것입니다.

그대는 이름난 아버지의 아들로서 크게 집안 명성을 떨쳤고 학업은 정밀하고 무성하였으며, 나이 어렸을 때에 은하수에 머리를 씻고 무지개에 빛을 드리웠으니 문창성을 따라서 궁중에 오르는 것은 아침이 아니면 저녁일 것입니다. 비유하면 날쌘 사람이 사다리에 오르는 것 같아서 발을 움직임이 많을수록 몸은 점점 높아지고 사람들은 더욱 우러러볼 것입니다. 진실로 여러 대 동안의 문장가의 아들이 아니고선 과연 누가 이같이 되겠습니까?

나는 벼슬할 수 있는 자격이 박탈되고 모함에 빠져 세상사람들에게 비웃음거리가 되었고, 궁벽한 골짜기에 숨어 살면서 고루함만 증가되었습니다. 학문도 더해짐이 없고 도도 더 나아가지 못해서 드디어 용렬한 보통사람이 되었습니다.

무릇 글을 짓는 것은 기로써 주를 삼는데 여러 번 우환을 겪는 통에 정신과 뜻이 거칠어지고 부수어지고 무지해져서 하나의 늙은 농부가 되었습니다. 다만 때때로 독서하여 우리 성인(공자를 뜻함)의 도를 잊어버리지 않으려 할 뿐입니다. 만일에 다시 과거를 보아 조정에 등용되어도 나는 이미 늙어서 어찌할 수가 없습니다. 우리 집이 당대에 문장으로 이름이 났었으나 나는 멀고 황폐한 곳에 버려져서 끼친 자취를 이어가지 못하니 이 몸 다하도록 부끄럽습니다.

그러나 이 지경에 이른 것이 어찌 천명이 아니겠습니까? 그러므로 마음을 구학(속세를 떠난 곳)에 두고 세상에 살 뜻을 없애어 항상 사냥꾼이나 고기 잡는 사람들과 함께 물가나 산에 오르면서 방탕하게 놀고 친해서 구애받음이 없었습니다. 이렇게 살고 있으니 족히 한은 없습니다.

그런데 함께 사귀어 오던 사람들이 지난해부터 거의 다 죽어버리니 사람을 슬프고 아프게 합니다. 나는 지체는 완전하여 오늘에 이르렀으며 진실로 편안히 죽을 것이라 다행일 것입니다. 그러니 시비와 영욕은 어찌 말할 수 있겠습니까?

더욱이 나는 거칠고 법도가 없어서 세상에 죄를 얻었고 개처럼 짖어 대는 사람이 무리를 이루었으니, 곤욕이 이와 같지 않다면 어찌 미워하는 사람의 마음이 기뻤겠습니까? 이것이 엿과 같이 단 것을 머듯이 즐겁게 생각하는 까닭입니다.

내가 당세의 사대부를 보니 뜻이 깊고 큰 사람은 극히 적고 단지 과거에 합격하여 부귀에 힘입으려고 할 뿐이었습니다. 굳고도 세찬 글을 짓는 곳에서 활보하여 서한의 문장을 일으킬 사람은 그대가 아니라면 누구이겠습니까? 힘쓰고 힘쓰십시오. (후략)

고문은 인간이 삶의 바탕으로 삼아야 할 도가 주를 이루는 것으로 경서에 담겨 있는 내용을 비교적 충실히 반영한 글들이다. 기지는 과거시험이 부귀 추구를 위한 도구로 되는 현실을 쇄신하고 서한(후한)의 문장, 즉 고문을 숭상하던 문풍을 일으키는 것이 매우 필요하다고 생각했다. 그래서 이 편지에서 기지는 약수에게 문풍을 일으키는 데 앞장서 달라고 말하면서 문풍 쇄신 및 문풍 진작의 방향을 제시하고 있다. 또한 "굳고 세찬 글을 짓는 곳에서 활보하여 서한의 문장을 일으킬 사람은 그대가 아니면 누구이겠느냐?"면서 이를 위해 힘쓰고 힘써 달라고 간곡히 주문하고 있다.

4. 어머니의 피살과 기지의 방황

어머니의 피살 소식을 듣다

그해(1175) 여름에는 가뭄이 너무 심했다. 곡식이 타들어가서 기지는 돌쇠와 함께 동이로 물을 떠다가 밭에 주었다. 밭이 조그마한데도 그 일은 매우 고된 일이었다. 해가 중천에 떠오른 후에도 일을 계속하다가 땀을 너무 많이 흘려서 몸을 식히려고 집에 돌아와 등목을 하였다. 그리고 잠시 쉬고 있는데 개경의 지기 오세재가 대문을 들어섰다.

기지는 너무도 반가워 얼른 일어나 옷을 털지도 않고 뛰어나갔는데, 오세제는 슬픈 얼굴로 자기는 외가인 경주엘 가다가 들렀다면서 의례적인 인사만 하는 것이었다. 기지는 왠지 무슨 나쁜 소식을 가져온 것 같은 불길한 예감이 들었다. 자리에 앉자 무슨 일이 있었는지 물었더니 오세재가 슬픈 목소리로 하는 말은 정말 청천벽력 같은 소식이었다.

"두 달쯤 전에 병사들이 자네 집으로 몰려갔다네. 자네 집에 김명식 낭장이 숨어 있는 것을 어떻게 알고 온 모양이네. 그날 김 낭장은 뒷담을 넘어 도망가려다가 매복해 있던 병사들의 창에 찔려 그 자리에서 즉사했어. 병사들은 자네 자당을 붙잡아서 '김 낭장을 왜 숨겨 주었느냐?' 힐문하였고 그 힐문, 답변 과정에서 임광비의 부인임을 알게 된 모양이야. 병사들이 '임광비의 가족이 누구 누구 있느냐'고 묻자 자당께서 당신 '혼자뿐'이라고 답변하셨고, 병사들이 또 '가진 재산은 무엇 무엇이냐'고 묻기에 '공신전과 이 가옥뿐'이라고 대답하셨네. 그러자 한 병사가 '임광비 가족이고 중죄인인 김명식을 숨겨 준 사람이니 살려둘 수 없다.'고 말하고는 칼을 쓰는 바람에 자당께서 그 자리에서 돌아가셨네."

기지는 너무도 엄청난 소식에 한동안 넋 나간 사람이 되었다가 이어서 눈물이 비 오듯 쏟아졌다. 그는 그후 이틀 동안 아무것도 먹지 못하고 울기만 하였는데, 이때 종래 자주 앓던 열병이 다시 도졌다.

처음에는 복통이 생기고 열이 크게 오르더니 설사를 계속하고 나중에는 움직이는 것조차 어렵게 되었다. 의원의 말로는 전에 앓던 풍토병이 도진 것인데 심신을 편안히 하고 섭생을 잘해야 한다는 것이었다. 기지는 아무것도 할 수가 없었고 무엇을 해야 할지 의욕도 없어지고 심신이 쇠약해져만 갔다.

오세재는 이틀 동안 유숙하면서 기지를 위로하고 의원 집에 데리고 다녔다. 기지는 정신을 조금 차리게 되자 조용한 시간에 궁금한 일들을 오세재에게 물어보았다.

"김명식 낭장님은 어떻게 된 것인지 혹시 아세요?"

"내가 사건이 어떻게 된 것인지를 알기 위하여 자네 여동생과 그 남편을 찾아가서 자세히 물어보았네. 여러 가지를 종합해 보니 대충 짐작이 가지만 정확한지는 모르겠네. 김 낭장은 이의방 대장군의 신임을 많이 받았던 것 같았네. 그가 낭장으로 승진한 후 자네 집을 잘 보살펴 주신다고 자네 자당께서 말씀하셨다네. 그런데 이의방 대장군의 세력이 너무 커지고 급기야는 자신의 딸을 태자비로 삼으니 조야에서 비방의 소리가 높아갔네. 작년 9월에 서경유수 조위총이 반란을 일으켰는데 동계와 북계 백성들이 거의 모두 이에 호응하는 바람에 자비령 이북의 땅을 서경군이 장악하게 되었네. 이에 이의방 대장군이 토벌대를 이끌고 직접 출전하였는데 김명식 낭장도 그 토벌에 참가하여 너덧 달 동안 개경에 계시지 않았어. 처음에는 이의방 군대가 서경 군대를 토벌하는 듯했지만 겨울이 되자 추위로 인해 패퇴했네. 그래서 개경으로 돌아와서 선의문 밖에 머물면서 군대를 정비하여 봄이 되면 다시 서경으로 토벌하러 갈 계획이었던 것 같았네. 그런데 웬일인지 정중부의 아들 정균이 보낸 승병이 갑자기 철퇴를 내리쳐서 이의방을 죽인 후 정중부 군사가 합세하여 이의방의 형 이준의와 심복 부하들을 많이 죽이고 유배 보냈다네. 정중부가 이의방을 깊이 신임했던 것으로 알았는데 어떻게 된 영문인지 도무지 알 수 없는 노릇이야. 김명식 낭장은 도망 다니다가 금년 봄에 자네 집으로 와서 숨겨 달라고 한 모양인데 며칠 전 병사들이 집으로 들이닥쳤다네. 김 낭장은 뒷담을 넘어 도망 가다가 매복해 있던 병사들의 창을 맞아 즉사했다더군."

기지는 오세재의 설명을 듣고는 어머니를 죽인 자를 찾아내서 원수를 갚아야 할 것이 아닌가 생각되어 물었다.

"그날 어머님을 살해한 병사는 누구인지 혹시 아시나요?"

"모르네."

"혹시 그날 김 낭장을 잡으러 온 부대나 대장 이름이라도 알 수 있을까요?"

"정확히는 알지 못하네. 그러나 전후 사정을 볼 때 정중부의 직속 수하들이었음은 분명하네. 그들이 계속 자네 가족을 쫓을지 모른다는 생각이라 걱정이야."

이 말을 듣자 기지는 어머니의 원수 갚는 일도 중요하지만 자신과 가족이 병사들에게 더욱 쫓기게 될 우려가 있는 것이 더 큰 문제임을 느꼈다. 무슨 죄가 있어서가 아니고 죄가 없이 억울한 죽음을 당한 사람이기에 더욱 쫓기고 숨어야 하는 세상이다. 무지막지한 무신들이 정권을 잡고 있으니 숨어 사는 것이 생각할수록 두렵고 어려운 일이었다. 그래서 그 문제는 깊이 더 물어보아도 아무런 소득이 없을 것 같았다. 기지가 물었다.

"우리 어머님 시신은 어떻게 되었는지 모르세요?"

"자네 매제인 조서방이 중심이 되어 아버님 산소 곁에 잘 모셨다더군."

오세재에게 시를 써 주다

기지의 병줄이 잡히고 건강이 어느 정도 회복되는 듯하자 오세재는 경주 외가를 다녀오겠다면서 떠났다. 오세제가 떠난 후 기지가 가만히 생각해 보니 오세제가 너무 고맙다는 생각이 들었다. 그는 과거 준비에 바빴을 테고 오해를 받을 수도 있는 일임에도 누이 동생까지 만나서 그간의 사정을 잘 알아본 후 5백리 밖의 이곳까지 직접 와서 알려준 것이다. 기지는 의리 있고 고마운, 마치 형님 같은 오세재를 대상으로 시를 지어 좋은 만지에 초서로 썼다.

당나라 대종 때 문장에 능한 선비는
한유와 황보식이었다네.
당시에는 조금 추대받았지만
함께 우승유(당나라때 태자소사였음)를 찾았다네.

이름을 그의 문에 남겨 놓고
은근하게 불우함을 표현했는데,
기특한 문장 크게 소문이 나서
하루 만에 온 세상에 퍼졌다네.

그대의 재주도 한유와 비슷하여
학자들이 많이도 흠모하리라.
내가 세상 피해 사는 것이 염려되어
자애롭게 즐거이 와서 보살펴 주네.

부질없이 장자의 수레를
이 깊은 산골에 오게 했도다.

세속에 소문을 안 내려 하자니,
이름 높은 것도 역시 두렵구려.

어느 때 글을 논하게 되어
오늘이 한유를 다시 만날 수 있을까?

大歷能文士	昌黎與皇甫	時雖少推許	同訪牛僧孺
姓字留其門	慇懃記不遇	寄章聲大振	一日傳區宇
君才似文公	學者多欣慕	念我久逃虛	惠然肯來顧
空令長者車	却返深山路	免使世俗聞	名高亦可懼
何時與論文	更見今韓愈		

　기지는 대력 때(당나라 대종 시절 766~779) 시인으로 활동했던 한유
와 황보식을 회고하면서, 오세재의 재주가 한유와 흡사하다는 생
각을 했다. 한유는 특히 고문을 좋아하여 후생에게 크게 창도하였
던 사람으로 기지가 가장 높이 평가하고 배우던 사람 중의 하나였
다. 기지는 일찍부터 한유의 문장을 좋아해 익혀서 고문의 참된 의
미를 파악했다고 말하기도 했다.

　기지가 평생에 걸쳐 관심을 가지고 공부했으며 가장 가치 있다고
생각한 문학은 도덕을 숭상하는 고문이었다. 그래서 오세재가 고문
을 익히는 데 더욱 노력하여 당송팔대가의 한 사람인 한유와 같이
훌륭한 시인이 되기를 바란다는 의미를 담아 이 시를 쓴 것이다.

　며칠이 지나자 기지의 몸도 많이 좋아졌다. 그런데 오세재가 마

침 동경에서 개경으로 돌아가는 길에 기지의 집에 다시 들렸다. 오세재가 기지에게 말했다.

"몸이 많이 좋아진 것 같군."

"형님 덕택에 많이 좋아졌습니다. 경주는 잘 다녀오셨어요?"

"응, 모처럼 만에 외갓집에 갔더니 맛있는 해물을 많이 주어서 잘 먹고 왔어. 참! 이담지가 개경을 버리고 강남으로 갔다는 소식은 들었나?"

"그랬어요? 무슨 일로 내려갔나요?"

"이의방 군대가 서경군에게 패퇴하여 개경에 돌아와 군대를 재정비하는 과정에서였다네. 토벌대 사령관인 이의방이 토벌에 참가할 병사를 보충하여 달라고 요청해 왔으므로 당시 병부상서이던 이윤수가 수하 군졸들 가운데 이의방 군대에 참가할 사람들을 차출하여 보냈다는군. 하루는 이의방 대장군을 공격하려는 군대가 있다는 정보가 입수되었대. 이윤수 상서는 부하군졸들을 집합시키고는 '서경의 조위총 군대가 이의방 대장군을 공격할 것 같으니 철저히 방어하라'고 지시했지. 그런데 얼마 후 그 공격군이 서경군이 아니고 정중부의 아들 정균의 수하 군대임이 밝혀졌어. 중방에서는 이윤수 병부상서가 이의방과 한통속이 되어 정중부에 대항하려고 했다고 오해하여 임금에게 이 상서를 귀양 보내도록 요청하였네. 중방의 말이라면 거역할 힘이 없는 임금으로서는 이 상서가 그런 오해를 받을 일을 하였으므로 귀양 보내거나 좌천할 수밖에 없었고, 그래서 거제현령으로 좌천하게 되었다네. 담지(이윤수의 아들)도 과거시험을 접고 아버지를 따라 낙향하게 된 것이래."

기지는 이와 같은 경위를 듣고는 깜짝 놀랐다. 미수, 담지와 기지는 글방 친구들로서 모두 좋은 가정에서 자라났고 학문도 깊어서 장래가 밝고 또 보장될 것으로 믿었다. 그런데 셋 중 미수는 이미 중이 되었고, 자기는 변성명하고 이곳 벽촌에 숨어 지내는데, 담지마저 개경을 떠나 시골루 갔다니 참으로 기가 차고 안타까운 일이었다.

  담지는 도교를 숭상하는 집안에서 태어난 친구이다. 미수와 함께 셋이서 같은 글방에 다녔는데, 담지는 기지를 더욱 따르고 좋아했다. 한번은 추석 전날 낮에 담지가 쪽지를 보내왔다. 그 내용은 "내가 오늘 저녁에 술을 빚어 밝은 달에 따르고 우리 집 고사를 닦을 것인데 자네는 제남(중국 산동성에 있음)의 후손이 아닌가? 어찌 서로 간에 그 정을 잊겠는가."라는 초청의 글이었다. 심심하던 차에 반가웠던 기지는 담지를 위한 시를 지어 소매 속에 넣은 후 담지의 집으로 달려갔다.

  그날 담지와 기지 둘은 높은 누에 올라가 담지네 집에서 빚은 술과 음식을 함께 들었다. 둘은 재미있는 문구를 농하고 시를 읊으면서 즐거운 시간을 가졌고 회포를 풀었다. 기지는 낮에 담지를 위해 썼던 시를 꺼내 조금 수정한 다음 이를 써서 담지에게 주고는 읊었다.

  고요히 봄은 학사 집에 깊었는데
  아무도 없는 뜰에 낙화만 많이 있네.
  스스로 놀래나니 선골이 아닌 속객이
  벽옥호 속에 있는 자하주에 취한 것.

오색구름이 낀 곳에 인가가 있어

한가히 찾아든 미친 손님 흥미도 많다네.

단사 굽는 것 배울 만함을 믿는 것은

자양선인이 노을을 먹고 있기 때문

寂寂春深學士家　無人庭戶落花多　自驚俗客非仙骨　碧玉壺中醉紫霞

五雲深處有人家　狂客閒來興味多　始信燒丹眞可學　紫陽仙老在湌霞

위 시에서 벽옥호란 푸른 옥으로 만든 술병이고 자하주란 신선
이 마시는 술 또는 신선이 사는 궁전을 의미한다. 그리고 담지를 신
선을 꿈꾸는 학사로, 기지 자신을 미친 손님에 각각 비유하면서 단
사 즉, 신선이 약을 굽는 일과 자양선인이 노을을 먹는 듯 수련하
는 일이 매우 흥미롭다고 말하고 있다. 이렇듯 신선과 관련된 시를
쓴 것은 담지의 집안이 대대로 도교에 심취한 집이었기 때문이다.
그날 담지의 일상생활이 항상 수련하는 분위기로 가득 찬 사실에
어린 기지는 깊은 감동을 받았던 것이다.

이렇게 잠시 담지를 회상하며 옛날 생각에 젖어 있을 때 아내가
술상을 가져왔으므로 기지가 술을 잔에 가득 따라 공손하게 오세
재에게 권했다. 술을 반 잔쯤 마신 후에 오세재가 말했다.

"너무 오래 여행한 것 같네. 나는 부지런히 서울로 돌아가야 하
겠네."

"형님이 여러 가지 어려움 가운데에서도 저에겐 가장 중대한 소

식을 알려 주셔서 무어라 감사를 드려야 할지 모르겠습니다. 제가 가진 것이 없어서 시를 한 수 지었습니다."

기지가 미리 써 두었던 시를 가져다 드리니, 오세재는 받으면서 말했다.

"고맙네. 잘 간직하겠네. 조속히 쾌차하기 바라네."

오세재는 개경으로 떠났다.

도교에 관한 글(일제기)을 쓰다

기지는 몸이 좀 나아진 후 다시 서책에 파묻혔다. 그러나 아버지에 이어 어머니도 살해되었고 그 결과로 이제는 과거를 볼 염두를 아예 내지 못하게 되었다고 생각하니 자꾸만 서글퍼짐을 막을 수 없었다.

그런데 늦은 가을에 담지로부터 편지가 왔다. 자신은 아버지(이윤수)를 따라 거제로 갔다가 지금은 나주로 와 있다면서 아버지가 보고 싶어 하니 한번 나주로 와달라는 요지였다. 기지는 담지의 소식을 받고는 너무나 기쁘고 반가웠다. 또한 특별히 할 일도 없고 외로움과 굶주림에 책도 읽을 기분이 아니었으므로 바람을 쐴 겸 준비를 한 후 다음날 나귀를 타고 나주를 향해 출발했다.

양양을 출발하여 이틀 동안 부지런히 나귀를 달린 결과 저녁나절에 나주에 도착했다. 마침 담지는 집에 있었다.

"담지! 참으로 오랜만이야."

"멀리 오느라 고생했지? 이곳으로 들어오게."

담지의 방에 들어가 둘은 반갑게 인사하고 그간 있었던 이야기를 나누었다. 기지는 가장 궁금하게 생각했던 과거에 대해 물었다.

"자네 과거를 보지 않기로 마음먹고 이곳에 내려온 것인가?"

"지금 세상에 과거는 보아서 무엇 하겠나? 과거에 급제해도 중방의 승인을 받아야 벼슬을 받는 상황이니 과거 급제가 자랑스러울 것도 없는 실정이네."

"아니, 그것이 무슨 뜻인가?"

"과거는 문관을 선발하는 제도이므로 급제자가 선발되면 임금님이 직접 벼슬을 내리는 것이 상례였고 중방은 무관의 인사에 대해서만 관여해 왔었네. 그러나 작년부터는 왕이 과거급제자에게 벼슬을 내리기에 앞서 중방의 의견을 듣도록 되었네. 중방에서는 과거를 통해 우수한 사람이 문관으로 임명되면 자기들이 마음대로 권력을 좌지우지할 수 없다고 생각하는 때문인지 우수한 사람의 급제를 좋아하지 않는 것 같다네. 그래서 과거급제자 중에서 비교적 평범하거나 중방의 뜻을 거역하지 않을 사람만 골라서 벼슬을 허용하는 실정인 것 같네."

"그렇다면 선비들이 과거를 보려 하지 않을 것이 아닌가?"

"맞아. 더욱이 나의 경우는 아버지가 중방의 의심을 받아 좌천된 실정이니 지금은 과거를 보아야 좋은 결과가 나올 수 없을 것 같다네."

"그래도 선비가 출세하려면 과거를 보아야 하지 않을까?"

"궁극적으로는 그렇지. 다만 지금 상황에서는 과거를 볼 생각이 없다는 말이야. 그러나 아버지의 오해가 풀린다면 돌아가서 곧 보아야 하겠지."

기지는 세상이 너무도 많이 변해 가고 있다고 생각하니 무엇이 좋은 일인지 혼동스러웠다. 그런데도 담지가 과거를 포기하는 것은 옳지 않은 것 같아 말했다.

"어찌 되었든 되도록 빨리 돌아가 과거를 보기 바라네."

"알겠네. 그 문제는 이만 이야기하고, 지금 아버지가 방에 계실 테니 뵈러 가세."

기지는 담지가 인도하는 대로 따라가서 그의 아버지에게 인사를 드렸다. 아버지(전 상서 이윤수)는 인자한 얼굴에 가득 미소를 띠고는 말했다.

"자네가 문장에 조예가 깊다는 말을 담지로부터 여러 번 들었는데, 만나 볼 기회가 없었네. 오늘 이렇게 먼 길을 와 줘서 만나니 참으로 반갑네. 요즈음 어떻게 지내고 있는가?"

"네, 고향인 양양에 조그만 집을 마련해서 밭을 갈면서 지내고 있습니다."

"사실은 내가 긴히 부탁하고 싶은 일이 있어서 보자고 하였네. 담지에게서 들었는지 모르지만 나의 아버지는 일찍이 신선이 되고자 하셨던 분으로 기이한 자취를 많이 남긴 후 불우하게 생애를 마치셨네. 그런데 그분의 생애에 대해 지금까지 기술하지 못하고 있네. 유가의 선비인 자네에겐 다소 엉뚱하게 들릴지 모르지만 그 기록은 자네를 기다린 것이라고도 생각되네. 자네가 바쁘더라도 좀 기록해 주면 고맙겠네."

언젠가 담지가 자기 할아버지는 간신들의 모함으로 동해바다에 수장당했다고 말한 것이 어렴풋이 생각났는데, 기지는 다음과 같이 답하였다.

"천학비재한 제가 어찌 이 일을 감당하겠습니까? 특히 도교에 관하여는 아는 것이 없습니다. 주위에 훌륭한 분이 많이 계신데 그들 중에서 맡기심이 옳을 듯합니다."

"그래도 담지의 친구로서 우리 집에도 온 적이 있고 우리가 생활하는 것을 보아 왔으니 좀 알지 않겠는가? 자네가 안 한다면 지금 상황으로서는 담지에게 시킬 수밖에 없는데, 담지가 자기 조부에 대해 기록하는 것은 온당치 못할 것 같네. 그래서 자네가 맡아 달라고 이렇게 멀리 오도록 하여 청하는 것이네."

기지는 재삼 사양했으나 이 상서가 거듭 부탁하므로 기지가 마지못해 대답했다.

"그렇다면 한번 시도해 보겠습니다. 이 좌사님의 발자취를 알 수 있는 모든 기록과 전거를 주신다면 돌아가 정리한 후 기술하여 보내 드리겠습니다."

기지는 여러 사람으로부터 아는 대로 설명을 듣고 여러 가지 기록을 받았다. 도교사상에 대해서도 알아야 할 일들이 많아 관련 서책 여러 권을 얻었다. 기지는 담지의 방으로 돌아와서 그날 밤늦도록 기록과 서책 등을 읽고 의심나는 것은 담지에게 물었다.

이튿날 이 상서를 뵙고 이 좌사(담지의 할아버지)가 생활하였던 월생산(지금의 월출산)의 현지를 답사하고 싶다고 말씀드렸다. 이 상서는 고마워하면서 담지에게 지시하여 함께 말을 타고 다녀오라고 하였다. 답사활동에 필요한 모든 것을 담지가 준비하였으므로 기지는 가서 알아볼 문제만 검토하면 되었다. 기지는 담지에게 월생산으로 가는 도중에 부근 남쪽 바닷가도 둘러보자고 했더니 좋다고 선뜻 말하는 것이었다.

이튿날 아침 일찍 기지와 담지는 말 두 필에 각각 몸을 싣고 길을 나섰다. 처음에는 천천히 달리다가 기지는 부모를 모두 잃은 천애의 고아가 되었다는 생각을 떨쳐 버리려는 듯 미친 듯이 말을 몰았다. 담지는 말을 잘 몰지 못하면서도 기지를 따라가야 한다는 생각에 정신없이 말을 달렸다. 서리 낀 길을 달려 바닷가에 도착하여 둘러본 후 낙주성(지금의 순천)에 들어가 여관을 정했다. 기지는 갑자기 시를 쓰고 싶어져서 그날 있었던 일들을 생각나는 대로 적었다.

닭 울기 전에 급히 떠난 새벽길
서리 맞은 단풍이 들길을 메웠네.
바람 잔 언덕 위엔 등불도 꺼지고
산봉우리엔 눈 내릴 듯 구름 낮게 깔렸네.

험준한 길 위태로워 인적도 드물고
여관에서 자주 듣는 것 피곤한 말 울음소리
머리 돌리니 황혼하늘에 아득한 연기.
의연한 것 마치 무릉에서 나온 듯.

征鞍催發曉先鷄　紅葉鋪霜擁野磎　原上無風殘燒斷　峯前欲雪凍雲低
畏途獨怪行人少　候館頻聞困馬嘶　廻首蒼蒼烟水暮　依然似出武陵溪

그런데 그날 담지는 기지를 따라가느라 너무 무리한 탓인지 열이 나고 기침을 심하게 하였다. 의원을 찾아가 물었더니 몸살과 감기가 겹쳤다면서 며칠 동안 정양을 하며 약을 먹으라는 말이었다. 다음날은 눈이 내릴 것 같은 을씨년스러운 날씨인 데다 월생산은 산세가 험하여 담지의 현재 몸으로는 여행하기 어렵다고 판단되어 담지는 쉬게 하고 기지 혼자서 나머지 길을 답사하기로 하였다.

기지는 아침 일찍 혼자서 낙주성을 나와서 다시 말을 달렸다. 눈이 내리는 길을 달려 월생산 주변을 돌아보다가 저녁이 가까워져서 인적이 드문 외딴 인가를 찾았더니 문이 잠겨 있어 다른 잠잘 곳을 찾느라 고생하였다. 어렵게 찾은 주막집 방에서 혼자서 술을 두어 잔 마시다가 시상이 떠올라서 시를 지었다.

꼭두새벽에 홀로 낙주성을 나왔네.
크고 작은 역참을 지나 몇 리를 달렸는가?
말발굽 땅에 부딪쳐 흰 눈 치솟는데
채찍소리 속에 푸른 봉우리 어지럽네.

하늘가 해가 지니 돌아갈 마음 급한데
벌판의 찬바람 취한 얼굴 깨게 하네.
적막한 외딴 마을 묵을 곳 찾으니
집마다 일찍이도 문빗장 걸었구나.

凌晨獨出洛主城　幾里長亭與短亭　跨馬行衝微雪白　擧鞭吟數亂峰靑

天邊日落歸心促　野外風寒醉面醒　寂寞孤村投宿處　人家門戶早常扃

　다음날 기지는 월생산을 올라가 일제 및 옥소봉 일대를 답사하고 사찰과 우물, 장엄한 도구 및 관음보살화상에 이르기까지 일일이 점검하였다. 일을 끝낸 후 석양이 가까워졌을 때 산을 내려와 어느 농가에서 방을 얻었다. 저녁식사를 마친 후 밖을 내다보니 그 동안에 눈이 내려 정원의 모든 나무들이 흰 눈을 뒤집어쓰고 있었다. 이에 기지가 시를 지었다.

　　　말 몰아 다니다가 석양에 가까워져
　　　겨우 농가를 찾아 여장을 풀어 보네.
　　　덧없는 인생 떠돌이 생활에 몸을 맡기니
　　　객관 베갯머리에 잠 못 드는 밤은 길고나.

　　　눈 뿌린 동산엔 눈꽃이 만발하였고
　　　풍년든 촌락엔 술이 더욱 향기롭네.
　　　주인은 무엇 하는 나그넨지 묻지도 않는데
　　　얼굴은 온통 검고 말씨도 촌스러워졌다네.

策馬行行趁夕陽　聊尋田舍解歸裝　浮生浪迹身如寄　旅枕無眠夜更長
雪灑園林花盡發　年豊村落酒猶香　主人莫問何爲客　面色皆黎語亦鄕

　이때 어디에선지 애끓는 필률(악기 이름) 소리가 들려 왔다. 기지는 집을 멀리 떠나왔기 때문인지 서글픈 감정이 복받쳐 올랐다. 그래서 시를 한 수 더 적었다.

바람결 들리는 소리 가냘프고 쓸쓸한데
매화꽃 몇 송이 뒤뜰에 떨어졌네.
이별 자리에선 한 곡조 불지 마셔요
단장이 끊어지는 듯해 차마 듣지 못하겠소.

臨風送響細冷冷　幾片梅花落後庭　莫向離筵吹一曲　危腸易斷不須聽

기지가 이튿날 말을 달려 나주로 돌아오니 담지도 두어 시간 전에 이미 도착해 있었다. 담지가 건강을 회복하여 무사히 돌아온 것을 치하한 후 숙소에 들어가 누우니 자기도 모르게 깊은 잠에 떨어졌다. 이튿날 일찍 아침밥을 먹고는 이 상서를 찾아뵙고 그간의 일들을 요약해 설명 드린 후 하직을 고했다. 이때 이 상서는 노자를 챙겨 주는 외에 송나라 소식의 문집인 『동파집』과 필묵 다량을 선물로 주었다.

기지는 집으로 돌아와 도교에 관한 서책을 탐독하는 한편 가져온 모든 책자와 기록들을 살펴보았다. 이를 정리하여 이중약 좌사의 일생에 대해 기술한 후 그가 월생산에서 도를 닦을 때 거처하던 곳의 이름을 따서 「일제기」라고 명명했다. 「일제기」의 주요 내용은 다음과 같다.

이중약의 어머니 이씨가 누른 갓을 꿈꾸고 잉태했다 하여 선생은 어려서 즐겨 도가서적을 읽고 도가의 풍을 섬겼는데, 처사 은원충 등의 권유를 받아 월생산 '일제'에서 지내면서 옥소봉에 올라 도를 닦았다. 예종 임금이 그에 대한 말을 듣고 불렀으므로 궁중에서 지내다가 중국으로 건너가 도교의 선인들과 교유하였다. 그는 귀국하여 두교에서 국가를 위해 제를 올리는 복원궁을 만들었다. 그때부터 도의 정수를 전파했으며 그에게 도를 묻는 사람들이 문전성시를 이루었다. 말년에는 불운하게도 동해에 수장되었다.

의종 18년에 그의 아들 유수가 월생산을 가서 보고는 주위 모습에 감동하여 건물을 세울 뜻을 갖고 봉급을 내어 건설하였다. 사찰을 세우고 장엄한 도구까지 모두 갖춘 후 임금에게 아뢰니 관음보살 화상과 양전 15경을 하사하였다.

「일제기」의 전문은 〈부록 1〉과 같다.

이중약은 장인 한안인과 함께 1122년에 역모죄로 사형을 당한 사람이므로 비록 그후 신원이 되었다 하지만 이때 이중약에 대한 글을 쓰는 것은 매우 위험한 일이었다. 더욱이 이중약이 의술이 뛰어났고 임금의 부름을 받았다는 등의 말까지 쓰니 더욱 위험하다는 생각이 들었다. 도교 종단은 이미 없어졌는데 기지의 이 글은 도교를 찬양하는 듯한 글이 되었다. 사람들은 자기가 믿지 않는 다른 종교에 관하여 가혹한 경향이 있고 불교가 국교로 되어 있던 고려 사회에서 이런 글을 쓴 것이 세상에 알려지면 사람들이 무슨 위해를 가할지도 알 수 없는 실정이었다.

기지는 무신들의 눈을 피해 숨어 살고 있었으므로 더욱 조심해야 할 처지인데 이런 글이 공표되어도 괜찮을는지 의문이었다. 그래서 「일제기」를 쓴 후 이를 곧바로 이 상서에게 보내지 못하고 주저하면서 수 개월이 흘러갔다.

그러자 담지는 이 상서가 초조히 기다린다면서 기지에게 여러 차례 독촉 편지를 보내왔다. 기지는 이 글을 보내는 것이 위험스럽지만 부득이 하다고 생각하게 되어 이 상서에게 잘못된 부분이 있으면 말씀해 달라는 편지와 함께 보내 드렸다.

이 상서(학사)에게 보낸 편지 전문은 〈부록 2〉와 같다.

관제 스님에게 조언을 구하다

명종 6년(1176) 이른 봄에 어떤 사람이 상주 정 서기의 편지를 가져 왔다. 조역락(조통)의 소개를 받았다면서 가까운 시일 내에 상주를 방문해 줄 것을 요청하는 내용이었다. 기지는 시를 아는 이곳 친구 최백환이 상주 정 서기가 인근에서 시를 가장 잘 짓는다고 말한 것이 생각났다. 특별히 할 일도 없고 무료한 상태였으므로 며칠 후 가겠다고 답장을 써 주는 한편 갈 채비(준비)를 했다.

기지는 상주에서 정 서기를 만나기에 앞서 황령사를 먼저 들르기로 했다. 관제 스님에게 인사를 드리고 속마음도 털어놓고 고향을 서하라고 말하기로 한 것에 대해 조언을 구하고 싶었기 때문이다. 그래서 꼭두새벽에 길을 나섰다. 나귀를 타고 부지런히 갔는데 백여 리를 지나 상주 황령산에 당도했을 때는 해가 중천에 떠 있었다. 황령산에 오르면서 주위를 보니 푸릇푸릇 새싹이 돋아나는가

하면 진달래가 막 꽃망울을 터트리기 시작하고 있었다. 마침 당두이신 관제 스님은 대웅전에 계셨다.

"스님! 안녕하셨어요? 저를 아시겠어요? 보주임가 광자 비자의 아들 대년이에요."

"오! 도령께서 이렇게 훤칠한 어른이 되셨는가? 길에서 만났다면 나는 몰라보았을 것이네. 그런데 큰 풍파 후 집안에는 별고 없는가?"

"저는 난을 피해 이웃 고을인 양양에 조그만 집을 마련하여 별고 없이 농사를 짓고 살고 있습니다만 어머니께서 얼마 전에 병사들 손에 돌아가셨습니다."

"무어라? 먼저 이리 들어와 앉으시게. 그리고 자세히 말해 보세."

기지는 대웅전에 들어가서 먼저 부처님에게 인사를 드린 후에 스님에게 어머니가 돌아가신 경위를 자세히 말씀드렸다. 그러자 스님께서 한숨을 쉬고는 말씀하였다

"자당께서는 참으로 신심이 두터우시고 진정으로 사랑을 베푸신 보살이셨네. 내가 찾아뵈면 언제나 따뜻한 밥을 준비하여 공양하시고, 4년 전에는 승복이 너무 낡았다면서 직접 승복을 한 벌 기우신 후 다림질까지 해서 주셨다네. 분명히 보살님은 극락왕생하셨을 것이네. 이곳 지장보살님 앞에 자네의 선친 위패를 모셨는데, 이제는 자당님 위패도 함께 모셔야겠네. 자네는 용기를 잃지 말고 훌륭하고 신심이 두터운 부모님의 뜻을 받들어 문장으로 훌륭하게 되도록 열심히 노력하게."

기지는 다시 지장보살 전에 인사를 올렸다. 그리고 스님께서 주

시는 점심공양을 맛있게 먹고는 자신의 속마음을 털어놓고 조언을 받고자 말했다.

"스님, 잘 아시겠지만 아버지는 무신난 때 이고의 첫 번째 칼에 목숨을 잃으셨고, 저는 태자시종으로 낙점 받은 후 마침 동궁에 들어가기 전인 관계로 가까스로 목숨을 건졌습니다. 생전에 어머니 말씀은 제가 붙잡혀 이런 일들이 모두 밝혀지게 되면 큰 화를 면하기 어렵다고 하셨습니다. 죄 없는 사람에게 뒤집어씌우기 가장 쉬운 죄목은 역모죄랍니다. 만일 그 죄목으로 처벌받으면 일가친척까지 큰 화가 미칠 수 있다면서 변성명하고 숨어 살되 고향을 보주라고 말하지 말라고 하셨습니다. 태자시종으로 낙점 받을 때 임대년의 이름으로 글을 제출했기 때문에 저는 변성명을 위해 이름을 '기지'로 개명하고는 양양에 은거하였습니다. 한편 일가친척을 위해 저의 고향이 보주라고 말하지 않으려고 하지만 그렇다고 어디라고 말할 것인지 결정하기가 매우 어려웠습니다. 그래서 스님의 고견을 듣고자 찾아왔습니다."

"고향이 보주라고 하여도 큰 문제는 없을 것이 아닌가?"

"저의 가까운 친척 할아버지가 정2품이셨고 그 아들들도 정2품과 정3품으로서 매우 유명한 집안이고, 저의 백부도 한림학사로 유명하였는데 그들의 고향이 보주임은 사람들에게 잘 알려져 있습니다. 만일 저의 고향이 보주라고 말한다면 그분들과 친척임을 누구나 쉽게 알 수 있을 것입니다. 또한 어머니가 돌아가시기 전에 고향이 보주라고는 말하지 않겠다고 제가 약속을 했으니 그 약속도 지키고 싶습니다."

"차라리 고향을 모른다고 하면 어떻겠나?"

"저는 명색이 선비입니다. 선비로서 자기 고향도 모른다면 말이 되겠습니까?"

"그건 그렇군. 그래 어찌하려고?"

"네, 부주가 아니라면서 엉뚱한 지방을 고향이라고 거짓말로 둘러댈 수도 없습니다. 그래서 생각한 것인데요, 우리 임가가 고려 땅으로 오기 이전에 살던 곳, 즉 옛날 중국에서 조상이 살던 지명을 저의 고향이라 칭하는 것은 괜찮을 것 같습니다. 저의 조상 가운데 공자의 제자인 임방이 기하의 서쪽에 있는 서하지방에서 태어났고, 당나라 때 서하백작에 추봉된 사실이 있어서 그 추봉 이후에 우리 임씨의 당호를 서하당이라고 했습니다. 그래서 제가 고향을 서하라 한다면 거짓이 아니라서 좋을 것 같습니다. 그렇게 하면 우리나라에 서하 사람은 저 하나뿐일 것이고, 따라서 저의 신분을 숨기는 방법도 될 수 있을 것 같습니다."

"꼭 그렇게까지 해야만 할까?"

"우리나라 다른 지명을 선택하여 고향이라 할 경우 다른 사람의 자손이라고 말하는 것과 다르지 않아 곤란합니다. 그러나 우리 임가가 중국에서 이곳으로 건너오기 전에 선조들이 서하 사람이라고 말하던 것을 본받으면 거짓이 아니고 임방이 저의 선조임도 밝히는 것이 되어 좋을 듯하여 서하 사람이라 칭하고 싶은 것입니다."

"자네 지금 몇 살인가?"

"23살입니다."

"그런 나이에 생각이 꽤 깊군."

"사실은 이런 속사정을 누구에게도 말할 수 없어서 혼자 좀 고민했습니다."

"참으로 훌륭한 생각이네. 나는 자네의 설명을 듣고 감탄했네."

관제 스님이 이렇게 답변하자 기지는 '잘 결정한 일이구나.' 하고 안도했다.

"스님께서 좋다고 하시니 저는 용기를 가지고 '서하'를 고향으로 사용하겠습니다."

관제 스님이 말씀하셨다.

"자(이름)는 '대년'이던 것을 '기지'로 바꾸었으니 되었고, 호는 '춘'이라고 새로 만든 것이니까 어느 것을 사용하여도 문제가 없겠군. 그래도 '낮말은 새가 듣고 밤말은 쥐가 듣는다.'는 속담이 있네. 무언가 비밀을 가지고 숨기며 산다는 것은 매우 어려운 일이야. 항상 조심 또 조심해야 할 것이야."

기지가 말씀드렸다,

"네 명심하겠습니다. 그리고 제가 나아갈 앞길을 밝혀 주시니 대단히 감사합니다. 그럼 저는 상주 정 서기를 만나러 지금 떠나겠습니다."

기지는 당두에게 하직 인사를 한 후 나귀를 타고 길을 나서 상주 관아로 향했다.

5. 초청받아 시를 짓고 금품도 제공받다

상주에서 기생 일점홍과 함께

기지는 그날 해질녘에 상주 관아에 당도하여 정 서기를 찾았다. 정 서기는 기지를 만났을 때 23살의 나이에 키가 6척 장신인 데다가 얼굴이 핼쑥하긴 하지만 날씬한 미남이었으므로 진나라 때 죽림칠현의 한 사람인 중산(혜강)이 환생한 것 같은 인상을 받았다. 혜강은 6척(180㎝)이 넘는 장신에 별처럼 아름다운 눈 등 이목구비가 뚜렷하고 옥 같은 얼굴의 미남자로서 시와 음률에 탁월한 재주가 있었다고 『진서』에 기록되어 있다. 이렇게 얼굴 모습까지 사서에 기록된 것을 볼 때 혜강은 당세에 보기드믄 대단한 미남이었던 것 같다.

정 서기가 기지를 보니 좀 여위었지만 상당한 미남이었고 이런 미남자가 문장에 깊은 지식을 가졌다는 것이 기뻤다. 그래서 기지를 반갑게 맞이하면서 말했다.

"조역락은 나와 함께 공부하던 죽마고우인데 천재시인께서 난을 피해 인근에 내려와 사신다기에 시도 좀 배울 겸 만나 보고 싶어서 이곳에 오십사 하고 말씀드렸습니다. 오늘 이렇게 멀리 와 주시니 참으로 반갑고 고맙습니다."

"역락 형께서 너무 과찬하신 것 같습니다. 아무튼 불러 주셔서 고맙습니다."

"무신정권이 들어선 이후로는 시를 읊는 사람을 찾아보기 힘들게 되었을 뿐만 아니라 시문을 배우려는 젊은이들이 줄어들고 모두가 무예를 익혀 출세하려는 경향이 있습니다. 그래서 시를 아는 사람을 만나 본 것이 매우 오래되었습니다."

정 서기의 의외의 말에 기지는 놀랐다. 그가 이어서 안내했다.

"자, 이쪽으로 자리를 옮깁시다."

정 서기는 기지를 누각으로 안내하였다. 얼마 되지 않아서 술상이 들어왔고 함께 술과 안주를 들면서 담소를 주고받았다. 그때 정 서기는 주연 자리에는 기생이 있어야 한다면서 일점홍을 오라고 하였다. 잠시 후 일점홍이 도착하니 말했다.

"여기 서하 임춘 선생은 천재시인이시니 특별히 잘 모셔라."

일점홍이 기지에게 날아갈 듯이 절을 한 후 말했다.

"요즈음은 시인이 거의 없어져서 보기 힘든데, 오늘 이렇게 미남인 시인을 모시게 되어 영광입니다. 천재시인이라면 먼저 시를 한 수 들려주시면 어떨까요?"

"그것 참 좋은 말이구나. 임춘 선생! 일점홍에게 첫인상이 어떤지 한 수 들려주시지요."

기지는 일점홍의 황홀한 미색에 빠져 엉뚱한 생각을 하고 있었는데, 정 서기의 말에 정신을 차리고는 즉석에서 시 한 수를 읊었다.

일찍이 낙양성에서 선화를 보았는데
오늘 강남에서 또 눈이 번쩍 뜨이네.
위씨 자목단과 요씨 황목단은 격은 다르지만
결국은 목단을 이르는 이름이라네.

仙花曾見洛陽城　今日江南眼更明　魏紫姚黃雖異格　到頭同店牡丹名

목단 가운데 위씨가 전했다고 하는 자색 목단과 요씨가 전했다고 하는 노란색 목단을 합하여 위자요황이라고 하는데, 이는 목단의 별칭인 것이다. 기지는 이것을 이용하여 목단 같이 환하고 어여쁜 일점홍을 예찬하는 시를 지은 것이다. 이 말을 들은 일점홍은 얼굴이 빨개지면서 말했다.

"참 선생님은 농담을 잘하시네요."

"아니야. 진심을 말한 것이네."

이런 대화에 모두가 큰 소리로 웃었다. 그 결과 좌중은 더욱 화기애애해져서 즐겁게 이야기하며 먹고 마셨다. 이때 정 서기가 시를 짓자고 청했다.

"여기 일점홍도 시를 잘 짓습니다. 우리 셋이서 돌아가며 시를 한번 지어 보십시다. 만일 못 지으면 큰 잔으로 벌주 한 잔입니다. 그러면 운은 모양자(姿)와 가지지(枝)로 합시다."

정 서기는 남성의 성기가 연상되는 운을 미리 준비하였던 것 같았다. 어찌되었든 그렇게 말하자 모두가 이의를 대지 않고 붓을 들어 각각 한동안 생각하며 시를 구상하였다. 모두가 시 짓기를 마무리한 듯 보이자 먼저 정 서기가 읊었다.

> 파리한 학같이 훤칠한 중산 모습(姿)
> 처음 불려 나와 남쪽 변방으로 나섰네.
> 붓 휘둘러 풍소 같은 시를 지으려고 했지만
> 둔전에 눌려 까치가 가지(枝)에 앉은 듯하네.

中散昂昂瘦鶴姿　一麾初出鎭南垂　揮毫欲作風騷句　壓倒屯田鵲踏枝

이 시에서 정 서기는 기지를 위진시대 죽림칠현인 미남자 혜강(중산)에 비유하며 시를 지은 것이다. 그러자 기지는 스스로를 초나라 시절 간신의 참소로 관직을 버리고 못가를 거닐며 눈물을 뿌렸던 초췌한 굴원(택변)에 비유하면서 고향을 그리워하는 마음을 담은 시를 한 수 읊었다.

> 초췌한 택변의 모습(姿) 스스로 가련하여
> 고향 떠나 때때로 눈물 흘리네.
> 만리길 돌아가고픈 생각 날개라도 돋았으면
> 월나라 새가 남쪽 가지(枝) 그리워함을 어찌 견디리.

自憐憔悴澤邊姿　去國時時涕淚垂　萬里歸心生羽翼　那堪越鳥戀南枝

기지가 말했다.

"이제는 일점홍 차례이니 어디 한 수 들려주게."

일점홍은 자신을 매화에 겨주면서 당나라 시절 강지 기전하였던 시인 두목 같은 사람을 만난다면 좋겠다는 뜻을 담아 응대하였다. 일점홍의 눈에는 이 미남자 임기지가 두목으로 보였기 때문에 이런 시를 읊은 것 같다.

> 구름으로 옷 삼고 흰 눈으로 자태(姿) 꾸며
> 난간에 드리운 매화 그림자 가엽기도 하구나.
> 정 많은 두목이 늦은 봄에 찾으면
> 모든 가지(枝)가 활짝 필까 걱정이리.

雲作衣裳雪作姿　可憐踈影倚欄垂　多情杜牧尋春晚　只恐重來子滿枝

이렇게 모두가 시도 잘 짓고 의기도 서로 맞았으므로 여러 주제로 담소하면서 세 사람은 밤이 깊은 줄도 모르고 술을 마셨다. 어느덧 새벽닭이 우는 시간이 되어 만취한 기지는 정신을 거의 잃었으며, 일점홍이 이끄는 대로 자리에 누웠다.

그동안 시골에 와서 쌓였던 피로가 단숨에 사라지는 듯하고 몸이 둥실 허공을 가르는 듯했다. 얼마나 잤을까 햇빛이 창을 비추기에 눈을 떴다. 얼른 옷매무새를 고치고는 밖으로 나오려는데 벌써 일점홍이 세숫대야를 받쳐 들고 들어온다. 너무도 황홀한 하룻밤이었다. 고마움을 표시하고 싶지만 아무것도 가진 것이 없음이 한스러웠다. 기지는 붓을 들어 시를 정성스레 쓰고 서하 임춘이라 적어서 일점홍에게 주었다.

창루의 귀한 모임에 춤추던 미녀
손님 가고 난간에서 입술을 맞대었네.
광인의 지나친 장난 비웃지 마오.
요즈음 내 심사 진흙에 묻힌 버들개지이니.

맑은 밤 비단 요에 취했던 일 생각하니
술상머리서 같이 놀며 몸 한번 안았고야.
부탁한다. 앵앵아! 부디 잘 있어라.
이 늙은 시인을 다시 볼 날 있으리니.

倡樓高會舞吳娃　別後欄干玉筋齊　莫笑狂生豪橫過　近來心事絮粘泥
憶曾淸夜醉華茵　同賞樽前一搦身　寄語鶯鶯須好在　會應重見老詩人

　그날 아침식사 후에 기지가 양양으로 돌아가려 하자 정 서기는 약간의 노잣돈과 최상품의 붓과 종이를 주었다. 기지는 생각지도 않았는데 노잣돈까지 주어서 생활비에 보태 쓸 수 있게 해준 것이 매우 고마웠다. 또한 정 서기의 너그러운 인품과 시를 짓는 능력을 볼 때 당나라 시인 중 4걸인 노조린에 견줄 만하다고 생각되었다.

그래서 기지는 양양에 돌아온 후 정 서기를 보고 느낀 점을 정리하여 시를 짓고 이를 전서체로 정성껏 쓰고는 서하 임춘 명의로 상주 관아로 보내 드렸다.

　　이름난 성인은 5백 년마다 탄생한다는데
　　높은 재주 노조린 앞에 있기를 사양치 않으리.
　　흥이 일면 천균(1균은 30근)의 붓을 움직이고
　　시 읊기 마치고서 십종의 만지에 쓰노라.

　　태백의 간장은 고운 비단 같고
　　육기의 사부는 꿰어놓은 구슬 같구나.
　　아마 시급히 시연을 제공하라 한다면
　　청송 꺾어 일만 부엌의 연기를 취하리.

　　名世生當五百年　高才不讓在盧前　興來自幹千釣筆　吟罷開題十樣牋
　　太白肝腸如錦麗　陸機詞賦似珠連　應須火急供詩硯　斫取靑松萬竈烟

절에서 양곡을 지원받다

　기지가 보릿고개를 어떻게 넘기나 걱정하던 어느 날 오후에 황령사의 요혜 수좌가 소를 끌고 찾아왔다.

　"임춘 선생님이시죠?"

　"예, 제가 임춘입니다."

　"저는 황령사 요혜 수좌입니다. 당두께서 양곡을 갖다 드리라고 해서 왔습니다."

그는 소의 등에서 양곡 2가마를 내려놓았다.

"이거 너무나 고마워서 무어라 말씀을 드려야 할지 모르겠습니다. 당두님께 잘 먹겠다고 인사를 드려 주세요. 멀리 가져다 주셔서 참으로 감사합니다."

"저는 이만 돌아가겠습니다. 안녕히 계십시오."

요혜 수좌가 떠난 뒤 한참 멍하니 서 있다가 기지는 생각했다. 황령사는 작은 절이라 살림살이가 넉넉하지 않고 빠듯할 것인데도 선비가 멀리 도망 와서 살기 어렵다는 것을 안타깝게 생각하고 쌀을 나누어 주신 것이니 눈물이 날 지경으로 고마웠다.

기지는 관제 스님의 인자한 얼굴을 생각할 때 부모님의 극락왕생을 항상 기원하실 것을 생각하니 감격스럽기 그지없었다. 또 기지에게 부모님의 뜻을 받들어 훌륭한 문인이 되라고 격려하시던 말씀이 생생하게 들리는 듯하였다. 가난 속에서 한동안 식량 걱정을 덜게 되었다는 것도 기쁘고 감사한 나머지 서하 임춘 명의로 시를 전서체로 정성스럽게 써서 인편에 보내 감사를 표했다.

옥천 선생(노자) 낙양에 살 적에
맨 다리 긴 수염에 두어 칸 집뿐이었네.
쓸데없는 물건이 본성을 어지럽혀 혐오해
텅 빈 뱃속엔 도덕경 5천 문자만 들어 있었네.

평생 술 마시고 시 읊기를 좋아하여

가족이 죽만 먹어도 근심하지 않았네.
뼈에 사무친 가난과 굶주림 몇 번이나 죽을 뻔,
풍년에도 양식 없어 옥보다 귀한 것이었네.

우리 스승님 감하후보다 훌륭하시니
장자가 빈한하여 곡식 빌리는 것 탄식했다.
오늘 아침 문 두드려 자는 사람을 놀라게 하고
두어 가마니 가득히 쌀을 빌려 주었네.

급히 취부를 불러 시루 먼지를 씻게 하고
밥솥을 잘 묻어 불을 지피자 막 익었구려.
허리띠 느슨히 하고 삽질하듯 달게 먹고는
일곱 잔 향기로운 차 마시니 더욱 만족하네.

솔솔 부는 맑은 바람 두 겨드랑이에 일어나니
오늘 아침 속세에 사는 것 진실로 감사하네.

玉川先生居洛城　赤脚長鬚數間屋　意嫌長物擾天眞　文字五千空柱腹
平生嗜酒喜吟詩　不患擧家唯食粥　到骨窮寒幾欲死　豊年乏食貴於玉
吾師大勝監河侯　獨歎莊周貧貸粟　今朝打門驚周公　乞與長腰盈數斛
急呼爨婢甑洗塵　厚埋飯甕炊方熟　緩帶甘飱若塡壑　七椀香茶飲更足
習習淸風兩腋生　乘此朝眞謝塵俗

황보약수의 과거 급제

명종 6년(1176) 겨울날 오후에 기지는 글씨 연습을 하고자 먹을 갈고 있었다. 이때 밖에서 인기척이 있기에 내다보고 말했다.

"누구세요?"

"기지 형님이 맞지요? 저 자진입니다"

사립문을 들어서는 세 사람 중 맨 앞 사람은 함자진(함순)이 분명했다.

"어! 참으로 오랜만이오. 멀리서 웬일이신가?"

자진이 대여섯 근 정도가 됨직한 돼지고기를 내려놓으며 말했다.

"문경에서 친구 혼례가 있어서 우리들 친구 셋이 함께 가는 길인데 형님께 먼저 인사드리고 가려고 왔습니다."

기지가 어지러운 방안을 정리하면서 말했다.

"누추하지만 모두들 어서 들어오세요."

모두가 방에 들어와서 수인사를 하고 아내는 돼지고기를 받아서 부엌으로 들어갔다. 기지는 무료하던 차에 너무도 반가웠으므로 그들과 여러 가지 담소를 하고 세상 소식도 들었다. 이때 자진이 말했다.

"몇 달 전에 실시한 금년 과거에 황보약수(황보항)가 급제한 소식은 들으셨죠?"

"그런 일이 있었나? 참으로 잘된 일인데 처음 듣네. 약수는 어떤 벼슬을 받았는가?"

"아직 벼슬은 받지 못했습니다."

"거의 반년이 지났는데도 아직 벼슬을 받지 못한 이유는 무엇이라던가?"

"종전 같으면 과거시험 결과를 직접 임금에게 보고하여 그 급제자에게 벼슬을 주는 것이 상례였습니다. 그러나 지금은 막부가 있으니 먼저 막부에 보고하고 거기에서 벼슬을 결정한 후 임금님께 보고하게 되어 있습니다. 황보약수에 대해서 아직 마부의 견정이 내려지지 않았기 때문입니다."

"참으로 복잡하게 되었군."

기지는 쓸쓸한 마음을 금할 수 없었다. 전에 담지에게서 과거급제자를 문관으로 임용할 경우에도 막부의 사전 검토가 있다는 말을 들었으나, 약수에게도 그런 문제가 있는 것으로 들으니 안타까웠다. 기지는 자신이 언젠가 과거를 볼 경우 지공거(오늘날의 시험관)만이 양반 여부 등 가족사항를 검토하므로 혹시 숨기면 통과될 가능성이 있을 것이라고 막연하게 생각했었는데 이제는 그것도 불가능하다는 점이 확인되는 것이다. 그러나 이에 대해 아무런 내색을 하지는 않았는데, 그때 마침 아내가 술상을 가져왔다. 모두들 돼지고기요리를 안주삼아 즐겁게 마셨다. 두어 순배 돌아간 후 자진이 말했다.

"친구 혼례를 축하하려면 술이 더 취하기 전에 문경으로 떠나야 하겠어요."

기지는 마시는 것을 중단하고 급히 시를 지었다. 그 시를 좋은 종이에 쓴 후 서하 임춘의 이름을 써서 자진에게 주었다.

기쁜 까치가 아침에 울어대더니

수레 탄 귀빈들이 찾아 왔구려!
산창에서 오랫동안 병을 앓아
화원의 봄을 점검할 수 없었네.

갑자기 공자 문하의 삼익우가
초택의 독성인을 찾아왔었지
옷을 전당 잡히고 인가의 술을 가져와
술동이 앞에서 흥을 새롭게 겨뤘네.

喜鵲朝來語更頻　敲門車馬致嘉賓　山窓久抱支離病　花苑無由點檢春
忽有丘門三益友　來尋楚澤獨醒人　典衣徑取隣家釀　共向尊前鬪興新

　잠시 후 자진과 그의 두 친구가 문경을 향해 출발하였다. 혼자 남은 기지는 술상을 내보내지 않고 술을 몇 잔 더 들이켰다. 무신정권 아래서는 문관들이 전혀 빛을 보지 못할 줄 알고 이미 과거를 포기하고 여행을 다니며 시를 짓는 것만을 낙으로 삼고 있었는데, 약수가 과거급제라니, 참으로 의외의 일이었다. 어찌되었든 같은 마을에 살면서 친하게 지낸 후배의 출세 길이 열린 것이니 너무도 반가운 소식이었다.
　다만 약수가 막부의 검토를 받느라 오랫동안 벼슬을 받지 못한 것이 못내 아쉬워서 여러 가지 생각을 하였다. 그래도 약수의 급제를 축하하는 시를 쓰기로 하였다. 약수의 장래에 대해 평소 기대가 컸던 점, 자기와 가까운 관계였던 점과 오늘의 기쁨 등을 표시하는

산문 형식의 긴 축하시를 만들었다. 시를 더 길게 지을까 편지도 쓸
까 망설이면서 축하시를 다듬다 보니 몇 달이 지난 다음 해 초에야
이를 약수에게 보내게 되었다.

같은 마을에 살면서
일찍이 자네 집을 방문했을 때
처음 보고 범상함에 찬탄했고
다시 만나 담소하며 우정이 두터워졌지

조석으로 서로 왕래하여
원고도 자주 청할 수 있었다네
시문을 수시로 주고받았지만
어색하면 엄한 책망에 겁이 났다네.

고금의 일들을 논할 때는
서로 대좌하여 방약무인하였네.
형제는 모두 부지런했으니
오직 학술에만 전념하였네

위태롭고 어려운 가운데도
손에서 책을 놓지 않았네.
아! 즐겁네. 집안에 스승을 두어
언제나 곁에서 떨어지지 않게 했다네.

뜰에 난 난옥(남의 자제를 칭찬)은
사안의 조카들에 밀지지 않았지.
예로부터 어진 선비들은
그 재주에 좋고 나쁨이 있었으니.

양억과 유균은 오직 견문이 넓었고
이백과 두보는 시가 교묘했을 뿐이네.
오직 자네만은 모든 재주를 겸하여
어느 하나도 부끄러울 것 없었네.

보는 것이 듣는 것보다 많아
명예와 실상을 믿지 않았네.
나는 당시 사람들에게
문장으로 굴한 적이 적었지만

자네의 작품을 본 후로는
그 붓을 태워버리고 싶었네.
눈을 휘둥그레 서 있는 격이니
자네는 진실로 뛰어난 사람이네. (후략)

卜居同里閈　嘗詣子之室　一見便嗟奇　再語稍款密
旦夕且相就　文藁數容乞　時時又唱酬　窘束怯嚴律

方論古今事	對坐頻捫蝨	弟兄俱孜孜	所業在學術
雖於危難中	手不釋卷帙	樂哉家有師	常無遠離膝
階庭生蘭玉	不減謝安侄	自古賢士輩	其才有得失
楊劉博見聞	李杜工綴述	唯子兼衆美	曾不愧其一
所見過所聞	未信名與實	我與當時人	文章少所屈
至於見子作	輒欲焚其筆	瞠若在乎後	夫子固超逸

오나라와 송나라 때 사람들은 당나라 이상은의 시체를 모방하고 고사를 사용하여 시를 짓는 것을 좋아했는데 이를 서곤체라 한다. 고사를 이용하여 시를 짓자면 고사에 대해 해박한 지식이 있어야 하는 등 견문이 넓어야 한다. 양억과 유균은 송나라 초기의 문인으로서 고문을 숭상하고 고사에 해박한 지식이 있어서 서곤체로 시를 지어 천하에 성행하게 하였던 사람이다.

기지는 약수가 견문이 넓고 고사에 해박한 지식이 있어서 서곤체를 이용하는데 양억과 유균을 능가할 수 있는 문인일 뿐만 아니라 문장이 훌륭하여 이백과 두보에 필적할 수 있을 것이라고 생각했다. 그래서 이 시를 통하여 약수를 격려하면서 고문을 숭상하여 문풍을 일으키는 데 앞장서 줄 것을 은근히 부탁하고 있다.

개령에서 미수와 함께

1177년 6월 장마철이 되어 무더위가 심해졌어도 매일매일을 기지는 서책에 파묻혀 있었다. 하루는 개령 대곡리에 사는 김 호장의 편지를 하인이 가져왔다. 5일 후가 쉬는 날(정자일)이라 그날 시짓는 자리를 마련하려고 하니 와준다면 고맙겠다는 편지였다. 기지는 입에 풀칠하기도 어려운 상태였으므로 그날 가겠다는 답장을 즉시 써서 그 하인에게 주었다. 그리고 약속 전날 양양을 떠나 상주 인근에서 하루를 묵은 후 대곡리에 도착하였다. 그러자 김 호장은 넉넉한 얼굴에 환한 웃음을 띠고는 기지를 맞았다. 뒤에는 가사를 입고 지팡이를 든 중이 한 사람 있었다.

"임춘 선생! 참으로 반갑습니다. 마침 인근 절에 이미수(이인로의 자)라는 스님이 오셨다기에 이곳으로 청했습니다."

그러고 보니 그 중은 많이 변하긴 했어도 미수가 분명했다.

"여어! 참으로 오랜만이오. 그러고 보니 영락없는 탱중이 되었군."

기지는 눈시울이 뜨거워지는 것을 억지로 참으며 말했다. 그러자 미수는 빙그레 웃으면서 아무 말 없이 힘 있게 기지의 손을 잡았다. 이것이 얼마 만의 일인가? 개경에서 숨어 지낼 때 서로 헤어졌으니 벌써 4년에 접어들고 있었다. 그동안 미수는 중이 되어 검은 장삼을 입고 죽장에 의지하고 있어서 세속을 완전히 등진 사람이 되었음이 분명했다. 기지가 복잡한 상념에 젖어드는 듯하자 김 호장이 말했다.

"자리를 옮깁시다. 이 누각으로 올라가서 앉으세요."

누각 위에는 이미 주안상이 차려져 있었다.

"참, 이 술은 배로 만든 술인데 스님께서 가져오셨습니다."

"중이 웬 술을 가져오셨나?"

기지는 반가우면서도 마음에 없는 말을 했다. 셋은 잔을 서로 주고받으며 그동안 일어난 일들을 이야기하였다. 미수는 중으로서의 생활에 대해, 기지는 가정에 일어난 일들에 대해 서로 이야기를 나누느라 시간 가는 줄을 모를 지경이었다. 한참 지난 후에 미수가 말했다.

"내가 우리 둘의 처지를 생각하며 써 온 시가 있는데 한번 보겠는가?"

"보는 것보다는 직접 읊으시는 게 더 좋겠어."

그러자 미수가 시를 읊었다.

　　　옛날엔 필진 속에서 이름을 다투어
　　　용맹스럽게 서로 날뛰었네.
　　　나는 이미 날카로운 칼날을 피했거니
　　　그대는 독한 손에 지쳤구나.

　　　지금 와선 창과 방패 싫어해
　　　서로 만나면 술만 부르고 있으니
　　　마땅히 두 새 울음 그치고
　　　두 호랑이 싸움을 조심해라.

　　昔在文陣間　事名勇先購　吾嘗避銳鋒　君亦飽毒手
　　如今厭矛楯　相達但呼酒　宜停雙鳥鳴　須念兩虎鬪

미수가 시를 읊은 후 시를 쓴 종이를 기지에게 건넸다. 기지가 보니 왕희지 필체로 멋지게 휘갈긴 초서였다. 그래서 기지가 말했다.

"나를 평소에 많이 생각해 주니 고마워. 이 시를 보니 글씨가 많이 발전되었는데 그동안 글씨를 많이 연습한 모양이군."

"남는 것은 시간뿐인 중이 되었네. 그러니 더 열심히 연습할 밖에……. 사실은 자네 춘부장과 백부께서 왕희지 필체를 익힌 관계로 전에 자네가 그것을 보고 배우는 것이 얼마나 부러웠는지 몰라."

"그렇다면 모처럼 만났으니 '글씨 공부'를 주제로 하여 운을 골라 장편시를 지은 후 읊어 보는 것이 어떨까?"

"좋지."

미수가 답변을 하다가 김 호장을 쳐다보았다. 그러자 김 호장이 말했다.

"저는 두 분이 시를 짓는 것을 구경하겠으니 개의치 마시고 시를 지으세요."

그 말을 듣고는 둘이 한참 운을 고르다가 닥나무저(楮), 나무수(樹), 옛고(古), 춤출무(舞), 부세부(賦) 및 성낼노(怒)를 운으로 결정한 후 오랫동안 각각 붓을 들어 시를 지었다.

기지는 미수가 왕희지 및 왕헌지(2왕)의 서법을 배우기 위하여 서예 공부를 열심히 하였던 점과 각종 서체를 익히자 보는 사람들마다 칭찬을 아끼지 않던 것을 생각하였다. 더욱이 미수는 오늘 왕희지 필체로 자작시를 멋지게 써서 나에게 주었으니 매우 고맙다는 뜻을 담아 시를 지었다. 기지가 먼저 시를 읊었다.

왕희지, 헌지의 이름은 천하에 자자하여

언제나 붓을 들면 관중이 모였고
아껴서 함부로 붓 휘두르지 않았으니
후왕들 다투어 비단(緖)에 써 주기 바랐다네.

지금까지 전해진 탑본은 수만 장 되지만
후세 속인들이 진서를 흘었으니 볼만한 것 없다.
선생은 이에 대항하시려고
붓, 벼루와 소나무(樹) 천개를 갖추었다네.

철엽으로 문지방 에워쌌으니
슬데없는 일로 노부를 성내게 하지 못하리.
만일 베개 속 비결을 훔쳐보지 않았다면
묘한 서예가 어찌 고(古)금에 우뚝하였으랴!

이미 남들의 칭찬이 자자하여
나양, 조영양에서 위로 최열, 두도에 비유되었지.
지금 스스로 시를 써서 나에게 보내니
낙화가 바람 앞에 춤추는(舞) 듯하구나.

얼음이 물보다 차가운 것은 천성에서 얼음이니
구구히 스승의 서법을 어찌 흠모하랴!
풍류 우아하고 화려하며 의기도 특합하므로
번거로워도 공은 다시 낙신부(賦)를 써 주게나.

뒷날 손님을 초대해 찬 음식을 대접할 때
한 그릇만 차렸다고 화를 낼까(怒) 걱정스럽네.

二王聲價擅東土　每一落筆觀者聚　靳固未嘗妄揮灑　侯王爭乞題縑楮
至今搨本直數萬　後俗亂眞何足覩　先生與此欲抗衡　取供筆硯松千樹
要將鐵葉裏門限　閑事不須矉老父　若非竊讀枕中訣　妙藝那能冠今古
己看咄咄眞逼人　下方羅調上崔杜　詩成自寫今寄我　落花飛雲風前舞
冰寒於水性所得　師法區區何用慕　風流雅麗意兼備　煩公更寫洛神賦
他時會客設寒具　預恐一浼令人怒

　미수는 기지의 부친과 백부가 익힌 왕희지체를 기지가 배우는 것
이 못내 부러웠던 옛날을 회상하면서, 그리고 둘이 장초 등 여러 가
지 초서를 더 잘 쓰기 위하여 얼마나 경쟁적으로 열심히 노력했던
가를 생각했다. 아울러 기지가 종이 없는 가난 속에서도 글씨 연습
을 열심히 하였음을 예찬하는 뜻을 담은 시로 이에 화답했다.

　붓 뭉치를 몇 번이나 땅에 묻었던가?
　근래에 상자에 모아둔 것을 점검하니
　모두 비단에다 쓴 뒤에 단련된 것이니
　어찌 오직 종이(楮)에만 다 썼으랴!

　왕희지, 헌지의 풍류는 옛날 터득하였고

서예가 호소, 원상의 경지를 엿보았네.
가난하기 광문 같다고 슬퍼 마오.
떨어진 붉은 감(楠)잎에 글씨를 썼다고.

내집 비자나무 책상에 글씨 써 주기를 바라니
어쩌 문생을 그릇되게 지도하려 하겠는가?
아울러 장지 필법의 바탕도 얻었으니
종횡 무진한 시야는 만고(古)에 높도다.

그대의 장초 묘함은 신의 경지에 도달했으니
그 변화하는 법은 제나라 두도에게서 들었으리.
그대는 연소한 나이로 벌써 극에 이르러
펄펄 나는 필력은 춤추는(舞) 난조와 같구나.

동시에 연소자들이 모두 스승으로 섬겨서
가슴 치고 피 토하며 흠모하는 마음뿐이었네.
늦은 봄날 산음의 난정에서 계를 치를 때
물가에 이르러 부(賦) 짓는 것을 보리라.

몰래 감추어 전한 것 변하여 있으니
조서 내려도 문황의 노여움(怒)은 두렵지 않으리.

弄筆成堆幾痤土　年來大簏旋看聚　盡將衣帛書後鍊　豈獨慇懃窮穀楮

義獻風流故自得　胡鍾閫域已曾覬　莫嗟大似廣文貧　紅葉書殘霜柿樹
乞寫吾家新椸几　肯容誤刮門生父　倂得張芝筋骨肉　濶視橫行高萬古
當時章草妙入神　變法獨聞齊相杜　君今年少已臻極　奮筆翩翩鷟鷟正舞
弟子同時俱服膺　搯心嘔血徒增慕　暮春脩禊山陰亭　會見臨流能自賦
祕藏傳囑有辨才　奉詔不畏文皇怒

둘이 시 읊기를 마치자 김 호장이 말했다.

"요즘은 젊은이들이 시문을 공부하여 과거를 보는 것보다 창검술을 연마하여 무관으로 진출하려고 합니다. 그래서 이런 아름다운 글을 짓는 사람을 보기 힘드는데, 저로서는 오늘 아름다운 시를 듣는 매우 좋은 기회를 가졌습니다."

과거라는 말을 듣자 기지는 황보약수가 과거에 급제한 것이 불현듯 생각나서 말했다.

"참, 작년에 약수가 과거에 급제했다던데, 그 소식은 들었어?"

"아니, 그런 일이 있었는가?"

"무신시대이지만 그들도 과거는 중요하다고 생각하는 것 같더군. 아직 약수가 어느 벼슬을 받았다는 소식은 못 들었지만 앞으로 과거가 계속 치러질 모양이야. 이제 속세로 돌아와서 과거를 보는 것이 좋을 것 같아."

"나는 속세를 완전히 등진 사람인데 뭘."

"지금 무식한 무인들이 정치를 하다 보니, 공자나 석가 같은 성현들의 가르침이 잊혀질 지경이고 문풍은 땅에 떨어졌음을 잘 알거야. 이런 때 뜻있는 인재가 어지러운 세상을 바로잡기 위해 노력해야 한다고 생각하는데, 안 그래?"

이에 미수가 답했다.

"모처럼 만나 시간도 없는데 그런 무의미한 이야기는 접어 두세. 우리 둘이 시를 짓던 일이 얼마 만인지 모르겠네. 그런데 서로 의기투합하는 것은 시를 보아도 잘 알 수 있네. 칠석이 며칠 안 남았는데, 전에 칠석날 담지와 셋이서 시를 짓던 일이 새삼스럽게 생각나네. 우리 둘은 서로 좋아하면서도 마치 견우와 직녀처럼 일 년 내내 못 만나게 되었으니 안타까운 일이네."

"참, 담지의 아버지가 병부상서로 재직 중에 중방의 무고사건과 관련되어 좌천되었고, 담지도 아버지를 따라 강남으로 내려갔다는 소식은 들었어?"

"그런 일도 있었나?"

이에 기지가 이 상서의 사건 전말과 담지를 만났던 일을 자세히 설명했다. 그밖에도 다른 친구들의 근황과 세상사 등을 이야기하다 보니 밤이 깊어서야 잠자리에 들었다.

이튿날 날이 밝자 이른 아침을 먹으면서 미수가 말했다.

"참으로 기억에 남을 만한 하룻밤이었네. 다시 만날 날이 있을 테니 나는 식사 후 즉시 떠나겠네."

기지는 미수가 떠나는 것이 너무도 아쉽고 섭섭하여 좀 더 붙잡고 싶어서 말을 했다.

"참 내가 생각난 시가 있으니 잠시만 기다려 줘."

기지는 밥 먹는 것을 중단하고 붓을 들어 시를 초서로 썼다.

땅 끝 하늘가에 외따로 헤어지니
언제 그 음성 다시 듣게 될까!
황폐한 난세에 누가 있는가?
친구 중에는 오직 그대만 남았네.

바다에 떠도는 잎사귀처럼 만나
무심히 왔다 구름처럼 떠나가네.
봄바람 불 때 만나자 약속했으니
지팡이 날리며 길 부지런히 걷게나.

地角天涯隻影分　那知聲咳得重聞　飄零亂世誰存者　故舊如今只有君
浪跡相逢浮海葉　無心來作出山雲　春風好趁重尋約　飛策休辭道路勤

기지가 시를 써서 주자 미수는 아무 말 없이 받아 접어서 바랑에 넣고는 철장을 짚고 장삼을 휘날리며 떠나갔다. 참으로 야속한 사람이다. 그러나 그의 눈에는 이미 속세의 군상들이 보이질 않고 천지가 모두 그의 집이 되었으니 기지로서는 입술을 깨물며 외로움을 달랠 수밖에 없는 일이었다.

무작정 말을 달려 여행하다

기지는 개령에서 양양으로 돌아온 후 고질병인 심한 열병을 또다시 앓았다. 부모가 모두 살해되어 천애의 고아가 되었는데 가까운 친구인 미수마저 중의 모습으로 홀홀히 떠나버렸으니 외롭고

130

비통한 심정을 가누지 못했기 때문이리라. 한 달쯤 지나자 좀 나아지는 듯했다. 그해 가을 기지는 정신도 차리고 머리도 식힐 겸 여행을 떠났다.

기지는 먼저 서쪽으로 길을 잡았다. 기지는 죽령을 지나 서쪽으로 말을 몰았다. 얼마나 달렸을까? 어느새 물로 유명한 당진의 바닷가에 도착하였다. 바닷가에는 작은 자갈이 많았는데 대개 둥글고 반질반질한 자갈로서 푸른빛이었다. 빛이 비쳐서 물은 푸르렀고 조용하여 소리 없이 잔잔하였으며, 수백 마리의 물고기가 바위 사이에서 장난질하며 노닐고 있었다.

좌우에 바위로 된 깎아지른 언덕이 우뚝 솟아 있었는데 어찌나 높은지 만 길이나 되는 듯이 보였다. 그리고 그 언덕은 붉은 바탕에 푸른색을 칠한 듯이 보였다. 그 절벽과 골짜기의 형세는 깎은 듯이 높고 입을 벌린 듯하고 막힌 듯도 하여 언덕 같기도 하고 움푹 파인 모습이 굴 같기도 하였다. 그 절벽 속에 기이한 화초와 대나무가 뒤섞여 엇갈리며 자라고 늘어서서 둘러싸며 그물처럼 얽혀 있었고 그림자가 물 밑바닥에 거꾸로 비치고 있어서 기묘하고 아름다운 모습을 무어라 표현할 수 없을 지경이었다.

기지는 끊어진 벼랑 입구에 이르러 말에서 내려 말을 붙들어 매고 석벽이 있는 곳에서 배를 탔다. 배에는 이미 십여 명이 타고 있었는데, 배 안에서 사람들이 말을 하니 그 떠드는 소리가 골짜기에 메아리쳤다. 기지는 모든 것을 잊고 들떠져서 기분이 매우 좋았다. 스스로 휘파람을 불고 시를 읊으면서 종일토록 놀아도 돌아가길 잊어버릴 지경이었다.

어둑어둑한 저녁 빛이 먼 곳으로부터 다가오자 그곳이 너무 싸늘해졌다. 추워서 더 이상 머물러 있을 수가 없었다. 기지는 시 한 편을 읊고 그곳을 떠났다.

> 푸른 물 도도히 흘러서 쪽빛과 같고
> 물결에 비치는 푸른 절벽 거꾸로 선 낭떠러지라.
> 훌쩍 만리길 동으로 가는 나그네는
> 홀로 가을바람을 한 폭의 돛에 걸었네.

碧水溶溶色似藍　映波靑壁倒巉巖　飄然萬里東征客　獨掛秋風一幅帆

이튿날 아침 기지는 동북쪽으로 말을 달렸다. 안성의 넓은 들판이 나오니 누렇게 익은 벼가 바람에 춤을 추고 있었다. 그런데 하늘에 갑자기 검은 구름이 덮이더니 천둥과 벼락을 동반한 소나기가 쏟아졌다. 기지는 비를 피할 곳을 찾아보았으나 사방은 넓디넓은 들판이다. 그런데 다행히도 큰 바위가 하나 있었으므로 그 밑으로 가서 가까스로 비를 피할 수 있었다. 동이로 퍼붓는 것 같은 비를 보니 시상이 떠올라 시를 한 수 지었다.

> 하늘 낮고 들 넓은데 쏟아지는 빗줄기,
> 모진 기세 공중에 횡행하더니 보는 사이 없어졌네.
> 생각하면 부견이 싸우다 후퇴할 때
> 군사 천 명과 말 만 필이 일시에 달아나는 듯하네.

天低野闊雨跳珠　猛勢橫空望却無　想得苻堅初戰退　千兵萬馬一時趨

얼마 후 소나기가 그치자 기지는 바위 밑에서 나와서 말을 달려 원주를 향했다. 세상에서 산수를 논하는 사람들이 강동지방을 가장 빼어난 곳이라 말들을 했지만 기지는 전에 이를 믿지 않았었다. "조물주는 본래 주고 빼앗을 때 사심이 없는데 어찌 한쪽 지방만을 편애했겠는가?" 생각했던 것이다.

그러나 기지가 동쪽으로 여행하여 원주를 지나고부터는 풍토가 완연히 변하여 산은 높아지고 물은 더욱 맑아져 천봉만학이 기이함을 서로 자랑하고 빼어남을 다투고 있었다. 사람들은 골짜기에 얹혀서 사는데, 모두 비탈에 밭을 일구고 경지를 개간하여 위험스럽게 수확을 하였고, 그 광경이 완연히 별천지 같았다. 태초에 신이 천지를 창조할 때에 순수하고 웅장한 기운과 덩어리가 혼합되고 응결되어 홀로 이곳이 되었을 것이라는 생각이 들었다.

동쪽으로 수레를 몰고 말발굽 소리를 내며 다닌 곳이 많았는데 참으로 조용하고 뛰어난 곳으로 이곳보다 나은 곳이 없었다. 만약 이곳이 개경 근처에 있었다면 놀기 좋아하는 귀족들이 천 냥을 아끼지 않고 값을 올려가며 다투어 사들였으리라. 너무 멀고 후미져 황량한 변방의 땅이라 다니는 사람이 드물고 때때로 어부나 사냥꾼이 지나치는 적이 있지만 서로 눈여겨보지도 않는다. 이렇게 경치가 매우 아름다운 것은 필시 하늘이 감추었다가 우리들 같이 곤궁하고 가슴에 근심이 가득 찬 사람을 기다려 보여 주는 것 같았다.

명주 남쪽 고개를 넘어서 북쪽 해안으로 길을 잡으니 바닷가에 조그마한 성이 있는데 동산이라고 하였다. 사람들이 모여 사는 마을은 쓸쓸하고 매우 궁색하게 보였다. 그 성에 올라가서 그 마을을 바라보니 땅거미가 지고 어두워지는데 길 옆 어촌에서는 등불이 깜박거린다. 그래서 고향 떠난 사람으로 하여금 고향을 그리워하게 하고 고향 떠난 서글픔과 쓸쓸함에 빠지게 한다.

밤에는 객주 집에서 묵었다. 찬 벽에 기대어 단정하게 앉았으려니 물소리가 철석이며 밤새 그치지 않는다. 그때 우뢰가 터지고 번개가 쳐서 사람의 머리털을 쭈뼛하게 하였다. 마치 백만의 군대가 강남을 공격하러 와서 진을 치다가 갑자기 퇴각하게 되자 놀라고 무너짐이 그치지 않아서 온갖 전투 장비를 모두 버리고 빨리 달아나는 것과 같았다. 어찌 그렇게도 웅장하고 시끄러운가? 기지는 곧 시를 썼다.

백성들 쓸쓸한데 태반은 고기잡이 생활
백 길 봉우리 위에 화려한 망루가 있네.
돛대 그림자 거두니 어시장이 활발하고
물결 다투어 일어나니 바다 어귀 아득하다.

황혼녘 달빛이 나그네 말안장에 깃들고
한밤 물결소리 나그네 베갯머리 파고드네.
오강정에서 바라보는 것만 못지 않고
붉은 단풍 푸른 귤이 긴 다리에 비치네.

居民寂寞半溪濤　百丈峰頭挿麗譙　帆影輕飛魚市澗　浪花爭蹙海門遙

征鞍冷帶黃昏月　客枕頻喧半夜潮　不減吳江亭上望　舟楓綠橘映長橋

　다음날 기지가 새벽에 닭 우는 소리를 들으면서 낙산의 서쪽을 지나가는데 길에 외로운 수나무가 한 그루 있었다. 생김새가 가지런하지 않아 마디와 눈이 크고 가지와 줄기가 구불구불하여 땅과 주위를 덮은 것이 수십 걸음이나 되었다. 참으로 크고 기이하도다. 소나무의 기괴한 모습이여! 세상에 다시 이런 것이 있겠는가? 골짜기 안은 적막하고 고요하여 구름과 물이 조용하니 아마 사람 사는 곳이 아니고 신선이 사는 곳인 듯하다. 덕이 높은 뛰어난 선비의 자취가 완연히 그곳에 있었다.

　기지는 옛날 신라시대 원효와 의상 두 법사가 친히 신선이 사는 굴에서 관음보살을 보았다는 것이 생각났다. 기골이 범상하고 기상이 뛰어난 그분들을 마음속으로만 그려볼 뿐 만나 뵙지 못함을 스스로 탄식하였다. 그분들로부터 남겨진 일들을 그려 보려 했으나 산만이 길게 뻗쳐 있고 물이 예전처럼 흐르는 것만 보았을 뿐이다. 기지는 그분들을 그리워하면서 두 수의 시를 지었다.

들었노라, 늙은 거사 유마힐이
석장 날려 만리 길 지나갔다고.
이미 문수보살을 보내 문병했으니
아마 일없이 비사리를 떠나지는 않았으리.

曾聞居士老維摩　飛錫凌空萬里過　己遣文殊來問疾　不應無事出毗耶

이것은 원효를 생각하며 지은 시이다.

> 지팡이 날려 진리를 찾아 외로운 해안에 이르러
> 친히 오묘한 형상 보았더니 허무에서 나왔구나.
> 대사로 인연하여 신령스런 감응을 못하면
> 신룡이 낸 구슬을 어찌 얻을 수 있겠는가?

飛錫尋眞海岸孤　親瞻妙相出虛無　不綠大士廻靈應　爭得神龍一顆珠

이것은 의상을 생각하며 지은 시이다.

밀주 태수의 초청을 받아서

다음해(1178) 음력 2월 중순 밀주(지금의 밀양) 태수가 상주 정 서기의 소개를 받았다면서 밀주를 꼭 방문하여 줄 것을 요청해 왔다. 기지는 무료하던 차에 잘되었다고 생각하고는 즉시 말을 타고 달려 갔다.

양양을 떠난 다음날 오후에 기지가 관아에 도착하자 태수가 반 갑게 맞아 준 후 인근 영남사의 경치가 인근에서 가장 아름답다면 서 그곳의 죽루로 자리를 옮겨 연회를 베풀었다. 죽루의 주변에는 수만 그루의 대나무가 빽빽하게 심어져 있어서 싱그러운 냄새가 진동하고 있었다.

기지가 돌아보니 중국의 삼국시대 때 오나라 남쪽에서 가장 산수가 좋은 곳에 설치했다는 오흥현과 비교하여도 전혀 손색이 없을 듯이 아름다웠다. 푸른 물결 저 너머 아득하게 보이는 산의 모습도 좋았고, 죽루의 단청도 그와 조화를 잘 이루고 있었다. 모두가 좌정하자 태수가 말했다.

"오늘 천재시인을 이곳에 모시게 되어 매우 기쁩니다."

"과분한 말씀입니다."

"이 영남사의 경치가 근동에서 뛰어나게 아름다울 뿐만 아니라 이곳 죽루는 대나무가 많아서 더욱 유명한 곳입니다. 정 서기 말씀으로는 천재시인께서 즉흥시도 잘 지으신다 하던데, 이곳 영남사의 경치를 보면서 느낀 것을 천천히 정리하여 읊어 주시면 고맙겠습니다."

　기지는 잠시 생각하고 즉흥시를 지어 초서체로 쓴 후 이 시를 읊었다.

영남사의 산수는 오흥에서 제일인데
봄 되어 우연히 누상에 한번 올랐네.
눈썹 찡그리니 외로운 멧부리 아득하고
흰 비단 깐 듯 푸른 물결 깨끗하네.

단청기둥에 나는 구름 상포로 돌아가고
바람 탄 고깃배 무능으로 들어가네.
시 읊은 뒤 붓 휘둘러 흰 벽에 남겨둠은

다시 와 놀 때 나의 자취 기억하려는 것.

嶺南山水甲吳興　樓上春來偶一登　橫斂愁眉孤岫遠　平鋪淨練碧波澄
雲飛畫棟歸湘浦　風送漁舟入武陵　吟罷揮毫留粉壁　重遊聊欲記吾曾

기지가 읊기를 마치자 태수가 말했다.

"참으로 좋습니다. 최근에 들을 수 없던 아름다운 시입니다."

"너무 과찬이십니다."

"정말입니다. 무인들이 중방을 만들어 정권을 좌지우지하니까 이 부근에서는 성주 고을 원이 시를 좀 읊을까 벼슬아치들도 시를 자주 짓지 않습니다. 또한 요즈음 젊은이들은 창과 칼 쓰기 연습에 몰두할 뿐 시나 문장을 배우려 하지 않는 경향이 있습니다. 이런 상황이 오래간다면 학문을 익히는 사람이 줄게 되고 국가 전체로 볼 때 문풍이 크게 쇠할까 우려됩니다."

"개경에서 과거를 포기하고 강남이나 산으로 들어가는 젊은이들이 많답니다."

기지의 이 대답이 흡족했는지 태수가 말했다.

"그래요, 무언가 문풍을 일으킬 방도를 연구해야 합니다. 임춘 선생 같이 시를 잘하는 사람들이 더 많아졌으면 좋겠습니다. 어찌되었든 오늘은 제가 선생을 잘 모신 것 같군요. 저는 시를 짓는 마음가짐과 시를 짓는 방법 등에 관하여 선생의 말씀을 좀 듣고 싶습니다."

기지는 시를 지을 때 마음속에 감동한 것을 곱씹다 보면 감흥이 일어나므로 그 감흥을 아름다운 문구로 표현하면 된다는 등 자세히 말했다. 그리고 태수가 여러 가지를 질문하니 기지는 마음속 생각 등을 기탄없이 설명하였다. 그러다 보니 어느새 밤이 깊어졌는데, 이때 태수가 말했다.

"그럼 밤이 깊었으니 저는 이만 돌아가겠습니다. 선생께서는 옆에 있는 숙소에서 유숙하시고 내일 아침에 돌아가시도록 하세요."

태수가 약간의 노자를 주고는 관사로 돌아갔다. 기지는 안내를 따라서 숙소에 들었으나 잠도 오지 않아서 골똘히 생각해 보았다. 비록 무식한 사람으로 가득한 무신정권 아래에서나마 문풍을 일으키기 위해 무언가 해야 하겠는데 그 방법이 잘 떠오르지 않았다. 뜻있는 젊은이들은 모두 무예를 익히려 노력하고 시문 공부는 회피하려 한다니 걱정이었다. 이렇게 오랜 기간 지나면 이 나라에 선비가 없어지거나 공자 등 성현의 말씀이 잊혀지지나 않을까?

그렇다고 문풍을 흥기시킬 만한 뾰족한 방안도 생각나지 않았다. 혹시 뜻있는 사람을 모아 문단을 형성하거나 문장을 익히고 토론하게 된다면 문풍을 쇄신하고 흥기하는 데 도움이 되지 않을까? 어찌되었든 무엇이라도 방편을 마련해야겠다고 생각했다.

기지는 양양 집으로 돌아온 후에도 태수의 말씀에 대해 곰곰 생각해 보았다. 그 방편은 아직 생각나지 않았지만 고마운 생각이 들어서 다음과 같은 감사의 시를 써서 밀주 태수에게 보내드렸다.

이름 천리에 퍼진 순백 청결한 분을 뵈옵고
필마 가벼운 행장으로 나그네 길 머물렀네.

번번이 온화한 얼굴 어찌 거짓 온화함이랴.
훈훈한 음률 돌려 시든 선비에게 불어 주네.

남쪽 가지엔 예부터 돌아가려는 새 그리움 있고
중도에 곤한 붕어의 외침을 누가 불쌍히 여기랴.
샘이 무너져도 응당 은덕을 느낄 것이니
사람으로서 어찌 차마 어린 아들을 버릴 건가?

名藩千里謁氷壺　匹馬單裝滯旅途　屢許和顏曾假色　肯廻溫律更吹枯
南枝舊有歸禽戀　中道誰憐困鮒呼　泉壞也應知感德　人心何忍棄遺孤

　하루는 조역락이 최근에 선비 생활에 환멸을 느끼고 서글픈 생
각을 많이 하게 되어, 강남으로 은거하려 한다는 소문이 들려왔다.
기지는 경·사·백가에 통달하였으나 몸집만 큰 조역락을 떠올리
면서 그를 위로하고 격려함과 아울러 올바른 판단을 하도록 조언
하고자 시를 한 수 지어서 보냈다.

수레 얻으려 치질 핥는 것 천성에 맞지 않고
귀 씻고 담 넘는 것 사람들이 비난하네.
누가 선생처럼 속세에 있음도 떠남도 싫어서
운산도 성시도도 돌아갈 줄 잊겠는가?

得車舐痔性多違　洗耳踰恒世亦非　誰似先生嫌異俗　雲山城市雨忘歸

이 시에서 '수레 얻으려 치질 핥는 것'은 진왕이 비열한 수단으로 부귀권력을 누린 고사를 인용한 것이며, '귀 씻고 담 넘는 것'은 벼슬살이에 뜻이 없음을 뜻한다. 따라서 비열하게 부귀권력을 누리는 것이나 벼슬살이에 뜻이 없는 것, 두 가지 모두 마땅치 않지만 속세에 있는 것과 떠나감을 모두 싫어해서야 되겠느냐고 묻고 있다. 결국 속세를 떠나지 않는다면 비록 비열하게 보일지 모르지만 현실을 인정하고 타협하라는 뜻을 강조하여 조역락에게 조언한 것이다.

성주에서 기생 계월과 함께

얼마 후 성주에 갔다. 그 고을에 있는 홍 서기로부터 원님이 밀주 태수한테서 기지가 천재시인이라는 소문을 듣고 문장을 사모해 보기를 청한다는 편지가 있었기에 찾아간 것이다.

약속 장소에 가 보니 원님과 홍 서기는 미리 와서 기다리다가 반갑게 맞아 주었고 함께 주연을 베풀었다. 세 사람은 여러 가지 세상사와 에피소드 등 많은 이야기꽃을 피웠고 옆에 이름난 기생 계월 등 예쁜 기생들이 있어서 서로 술을 권하는 등 주연이 재미있게 무르익었다. 한참 후 원님이 말했다.

"임춘 선생께서 즉흥시를 매우 잘 짓는다는 소식을 들었습니다. 이 자리에서 아무 주제라도 좋으니 시를 한 수 지어서 저에게 써 주시면 감사하겠습니다."

"예, 알겠습니다."

기지는 먹과 종이를 가져오게 하고는 다음과 같이 즉흥시를 지어 이를 읊은 후 서하 임춘 이름으로 시를 써 주었다.

일찍이 오나라 팔영루(절강성에 있음)에서 취했을 때
주인과 손이 글에 능해 모두 풍류였다네.
입담은 꽃을 피워 자황(자구의 수정)이 교묘했고
벌주 규칙도 엄해라 큰 술잔 둥실 띄웠네.

서치는 이미 손님 의자 아래 모셨고
진준은 문 닫고 머물 것을 싫어하지 않았네.
헤어진 후 쌍계천의 달을 돌이켜 생각하면
그 뉘라 심은후와 시 읊기를 짝하랴?

曾醉東吳八詠樓　能文主客盡風流　談鋒競發雌黃妙　酒令初嚴大白浮
徐穉已敎懸榻下　陳遵未猒閉門留　廻思別後雙溪月　誰伴高吟沈隱侯

　이 시는 후한 때 남창 태수 진번이 고결한 선비 서치가 오면 특
별히 자리를 마련하여 후대했던 점, 그리고 한나라 사람 진준이 손
님을 잘 접대했던 점을 들어 태수께서 기지를 특별히 접대하는 것
을 예찬하는 시였다. 기지의 시 읊기가 끝나자 원님이 말했다.
　"고사를 많이 이용하신 참으로 아름다운 시입니다. 시를 잘 짓는
다는 말씀을 듣고 모시자고 했지만 이렇게 잘 짓는지는 몰랐습니
다."
　"너무 과찬이십니다."

"최근 들어 젊은이들이 문장이나 시를 배우려 하지 않고 무인의 길로 가려고만 하는 경향이 있어 걱정입니다. 무신난 이후로 과거 보는 사람이 해마다 크게 줄었는데, 글쎄 작년과 재작년에는 전국에서 과거장에 나온 사람이 300명에 불과했다는 것입니다. 옛날에 비하면 반에 반에도 미치지 못하는 숫자입니다. 시문을 좋아하는 사람이 점점 적어지는 것 같습니다. 이번에 지으신 시는 얼마 만에 듣는 좋은 시인지 모르겠습니다."

기지는 밀주 태수와 똑같은 말을 하는구나 생각하면서 물었다.

"문풍을 진작할 수 있는 무슨 방법은 없겠습니까?"

"글쎄요. 무신들의 세상이 되었으니 무예를 중시하는 것은 어쩔 수 없는 일이겠지요. 다만 너무 무예만 중시하다 보면 사서삼경이나 기타 학문을 경시하게 될 것이 걱정입니다."

"참으로 안타까운 현실입니다."

이와 같이 서로가 한숨을 쉬며 걱정을 하는 가운데 밤이 소리 없이 깊어지고 있었다. 잠시 후에 원님이 말씀하셨다.

"밤이 깊어졌으니 저는 먼저 자리에서 일어나겠습니다. 홍 서기도 시를 좋아하니 조금 더 술을 드세요."

"예."

원님이 가신 후 홍 서기와 기지는 술을 마시면서 동서고금과 현재의 시대상 등을 논하였다. 홍 서기는 문음으로 벼슬길에 나갔다고 하는데도 매우 해박한 지식을 가진 사람이었다. 둘은 서로 상대를 존경하게 되고 짧은 시간에도 깊은 우정을 느낄 수 있었다. 홍 서기는 기지가 잠시 전에 즉흥시를 읊은 것을 놀라워하면서 말했다.

"즉흥적으로 그런 시를 지어서서 놀랐습니다. 이 자리에서 말씀드리기 죄송하지만 저를 위해서도 시 한 수 써 주시면 고맙겠습니다."

기지가 한동안 생각한 끝에 홍 서기를 보고 느낀 점에 대해 시를 지어 초서로 쓰고 서하 임춘의 이름을 써 주었다.

선비와 관리의 능력을 겸하여
선정 베풂 전해져 나라 안에 자자하네.
영명하기는 천년된 금갑 속 거울 같고
청백하기는 한 조각 옥호빙보다 맑도다.

남방에 나가 백성 바램을 위무하였으니
대궐에서 조서 내려 부름 받게 되리라.
이치를 이어감에 현명한 부자 같은 이 없으니
음덕을 쌓은 귀댁 가문은 대대로 흥창하리라.

爲儒爲吏自兼能　政譽紛傳海內稱　明似千年金匣鏡　淸於一片玉壺氷
南蕃出慰蒼生望　北闕行承紫詔徵　繼理無如賢父子　高門陰德世方興

이러는 가운데 밤은 깊어 새벽녘이 되자 홍 서기가 숙소로 안내하면서 말했다.

"원님이 내일은 못 뵙는다면서 선생에게 노자를 드리라고 하셨고, 오늘 밤은 계월에게 모시게 했습니다."

홍 서기가 노자를 놓고 돌아갔다. 계월이 잠자리를 마련해 주었으므로 기지는 잠자리에 들려고 했다. 그때 계월이 말했다.

"잠시 밖에 나갔다 돌아오겠습니다."

잠시 후에 돌아올 것으로 생각한 기지가 잠자리에 누워 기다렸으나, 밖에 나간 계월이는 밤이 새도록 돌아오지 않았다. 민망하고 어색해진 기지는 계월이 돌아오기를 기다리다 보니 잠도 설쳤다. 이튿날 아침에 그 집을 나서면서 기지가 시를 한 수 읊었다.

> 금비녀 꽂고 붉게 단장한 후 새벽 기다리다
> 호출 재촉을 받은 잔치 자리라네
> 원님의 엄하신 호령 두려워하지 않고
> 공연히 과객의 궂은 인연만 탓하겠지?
>
> 루에는 올랐으나 통소 부는 짝 되지 않고
> 달로 달아나 약 훔치는 선녀가 되누나.
> 청운의 어진 학사에게 부탁하노니
> 어진 마음으로 부들포 채찍일랑 쓰지 마소.

紅粧待曉帖金鈿　爲被催呼上綺筵　不怕長官嚴號令　謾嗔行客惡因緣
乘樓未作吹簫伴　奔月還爲竊藥仙　寄語靑雲賢學士　仁心愼勿施蒲鞭

과거 준비자들을 보면서

음력 5월 초순에 읍내 서당에서 기지를 회음에 초대하였다. 과거를 준비하는 학생들이 모여 담론을 하고 정담도 나누는 것을 보고는 부러운 생각이 많이 들었다. 기지는 어릴 때 3년 정도 글방에 다닌 외에는 서당엘 다닌 적이 없었는데 최근에는 숨어 지내다 보니 그들이 더욱 부러워졌다.

무신난 이후로 학생의 수가 적어졌다고 하지만 이곳에 학생이 많아서 안도하였다. 마침 한 학생이 지나가기에 기지가 말을 걸었다.

"학생들이 많군요?"

"뭘요? 오 년 전에는 여기에서 지금보다 세 배가 많은 학생들이 공부했다던데, 학생 수가 매년 줄어들고 있답니다."

기지는 문풍 진작을 위해서는 무언가 특별한 대책이 필요하구나 하고 다시금 생각하면서 학생들을 격려하기 위하여 시를 지었다.

지난날 궁장에 들러 성인 진영을 뵈었는데
선비들 성대한 모임에 행단은 봄날이구려!
다만 증점의 춘복이 만들어짐으로써
공자가 사람 잘 가르쳤음을 볼 수 있었네.

무리지어 승당하는 훌륭한 선비들
흐뭇하게 좌석에 가득한 손님들!
나는 오래 유학이 없어짐을 탄식했지만
이름난 고을마다 예의 새로우니 기쁘네.

昨入宮墻拜聖眞　衣冠高會杏壇春　祇因曾點初成服　得見宣尼善誘人
藹藹升堂多吉士　陶陶滿坐盡嘉賓　老儒久歎斯文喪　始喜名都禮義新

며칠 후 밭에서 오이를 따다가 옛날 선친과 아재가 운동을 한 후 맛있게 먹던 것이 생각났다. 아버지가 관직에 계실 때 그토록 맛있어 했으니 성주의 홍 서기라면 오이를 좋아할 것 같았다. 기지가 성주를 떠나올 때 계월에 대한 섭섭한 마음에 시를 써서 남긴 것이 미안하게도 생각되었다. 그러다 보니 기지는 홍 서기가 그리워지기도 했으므로 오이 약간을 싼 후 다음 시와 함께 홍 서기에게 보냈다.

> 청문의 적막한 소평의 집에서는
> 하는 일이란 해마다 오이를 심는 것.
> 그래서 시골 사람은 선물할 것이 없어서
> 오이를 따다 그대 위해 관아에 드리네.
>
> 필법과 시편은 스스로 일가를 이루어
> 경거로써 위인이 준 모과에 보답하였네.
> 그대 국풍과 이소의 글귀를 멋대로 주물렀으니
> 굴송도 마땅히 아관에 합당하리.

青門寂寞召平家　事業年年謾種瓜　自是野人無所遺　爲君摘此獻淸衙
筆法詩篇自一家　瓊琚好報衛人瓜　須知獨擅風騷句　屈宋還應合作衙

위 시에서 "경거로써 위인이 준 모과에 보답한다."함은 시경에 있는 "나에게 모과를 던지기에 어여쁜 패옥으로 갚았지"를 사용한 것이다. 또 굴송은 초나라 문학가 굴원과 그의 제자 송옥을 말한다.

당서 두심언전에 의하면 그가 항상 다른 사람에게 "나의 문장은 굴송을 아관(자사의 속관)으로 만들었고 붓은 왕희지를 북면(신하의 위치)하게 하였다"고 하였는데 기지가 이를 인용한 것이다.

시를 지을 때 이렇게 고사를 사용하는 것을 점귀부라 하는데, 소동파와 황산곡이 그 대가로서 청출어람이라고 말할 수 있다. 이인로는 파한집에서 "기지도 소동파나 황산곡과 같이 인용한 티가 안 나게 고사를 시에 활용하는 재주가 있었으며, 따라서 그는 청출어람의 경지에 다다른 시인이다."라고 기지를 극찬하였다.

그해(1178) 음력 6월 과거에 응시하려 상경하는 사람들이 많았다. 읍내 서당에서 만났던 학생들 가운데에서도 한 사람이 상경하였다. 기지는 신분상 허락받을 수 없는 줄을 알면서도 과거장에 들어가고 싶은 생각이 자꾸 들었다. 섭섭한 생각도 없앨 겸 상경하게 된 사람을 위해 시를 한 수 지었다.

> 많은 응시자들 괴황절(과거시기)에 바쁜데
> 선생이 한 고을에 으뜸임을 기뻐한다.
> 5백년 만에 이인이 나왔다 하니
> 이제야 파천황을 볼 수 있겠네.

紛紛擧子踏槐黃　獨喜先生首一鄕　五百年來異人出　從今定見破天荒

글방을 열고 남을 위해 글을 쓰다

끼니 걱정을 해야 하는 선비 생활을 하는 가운데 아이들을 가르처 달라고 맡기는 동네 사람들이 생겨서 기지는 사랑방을 이용해 조그만 글방을 차렸다. 그리고 거의 매일 오전에는 아이들을 모아 열심히 글공부를 시켰다.

한편 큰 시인이고 글을 잘 짓는다는 소문이 퍼지면서 글을 좀 지어 달라며 찾아오는 사람들이 많아졌다. 때로는 금품이나 피륙 등을 가지고 와서 글을 써 달라고 하였고, 때로는 글씨를 한 장 써 달라고 청하는 사람도 있었다. 기지는 생계에 보탬이 되었으므로 요청을 받을 때마다 웃는 낯으로 정성껏 시를 짓거나 글을 써 주었다.

하루는 어느 스님이 찾아와서 말했다.

"저는 인근 성공현의 소림사에 있는 염정이라 합니다. 서하 임춘 선생님이 아니십니까?"

"예, 제가 임춘입니다."

"저희 절을 요즈음 중수하였는데, 그 중수기를 하나 써 주십사 하고 왔습니다."

"저는 공자를 성인으로 섬기는 유자이고 불교에 대해서는 아는 것이 없습니다."

"스님들 간에는 임춘 선생님이 불교를 깊이 이해하시는 분이라고 매우 유명합니다. 꼭 기록을 주서서 길이 남길 수 있게 해주시면 대단히 감사하겠습니다."

스님이 재삼 부탁하기에 마지못하여 해보겠다고 말씀드리고는 그간의 경위에 대해 자세히 설명을 들었다. 그리고는 "닷새 후에 현지를 방문해 더 구체적인 설명을 듣겠습니다."고 말하고 스님을 보냈다.

기지는 염정 스님의 설명을 토대로 「소림사중수기」를 초한 다음, 약속한 닷새 되는 날 아침 일찍 말을 타고 출발하였는데 그날 오후 소림사에 도착하였다. 염정 스님이 미리 전했기 때문인지 스님들 여러 분과 김영의가 나와서 기지를 반갑게 맞았다.

기지는 김영의와 스님들에게 무슨 생각으로 소림사 중수를 시작하게 되었는지, 그리고 그간의 경위를 자세히 물었다. 그들의 대답도 전에 염정 스님이 설명한 것과 대체로 비슷하였다. 기지는 소림사 주변을 돌아보며 자세히 살폈다. 그러고는 그들의 설명과 주변 경관 등을 기초로 위 글을 완성한 후에 기지는 그날 밤에 좋은 종이에 「소림사중수기」를 썼다. 이튿날 아침식사를 마치고 「소림사중수기」를 김영의에게 준 후 하직인사를 하고 말을 타려는데, 김영의가 봉투를 하나 건네면서 말했다.

"임춘 선생님! 참으로 감사합니다. 여기까지 오셔서 이렇게 성의 있는 글을 주실 줄은 몰랐습니다. 이 글은 저희 절에서 오래 간직하겠습니다. 그리고 이것은 몇 푼 안 되지만 앞으로 좋은 글을 많이 쓰시는 데 사용해 주세요."

"이런 것을 기대하고 쓴 글이 아닌데요. 아무튼 감사히 받겠습니다. 안녕히 계십시오."

「소림사 중수기」의 전문은 〈부록 3〉과 같다.

하루는 아이들이 글공부를 마치고 돌아간 오후였다. 혜운 승려가 기러기 그림을 가지고 찾아와서 말했다.

"임춘 선생! 나는 이 그림을 오랫동안 아껴 왔는데, 승려가 그림에 너무 심취하는 것은 온당치 않은 것 같아서 이 그림을 동생에게 주고 떠나려 합니다. 그런데 이 그림을 보고 싶을 것 같아서요, 여기 나와 있는 기러기의 모습을 자세히 글로 써서 주신다면 고맙겠습니다."

"그림은 화가가 어떤 느낌이 생겨서 그 느낌을 화폭에 담은 것인데 화가도 자신이 무슨 생각을 하였는지 말로 표현하기 어려울 것입니다. 그런데 제삼자가 화가의 마음을 어떻게 말로 표현할 수 있겠습니까?"

"저는 화가의 마음을 알고 싶은 것이 아니고 이 그림 속의 기러기 모습을 알고 싶습니다. 그러니 그림 속의 기러기가 어떤 모습인지만 써 주시면 됩니다."

"그건 좀……."

혜운 승려가 막무가내로 재삼 요구하므로 하는 수 없이 기지는 「화안기」를 써 주었는데 그 주요 내용은 다음과 같다.

"기러기가 모두 39마리였는데, 모양이 같지 않은 것이 18마리였다. 나는 것, 모여드는 것, 먹는 것, 쫓는 것, 일어나는 것, 엎드린 것, 펴고 있는 것, 쭈그리고 있는 것 등 그 형태가 곡진하고 유감이 없었다."

「화안기」의 전문은 〈부록 4〉와 같다.

그해에는 더위가 매우 일찍 찾아왔다. 기지는 방문을 열어 놓고 연신 부채를 부치면서 기자체 글씨 연습을 하고 있었다. 이때 마당에서 인기척이 들렸다.

"임춘 선생님! 댁에 계십니까?"

"네, 제가 임춘입니다."

"아래 동리에 사는 유영환이라 합니다. 좋은 술이 생겨서 드리려고 왔습니다."

기지가 보니 그의 손에 술 두 병이 들려 있었다.

"누추하지만 이리 들어오십시오."

방에 들어온 유영환이 말했다.

"글씨를 쓰고 계셨군요? 처음 뵙고 무례한 요청인 줄 압니다만 사실은 선생님께서 시를 한 수 써서 주십사 하고 오늘 찾아뵌 것입니다."

기지는 그가 좀 당돌하다고도 생각되었지만 아무 내색도 하지 않고 시를 한 수 기자체로 정성껏 썼다.

문 밖에 빈번히 장자의 수레가 찾아와

조용히 담소하며 유하주(신선이 마시는 술) **따르네.**

기자를 아는 것이 양웅에게서 배운 것 아니지만

날마다 번거로이 술을 싣고 찾아오네.

門外頻廻長者車　從容談笑酌流霞　識奇不是揚雄學　日日空煩載酒過

시를 다 쓴 후 기지가 해설하였다.

"한자에는 고문, 기자, 전서, 예서, 무전, 충서 등 6가지 문체가 있습니다. 한나라 성도 사람인 양웅은 그중 기자체를 잘 쓴다고 유명하였습니다. 그런데 양웅이 가난했으며 매우 술을 즐겼으므로 글씨를 좋아하는 사람들이 술과 안주를 싣고 와서 배우곤 했습니다.

오늘 선생이 술을 가지고 와서 시를 써 달라고 하시니, 가난하게 살면서 누가 찾아오면 글을 써서 주었던 그가 생각나서 이 시를 지었습니다.”

기지는 이어서 그 시의 내용을 풀이해 준 후 양웅이 즐겨 썼던 기자체로 저었음을 설명했다. 유영환은 이 시를 받고 들어가면서 봉투를 하나 내밀면서 먹값을 조금 넣었다고 말했다. 기지가 재삼 만류했으나 막무가내로 맡기고는 돌아갔다.

며칠 후 여름날인데도 서늘한 바람이 불고 있었다. 그런데 저녁녘에 이웃에 살고 있는 김준이 잉어를 잡았다면서 가지고 왔다.

“선생님! 낚시를 했는데, 너무 큰 잉어를 잡았기에 선생님과 함께 먹고 싶어서 왔습니다.”

기지가 읽고 있던 책을 덮고 밖에 나와 보니 3척에 가까운 큰 잉어였다.

“엄청나게 큰 잉어를 잡았네요.”

“이렇게 큰 잉어는 몸보신에 참 좋다고 하더군요.”

“그런데 어떻게 요리해 먹지요?”

김준은 부엌에서 식칼을 가져와 샘가에서 능숙한 솜씨로 비늘을 터는 등 요리를 장만했다. 그는 잉어를 가마솥에 넣고 불을 지피고는 돌쇠에게 불을 보라고 말한 후 “집에 좀 다녀오겠습니다.” 하고 집으로 갔다. 잠시 후 김준은 술을 한 병 가져왔고 잉어도 알맞게 익었으므로 기지와 둘이는 잉어를 안주삼아 술을 마시면서 세상살이에 대해 여러 주제로 담소를 나누었다. 김준은 지식도 있고 시도 좀 아는 젊은이였으므로 이런 이웃이 있는데 괜히 외로워했다는 생각이 들고 기분이 좋아졌다. 그날 저녁에 술에 취한 기지는 시 한 수를 전서체로 써서 김준에게 주었다.

갑자기 선생이 잉어를 주시니
칼을 치고 탄식하며 떠나지는 않으리라.
아이 시켜 불을 빌려 삶아 오게 했더니
다시 뱃속에 든 편지까지 얻었다오.

忽見先生惠鯉魚　不須彈鋏歎歸歟　呼兒乞火烹來處　更得中臟尺素書

하루는 날씨가 너무 더워서 샘가에서 등목을 하고 막 마루에 올라서는데 어떤 사람이 물었다.

"임춘 선생님 댁이 이 부근이라던데 혹시 아세요?"

"아! 제가 임춘입니다만"

"저는 상주에 사는 정문일이라고 합니다. 초면에 대단히 죄송하지만 저의 장인어른이 돌아가셔서 제문을 한 장 써 주십사 하고 왔습니다."

"이리 올라오세요. 그리고 자세히 설명해 주세요."

정문일은 마루에 올라와 앉아서 자세히 설명했는데 그 요지는 다음과 같았다.

"저의 장인은 추밀원부사이셨는데 전에 병부와 함께 예부를 맡았으며 관리 3천 명을 배출했습니다. 무신난 이후로 벼슬을 얻기 위해 찾아다니는 폐해(탐경)를 없애려다가 나이가 많아 그만두고 초야에서 묻혀 살다가 죽었는데, 임금이 돈을 주어 장례는 치렀으나 재산이 없어서 처자식은 빈궁을 벗어날 수 없습니다."

기지는 여러 질문을 하여 구체적인 상황을 파악한 후에 제문을 작성해 주었다.

「이추밀 제문」의 전문은 〈부록 5〉와 같다

6. 양양을 떠나 개경으로 돌아가다

이담지의 과거 급제

1178년 여름에 무엇을 잘못 먹었는지 기지는 복통을 일으키고 갑자기 열이 오르며 설사를 줄줄 하였다. 돌쇠가 보다 못하여 기지를 업고 가까운 의원에 데려갔다. 의원은 요즈음 유행하는 병으로 일종의 풍토병 같은 것이라고 하였다. 전에도 이런 병을 앓은 적이 있어서 침을 여러 차례 맞고 약도 다려 먹었으나, 이번에는 그다지 효과가 없었다. 기지가 병으로 오래 고생한다는 소식을 어떻게 들었는지 개경에 있는 황보약수가 문병차 내방하였다.

약수가 말했다.

"기지 형! 형께서 이렇게 자리에 누워 있어서야 되겠어요?"

"목적 없이 서책을 읽으니, 차라리 이렇게 누워서 세월을 보내는 것도 나쁘지 않으이."

"그래서야 되겠어요? 형도 과거를 한번 보는 것이 좋겠어요."

"조정이 변했다 하더라도 어찌 나 같은 사람이 과거에 나가는 것을 허락하겠는가? 그보다 자네는 무슨 벼슬을 받았는가?"

그 말을 들은 약수가 다소 서운한 기색이 되어 말했다.

"아직은 받지 못했습니다."

"과거는 조정에서 문과을 채용하기 위해 실시하는 것인데 어찌 2년이 지났는데도 벼슬을 받지 못했는가?"

"정방에서 검토하는 기간이 많이 소요되기 때문입니다. 곧 벼슬을 받을 것입니다."

기지는 자기가 과거를 포기하기를 잘했다고 생각하며 말했다.

"나는 과거를 포기한 지 오래되었고 몸도 아프니 과거는 생각지 않는 것이 좋을 것이야."

"얼마 전에 이담지 형도 과거에 급제했어요."

"담지가? 그것 참으로 잘되었군."

"왕약주 선배의 말에 의하면 요즈음 조정에서는 훌륭한 선비를 찾으려고 애쓴다던데요. 어쨌든 형도 한번 과거장에 들어가 보세요."

"나는 과거란 당치 않은 일이야. 더욱이 정중부가 집권하고 있는 동안에는 응시해 보아야 잘못하다간 목숨을 부지하기도 어려운 문제가 될 수 있을 거야."

"그래도 개경에 오셔서 무엇이라도 함께 했으면 하는데요."

"차라리 무신 집권 이후로 문풍이 쇠퇴해 가는 것을 막고 시문을 지을 때 형식에 지나치게 얽매는 방식을 탈피하여 고문을 숭상하는 문풍 진작에 노력하는 것이 나을지 모르지."

"그럼 우리 문단의 혁신을 위해서 시를 좋아하는 우리들 몇 친구만이라도 모여서 토론하고 자주 시를 짓는 장을 마련하는 것은 어떨까요?"

"그것 참 좋은 생각이네. 우리 한번 추진해 보세."

"아무래도 형께서 빨리 개경으로 돌아오셔서 함께 시를 짓고 토론하는 자리를 마련했으면 좋겠군요."

이런 이야기를 나누다 보니 기지의 기분이 좀 나아지는 듯 보였다. 기지의 눈이 반짝거리는 것을 본 약수가 말했다.

"형은 아무래도 정신줄을 놓지 않는 게 가장 중요한 일인 것 같아요. 차라리 병을 쉽게 나으려면 시를 쓰는 것이 필요할지도 모르겠어요. 아픈 분에게 미안한 이야기지만 저를 위해 시를 한 수 써주시면 고맙겠어요."

기지는 나이 차이가 약간 나지만 이 젊은 약수가 너무도 좋은 친구라고 생각하여 왔으므로 "공융이 예형의 재주를 좋아하여 40세의 나이에도 불구하고 약관인 예형을 나이를 무시한 채 벗으로 삼았다."는 후한서의 기록처럼 나이를 떠나 벗으로 삼고 싶었다. 또 과거 급제 후 오랫동안 보직 발령을 받지 못하여 자신은 매우 괴로울 텐데도 이렇게 멀리까지 와서 문병을 하여 주는 그가 원하는 것은 무엇이라도 해주고 싶었다. 시를 좋아하는 사람들의 모임을 만들겠다는 말도 꼭 이루어졌으면 좋겠고 그런 모임에 자신도 참여하고 싶었다. 그래서 지필묵을 꺼내 자기의 심정을 시에 옮겨 장초로 적은 후 서하 임춘의 이름을 써서 약수에게 주었다.

사귄 도는 공융, 예형이 나이를 무시했듯
같은 가지의 월조 신세 몇 번 만난 인연일까?
괴로웠던 나그네 꿈 하늘 밖에 사라졌으니
베갯머리서 나누는 맑은 대화 더욱 즐겁다네.

늙은 말 분수 모르고 꼬리에 붙었거니
어느 때에 닭과 개 신선에 오르려나?
요즘 홀연히 새로운 시구가 떠오르니
뭉게뭉게 피어오르는 봄구름처럼 크구나.

交道都忘孔禰年　同枝越鳥幾生緣　曾勞旅夢飛天外　更喜淸談接枕前

不分駑駘終附尾　何時鷄犬得昇仙　如今忽看新詩句　大似春雲靄靄然

　그날 기지는 담지의 과거 급제 소식을 듣게 되자 매우 기뻤다. 어
릴 때 같은 글방에서 공부하면서 시를 짓고는 서로 비판하던 담지
가 강남에 내려갔기에 나주에 가서 과거를 포기하지 말라고 간곡
히 말했던 것이 엊그제 같은데 어느새 그가 상경하여 과거에 급제
했다는 것이다. 기지는 약수를 기다리게 해놓고 담지의 급제를 축
하하는 시를 즉시 써서 돌아가는 편에 전해 달라고 부탁하였다.

　청운의 길 성적 높아 주렴 앞에 부르니
　자자한 시명이 천하에 전해졌네!
　나는 옛날 한신의 도끼를 휘둘렀는데

그대는 지금 조생의 채찍을 들었네.

일찍이 한 시대에 자부하며 패권을 다투었는데
삼산에 가장 뒤의 선인될 것 부끄럽구려.
천하에 영웅은 몇 사람이나 있을까?
장기 어린 강변에서 늙는 이 가련하다.

青雲高第唱簾前　藉藉詩名四海傳　我昔獨麾韓信鉞　君今先着祖生鞭

曾誇一代同爭覇　恥作三山最後仙　天下英雄幾人在　可憐空老瘴江邊

나도 과거를 볼 수 있을까?

황보약수가 돌아간 후 기지는 벌써 25살이나 되었지만 그의 말
대로 자신도 과거를 볼 수 있다면 좋겠다고 생각하면서 고민에 빠
졌다. 과거를 보려는 사람은 먼저 자기의 친가, 처가 및 외가의 가
계에 대해 자세히 신고하여야 하고 지공거를 비롯한 시험관들은
이를 검토한 후에 양반의 자제로 문제가 없는 사람 가운데서 급제
자를 결정한다. 요즈음은 그에 더하여 과거 급제자 명단을 정방(막
부)에 보내서 검토를 받은 후 임금에게 보고하여 벼슬을 내린다고
한다.

그러니 기지가 과거를 본다면 아버지가 정중부의 난 때 무신의
첫 번째 칼에 죽은 사실과 자신이 폐위된 태자의 시종으로 발탁되
었던 사실 등 기지와 가족의 전력이 그대로 밝혀지게 될 것 같았
다. 그러면 무신들이 경계할 사람이고 도망 다니는 신세임이 밝혀

질 것이기에 이 정권 아래에서는 아무리 뱃장 좋은 지공거라도 정방의 재심사를 두려워하지 않고 기지를 발탁하여 급제를 줄 수는 없을 것 같았다.

실제로 기지는 고려 개국공신의 자손이었으니 문음으로도 벼슬길에 나갈 수 있는 신분이었다. 그런데 무신들의 칼에 아버지가 죽임을 당했고 어머니마저 역도를 숨겨 주다가 살해당했다. 그 결과 이제는 숨어 살아야 하고, 나아가 자신의 신분을 철저히 숨겨야 하는 신세가 되었으니 문음은 가당치도 않은 일이 되었다. 그래서 이렇게 숨어 지내고 있으면서도 아직 과거를 통한 사환(벼슬살이)에 대해 미련이 다소 남아 있는 것은 가문을 일으켜야 할 선비로서 가져야 할 마지막 희망이고 자존심인 것이다.

과연 신분을 감추고 과거를 보아 급제할 수 있을까? 아직도 나이가 20대이고 궁벽한 시골에서 숨어 살고 있는 기지로서는 풀기 어려운 숙제였다. 그렇게 혼자서 끙끙 앓다가 몇 달 후 약수의 말이 생각나서 왕약주에게 자기 같은 사람도 과거를 볼 수 있을지를 묻는 편지를 썼다. 이 편지에 다음과 같은 문구가 있다.

"또한 알 수 없는 것이 있으니 형은 저를 위해 고민과 의심을 풀어 주시겠습니까? 괴이한 것은 유배된 무리 가운데 제가 어리고 재능이 있어서 교묘히 과거를 볼 수 있으리라고 한 가지로 이야기하니 진실로 이것은 제가 늠름히 듣고자 하지 않는 것입니다."

기지는 이 편지에서 아버지가 정중부난 때 무신의 칼에 돌아가신 일과 자신이 태자의 시종으로 발탁되었던 일 등 자신이 숨겨야 할 신분상 문제들은 언급하지 않고 단지 왕약주가 자기에 대해 잘 알 것이라고 전제하면서 과거 허용 여부만을 묻고 있는 스스로가 답답하고 또 원망스러웠다. 그러나 자신이 숨기고 있는 문제를 언급한다는 것은 자기 처지를 더욱 위험하게 만들 수 있는 것이기에 부득이한 일이었다.

그런데 이 편지에 대한 답변은 좀처럼 오지 않았고 오직 세월만 무심히 흐르고 있었다.

죽림고회 모임을 발기하다

하루는 약수로부터 편지가 왔다. 나이가 가장 많으면서도 경사백과에 통달한 조역락(조통)을 비롯하여 오세재, 이감지 등 몇 친구를 9월 9일(중양절)에 자기 집으로 초대하여 모임을 갖기로 했다는 요지였다. 그 모임에서 전에 기지가 말한 모임(가칭 죽림고회)을 발기하고 싶으니 기지와 미수도 참석하여 주면 좋겠다는 것이었다.

기지는 풍토병에 고생하면서 더 이상 시골에 사는 것은 무의미하다는 생각에서 빠른 시일 내에 개경으로 돌아가 모임에 참여하고 싶어졌다. 그래서 그 자리에는 참석치 못하지만 모임을 반드시 만들어 참여케 해달라는 편지를 쓴 후 다음과 같은 시를 써서 함께 보냈다.

> 몸은 하늘가에 있는데 해는 또 저문다.
> 높은 곳 오르면 절로 고향이 그리워
> 서울 떠나 5년 줄곧 나그네 신세
> 9일에 함께 잔 들 친구가 없구나.

서리 내려 단풍은 떨어졌는데
누런 국화는 난리 전처럼 피었네.
내 행색 볼품없다 탓하지 말고
용산 모임에 한번쯤 끼워 주게나.

身在天涯歲又催　登高自有望鄕臺　五年去國長爲客　九日無人共把杯
紅葉忽驚霜後落　黃花猶似亂前開　莫嫌擧止非閑雅　會向龍山許一陪

무기력한 생활이 계속되다

왕약주에게 과거 허용 여부를 묻는 편지를 보냈으나 오랫동안 답
변이 없자 기지는 왠지 만사 의욕이 없어졌다. 그렇듯 좋아했던 책
도 눈에 잘 들어오지 않았고 드러눕거나 빈둥거리며 지내는 날이
많아졌다. 과거에 대한 꿈은 영영 버려야 할지 모르므로 꿈을 잃어
버린 것만 같았다. 과연 시를 지어서 무엇하며 책은 읽어서 어디에
쓸 것인가를 생각할 때 매사가 재미가 없었다. 하루는 그런 심경을
시에 담았다.

게으름 못 이기고 봄 기운에 빠져
자주 규방의 베개 맡을 찾는다.
시 짓는 자리, 서늘한 밤, 선들바람 불 때
창루에 해 저무니 술이 절로 당기네.

한바탕 봄꿈 인생에 비해 보며
천리 먼 길에 이별의 한 전한다.
세상 일 놓아 두고 시름을 잊었으나
요즈음 감도는 곳 언제나 고향산천.

疎庸多是泥春天　頻到香閨玉枕前　詩榻夜凉風斷續　倡樓日晏酒拘牽

一場曾把浮生比　千里長將別恨傳　更爲等閒抛世慮　近來還繞舊林泉

　기지는 금낭에서 종이쪽지들을 꺼내서 읽어 보았다. 지금까지 지
은 시들을 되돌아보니 많기는 하지만 눈에 들어오는 썩 좋은 시는
찾기 힘들었다. 자신이 그토록 공들여 왔고 잘 짓는다고 생각했던
시에 대해 자신감이 없어지는 것이다. 그렇다면 자신을 믿고 따르
는 가족들만 가난으로 고생시키는 것이 아닌가? 스스로가 원망스
럽기도 하였으므로 그런 심경을 시 한 수에 담았다.

　시인은 예로부터 시 때문에 궁했지만
　나를 보니 시 짓는 일도 뛰어나지 못해.
　무슨 일로 곤궁이 뼈 속까지 사무쳤나?
　오래 굶주리는 것은 늙은 두보와 같구나.

詩人自古以詩窮　順我爲詩亦未工　何事年來窮到骨　長飢却似杜綾翁

　세월은 무심히 흘러서 봄이 무르익게 되니 마음도 싱숭생숭하고

164

개경에 있는 친구들과 중이 된 미수 생각 등에 잠 못 이루는 날이 많아졌다. 그런데 어느 날 아침 책을 읽고 있는데, 꾀꼬리 소리가 들려왔다. 기지는 옛날 어머니에게 드렸던 종이쪽지와 어머니의 격려 말씀이 생각나서 금낭을 열어 보았다. 거기에 꾀꼬리에 대한 시구가 들어 있기에 꺼내서 시를 완성하였다.

> 농촌의 3월은 보리가 한창 자랄 때
> 푸른 나무에서 꾀꼬리 소리 처음 들었네.
> 서울에서 꽃구경하던 나그네 알아주는 듯
> 은근히 울어대어 끊일 줄 모르네.

田家三月麥初稠　綠樹初聞黃栗留　似識洛陽花下客　殷勤百囀未能休

이 시의 전반부는 어릴 때 지은 시이고 후반부는 이날 지은 시이다. 따라서 어릴 때는 밝고 희망찬 모습을 보여주지만 후에 완성할 때는 기지의 현재 처지가 반영되어 어둡고 처량한 시로 바뀌게 되었다.

이 시에 대해서 훗날 이미수(인로)는 파한집에서 "시인들은 자기의 감정을 시에 담았는데, 임춘이 지은 이 시를 보면 세상에서 쫓겨난 사람처럼 떠돌아다니는 그의 처량한 모습이 보인다."라고 평했다.

하루는 기지가 무료하여 산책하고 싶어서 인근 묘광사까지 걸어서 갔다. 묘광사에서는 수년 전에 천태종의 계현 스님을 우연히 만난 후 그의 인품에 끌려 여러 번 뵙게 되었다. 오래된 한 전각에 많은 부처의 진영이 있는 것을 보니 단정하고 근엄하기가 실상과 같았다. 기지가 부처의 진영에 절한 후 앉아서 옆에 있는 계현 스님에게 물었다.

"이 오래된 거대한 작품은 지금의 화공이 그린 것이 아닌 것 같은데요?"

"어떤 스님이 서울에서 가져왔는데 이 상은 중국에서 전래된 것이라 합니다. 오랜 세월을 지나니 먼지가 끼고 좀이 먹고 단청이 마멸되었으므로 제가 공장을 모집하여 원래대로 수리했습니다."

계현 스님은 이렇게 서두를 꺼낸 후 자세하게 그 전말과 실상에 대해 설명하셨다. 한참을 듣다 보니 스님이 이 탱화에 관한 글을 써 달라는 뜻임을 알 수 있었다. 스님이 겨우 비바람을 피할 정도의 집에서 거처하면서 거의 매일 아침 죽을 먹으며 생활하면서도 적은 돈을 쪼개서 탱화를 수리하였다는 말을 들으니 존경심이 생겼다. 스님이 선을 좋아하고 평생을 즐거움을 베풀면서 살고 있음을 잘 알고 있었으므로 며칠에 걸쳐서 그 탱화에 관한 글을 쓴 후 이를 스님에게 드렸다.

탱화에 관한 글인 「묘광사 16성중회상기」 전문은 〈부록 6〉과 같다.

미수에게 과거 준비에 필요한 조언을 하다

하루는 미수에게서 편지가 왔다. 반가워서 얼른 뜯어 보았더니 시가 적혀 있었다. (동문선)

일찍 학문을 닦아 벼슬을 구했더니
시만 이루고 괜히 고생만 할 뿐
늙은 회포는 어지러운 버들가지
허연 귀밑머리는 새로운 새벽 서리.

쌀독을 기울이니 아침 끼니 끊겼고
주린 창자는 밤에 자주 꼬르륵
간절히 은혜 갚을 생각하건만
물 마른 고기를 누가 구해 줄 건가?

早學求遊宦　詩成謾苦辛　老懷春絮亂　衰鬢曉霜新
倒甌朝炊斷　飢腸夜吼頻　報恩心款款　誰是救枯鱗

　이 시를 보자 미수가 가난에 지친 나머지 벼슬의 길을 찾고자 승
려생활을 청산하고 환속하려는 것이 아닌가 생각되었다. 답장을 쓰
려 했으나 그가 여행중이라니 어디로 보내야 할지 머뭇거렸는데,
얼마 후 과연 미수가 집으로 돌아와 과거 준비를 시작했다는 소문
이 들려왔다. 미수가 참으로 용기 있게 환속하고 과거를 볼 결심을
한 사실에 대해 찬사를 보내고 싶었다.
　기지는 전에 나주에 갔을 때 이 상서가 준 소식의 문집인『동파
집』이 생각났다. 그 글은 참으로 유익하여 혼자 보기는 아까운 글
이었다. 따라서 과거 공부에 유익할 것 같아서 이를 사본하여 다음
편지와 함께 이미수 집으로 보냈다. 이때 자신이 잘 지었다고 생각

하는 시를 몇 편 동봉하고는 미수의 가르침과 조언을 구하는 것을 잊지 않았다. 물론 조언을 해준다면야 고맙겠지만 그것보다는 『동파집』과 기지의 시가 과거를 보는데 도움이 되었으면 하는 생각에서 보낸 것이다.

(전략) 제가 보니 근래 동파(소식의 호)의 문장이 크게 유행되어 어느 학자라도 감탄하여 읊지 않는 사람이 없습니다. 그러나 그들은 문장만 보고 여러 구절을 인용하거나 표절할 뿐이고 그 풍채와 골격은 또한 거리가 먼 것 같습니다.

그렇게 배우는 사람들은 다만 그들의 기량에 따라 편안한 곳으로 나아가려고 할 뿐이니, 이치에 맞지 않게 멋대로 모방하는 것보다 그 본질을 잃지 않는 것도 하나의 중요한 일인 것입니다. 다만 저와 그대는 비록 동파의 문장을 읽은 적이 없었으나 동파와 우리의 구법이 대략 비슷합니다. 이것은 그 심중에서 얻은 것이 우연히 그와 합치된 것이 아니겠습니까?

근래 내가 여러 편의 시를 지었는데 제법 그 모습을 갖추었습니다. 그래서 몇 편을 함께 부치니 읽어 보시고 가르침을 주십시오. 예를 갖추지 못했습니다.

훗날 이규보는 동파의 시는 과거시험의 장옥문과 다르다고 다음과 같이 말했다.

"세상의 배우는 자들이 처음에는 장옥의 과거문을 익히느라 풍월을 일삼을 여가가 없었더니 급제한 뒤에야 시 짓기를 배우게 된다. 그러면 더욱 동파의 시 읽기를 좋아하게 되므로 해마다 과거의 방이 나붙으면 사람들은 삼십 명의 동파가 나온다고 생각한다."

이렇게 동파의 시는 과거문과 달라서 그 시를 익히는 것이 과거를 보는 데 도움이 되지 않는다. 따라서 과거 준비자들은 과거에 급제한 후에 동파의 시를 배우게 된다. 기지는 과거문을 읽어 보지 않았을 뿐만 아니라 과거 보기를 포기했기 때문에 동파의 시가 과거장의 시 짓기에 도움이 될 것으로 착각하고 이를 미수에게 보낸 것이다.

개경으로 돌아가기로 하다

미수에게 편지를 보낸 후 미수가 그리워져서 잠을 설치는 날이 많아졌다. 미수뿐만 아니라 역락과 감지 같은 친구도 보고 싶었다. 친구들 가운데 약수, 감지 등은 이미 과거에 급제했고 이번에 미수가 과거 준비중이라니 자기 혼자서 이렇게 멀리 시골 구석에서 모든 것을 포기하고 숨어 지내는 것이 무슨 의미가 있는지 후회스럽기도 했다. 한편 어머니의 장례에도 참석치 못한 것이 못내 죄스럽게 생각되었다. 부모님 산소에 한번 인사 드려야 할 것 같았다. 문장도 친구들과 가까이 지내면서 서로 보여 주면서 조언을 주고받는다면 더욱 발전할 것 같았다.

그런 문제를 너무 골몰하게 생각하였기 때문인지 또다시 고질병이 도졌다. 기지는 의원에 가서 침을 맞고 약을 다려 먹어도 큰 차도가 없었다. 그러던 중 약수가 중원의 서기로 임명되었다는 소식이 들려왔다. 여러 친구들이 전별한다는 말을 들었으나 멀리 살고 있고 몸도 아파서 갈 수가 없었다. 부득이 시를 한 수 적어서 돌쇠를 보내 황보약수에게 전달했다.

이 시에서 기지는 약수가 과거 급제 후 거의 4년 가까이 지나 늦게 발령을 받으면서도 중원의 서기라는 낮은 직위로 임명된 것을 아쉬워하면서 중방(막부)에서 비범한 인재 등용을 꺼린다고 비꼬아 말하였다. 숨어 사는 기지로서 매우 위험한 일임에도 거침없이 중방을 비난한 것이다. 또한 젊은 후배인 약수에게 여자(기생)를 조심하라는 충고를 잊지 않았다.

약수에게 보낸 시는 〈부록 7〉과 같다.

병상에서 기지는 아무래도 개경으로 돌아가야겠다는 생각을 했다. 물론 개경에는 정중부 일파가 중방을 만들어 아직도 정권을 잡고 있으므로 기지가 돌아가면 신변에 위험이 생길 가능성도 있다. 그러나 세월이 많이 흘렀고 정중부의 권력 기반이 탄탄해졌으므로 기지 같은 사람은 대수롭지 않게 생각할 것 같았다. 비록 약간의 위험이 있다 해도 결국은 개경으로 돌아가 조심하면서 모임을 가지고 시를 많이 지어야겠다는 생각이 들었다. 이에 대해 아내에게 의견을 물었더니 아내도 가족 모두의 건강을 위해서 풍토병이 생기는 이곳을 벗어나야 하고 훌륭한 의원이 많은 개경으로 돌아가는 것이 좋겠다는 의견이었다.

이렇게 개경으로 돌아가기로 작정하였어도 기지는 머뭇거릴 수밖에 없었다. 정중부 같은 고위직이 아니라도 하위직 병사들 중에서 기지에게 위해를 가할 가능성이 있었기 때문이다. 신변의 위험은 곧 가족들의 위험에 직결되는 일이기도 하였다.

하루는 약수가 중원에 가서 잘 지내고 있다는 편지와 함께 「악장 6편」을 저술하였다면서 한 부를 친구편에 보내왔다. 중국에서는 순임금과 하나라 시절에 노래가 처음 생긴 후 여러 번의 저술로 음악이 넓고 깊게 된 것이 사실이다. 그러나 고려에서는 악장에 대한 저술로 유명해진 사람이 있다는 말을 듣지 못했으니, 악장은 이것이 처음 저술 같았다. 기지는 한가한 틈틈이 그 악장을 반복해서 읽었다.

약수는 과거에 급제한 후 벼슬을 받기까지 3년 반 가량 집에서 쉬는 동안 이 악장을 지었던 것이다. 기지는 그런 사실을 모르고 약수가 중원 서기로 부임할 때 "속비파인"을 지을까 걱정이라고 시를 써서 보낸 사실이 있다. 그래서 기지는 다소 미안한 생각이 들어서 더욱 열심히 악장을 읽고 또 읽었다.

그렇게 세월을 보내던 중 청년 장수 경대승이 정중부를 죽이고 정권을 잡았다는 소식이 들려왔다. 세상이 크게 요동치며 바뀔 것으로 보였다. 그렇다면 이제 자신의 신변을 위협하던 위험 요소가 조금이라도 줄어든 것이 분명하다. 방심해서는 안 되겠지만 조심하면서 살아가면 충분히 견딜 만할 것이다.

드디어 기지는 개경으로 돌아갈 결심을 굳힌 후 먼저 집과 농지를 처분하려고 조용히 내놓았다. 막상 이사를 가려고 하니 이곳에 온 지도 5년이 지났는데 그동안 이웃에서 도와준 분들을 다시 보기 어렵다고 생각되어 아쉬운 마음도 일었다. 그래서 기지는 양양을 떠나기에 앞서 이웃에 사는 김준(자는 자미)에게 개경에 돌아갈 계획이라고 말했다. 김준은 전에 큰 잉어를 잡아서 술과 함께 가지고 와서 즐겁게 마신 후 친해진 이웃이다. 또한 그동안 도와준 것에 감사하는 의미로 시를 지어서 초서로 적어 주었다.

기지는 이 시에서 '자신의 몸만을 위하거나 명예를 구하기 위해 상경하려는 것은 아니다. 그렇다고 상경할 이유가 무엇이라고 꼭 집어서 설명할 수는 없다. 다만 상경할 수밖에 없는 사정임을 김준이 이해해 달라'면서 재회를 기약하고 있다.

구차히 남 따르자니 몸 위하는 듯하고
구차히 달리 하려니 명예 따르는 듯하네.
이 두 가지를 면할 수 없다면
두 가지 모두 잊어버림만 못하네.

내 성품은 고상한 것 좋아하지 않으니
초연한 체하는 것 어찌 진심이리?
마땅히 내 입과 배를 위하여
때맞추어 돌아가 밭갈이 하려 한다네.

고향사람들은 내게 와서 권하기를
좋은 벼는 오정에서 잘 된다 하니.
한가히 조각배 타고 돌아가
바다 위에서 여생을 보내리.

훤칠하여라 김공 자미는

그 기개 어찌 그리 높은가?

나이는 비록 나보다 어리지만

도를 듣는 데는 곧 나의 형이네. (후략)

苟同近徇身　苟異邅徇名　兩者未免累　不如俱忘情
我性非好高　矯矯豈其誠　但當爲口謀　及辰欲歸耕
鄕人來勸我　香稻富烏程　閑乘葉舟去　海上寄餘生
軒軒金子美　肝膽何崢嶸　與我年雖少　聞道卽己兄

　기지는 얼마 전 황보약수로부터 받은 「악장 6편」을 다시 꺼냈다.
여러 번 읽고 속으로 읊조리기도 하였더니 결국 약수가 음악에 대
해 깊은 지식을 갖고 있고 또 훌륭한 악장을 지었음을 느낄 수 있
었다. 기지는 약수의 악장 내용을 충분히 음미한 후에 읽은 소감을
편지에 써서 약수에게 보냈다.

　그 편지의 주요 내용은 〈부록 8〉과 같다.

　황보약수의 이 「악장 6편」은 실전되어 지금 볼 수 없게 되었음이
안타깝기 그지없다. 오늘날 악장이라 함은 궁중음악에 따라 부르
도록 된 시가 형태 중 하나로서 조선 초기부터 만들어진 것으로 알
려지고 있다. 만일 그보다 2백여 년 전인 고려 중엽에 이미 황보약
수에 의해 만들어진 이 악장이 전해져 왔다면 참으로 의미 있는 일
이 되었을 것이다.

개경으로 돌아오다

이듬해(1180) 초에 기지는 양양의 땅과 집을 처분하였다. 며칠 후 양양을 떠나 개경으로 돌아왔는데, 이사 비용으로 사용하고 남은 돈이 얼마 안 되었다. 아내와 아이들을 데리고 돌아오는 길이기에 추위 속에서 15일이나 걸렸다. 아내가 안내하는 대로 우선 누이동생이 사는 집으로 갔다. 누이동생은 늙은이가 다 된 핼쑥한 얼굴에 남루한 홑옷차림이 그녀의 형편을 말해 주고 있었다. 누가 먼저랄 것도 없이 서로 부둥켜안고 한동안 울었다. 그러다가 누이동생이 어린 아이들에게 말했다.

"외삼촌에게 인사드려라. 오빠! 나는 이 애들 남매를 두었어요."

"매제는 어디 가셨는가?"

"넉달 전에 세상을 떠났습니다. 어머니가 살해되신 후 시름시름 앓았는데, 작년부터는 좀 나아지는 듯하더니 갑자기 나를 남겨 두고 떠났습니다."

참으로 기가 막힌 이야기였다. 한참 동안 울다가 물었다.

"그래 어떻게 지내고 있는가?"

"저는 이집 저집 다니면서 허드렛일을 해주며 연명하고 있고 이집은 방이 세 칸인데 남편이 남겨 주었어요. 잠시 기다리세요. 무어라도 먹을 것을 좀 가져올게요."

누이동생이 밖으로 나가니 아내가 뒤따랐다. 어떻게 살아갈 것인가? 기지는 곰곰이 생각해 보아도 앞길이 막막하였다. 입에 풀칠이라도 하려면 주위에 도움을 요청해야 할 것 같았다. 그날 밤 누이동생과 조카들은 안방을 사용하고 쪽방은 돌쇠가 사용했으며 기지 부부는 삼남매를 데리고 윗방에서 잤다. 사방 6척에 불과한 한 평 방에서 아내와 아이 셋이 눕고, 그 옆에서 6척 장신인 기지는 반듯이 눕지도 못하고 모로 구부리고 누워 잠을 청하니 불편하기 그지없었다.

조여란의 집에 우선 유숙하다

이튿날 아내와 돌쇠는 누이동생을 따라 읍내로 일거리를 찾아 나갔고, 기지는 혼자 집을 지키기도 불편했으므로 옷을 입고 길거리로 나왔다. 혼자서 무심코 거닐다 보니 자기도 모르는 사이에 전에 살던 집 앞에 와 있었다.

집은 초라하고 검게 썩은 초가지붕이 더욱 정겹게 느껴졌다. 기지는 그전 같았으면 성큼 대문 안으로 들어섰을 테지만 숨어 다니는 처지여서 그런지 대문으로 갈 염두가 나지 않았다. 그래서 뒷울타리 쪽으로 갔다. 집 뒤는 아직도 밭으로 되어 있고 울타리 옆으로 조그만 오솔길이 나 있었다. 길에는 온갖 잡초의 새싹이 나서 어지러우면서도 싱그러운 봄 길을 만들고 있었다.

그 오솔길에 접어드니 야트막한 울타리 너머로 뒷마당이 보였는데 아버지와 아재가 운동하던 모습이 생생하게 떠올랐다. 그 즐겁던 모습 위에 어머니가 병사들에게 둘러싸여 힐문을 당하다가 살해되는 모습이 겹쳐졌다. 기지는 온몸에 소름이 끼치는 것을 느끼면서 울타리를 천천히 돌아갔다. 그러자 조그만 뒷문 앞에 도달하니 아재가 도망가다가 죽임을 당하는 모습이 또 떠올랐다.

그때 우람한 턱부리 사내 하나가 집 앞쪽에서 뒷마당으로 돌아나왔다. 그 순간 기지는 자기도 모르게 목을 움추렸다. 그 사내에게 자기의 신분이 노출되어서는 안 되겠다는 생각에서였다. 한동안 숨어 있다가 그 사내가 앞마당으로 돌아간 후에야 기지는 일어섰다. 그리고 되도록 자연스러운 걸음걸이로 그곳을 재빠르게 벗어났다.

한참 후 기지는 되도록 멀리 벗어나려 하는 자신을 발견했다. 자기 집에 살고 있는 사람이 누구인지를 확인하는 것은 엄두도 내지 못하고 도망치듯 걸어온 것이다. 멀리 왔다고 생각되니 '후유' 한숨이 절로 났다. 무엇이 그렇게 두려웠는가? 하기는 숨어 사는 주제에 떳떳하지도 않은 것이 사실이었으리라. 결국 집을 빼앗아 살고 있는 사람은 아무렇지도 않은 듯 떳떳한데 빼앗긴 사람이 이렇게 숨고 도망해야 하는 것이 참으로 어이없는 일이었다.

기지의 발걸음은 어느새 조역락의 집으로 옮겨갔다. 가장 편안한 상대였기 때문이리라. 기지가 사람이 있는지 큰 소리로 묻자 덩치 큰 역락이 손님과 말하다가 밖을 내다보았다. 역락은 신발을 신지도 않고 뛰어나와 반갑게 맞이하면서 말했다.

"그러잖아도 자네가 온다는 소식을 듣고는 기다렸네. 참, 인사들 하시게. 이쪽은 요즈음 돈을 많이 버신 최문윤이고 이쪽은 천재시인 임춘이네."

최문윤은 반갑게 기지의 손을 잡으며 인사를 했다.

둘이 인사를 나눈 후 역락이 기지에게 말했다.

"최공은 요즈음 시를 좀 배우고 싶어 해서 나와 자주 만나네. 자네가 시간이 있으면 최공에게 시를 들려주고 짓는 방법도 좀 가르쳐 주면 좋겠네."

176

"제가 뭐 아는 것이 있나요?"

"아냐! 자네가 큰 시인임은 소문이 널리 퍼져 있어서 최공도 잘 아는 사실이네. 어쨌든 잘 사귀어 보면 좋을 것이야. 최공은 집에 가려고 일어나던 참이니 후에 잘들 사귀시기 바라네."

최문유이 인사를 하고 떠난 후 역락이 기지에게 말했다.

"자네가 개경에 온다는 소식을 듣고는 집이 없어 어려울 것 같아서 우리 집 사랑채를 비워 두었네. 처자들은 어디에 있는가?"

"처자들은 누이동생 집에 맡겼습니다."

"자네 누이동생 집이 매우 옹색하다고 들었네. 자네만이라도 여기서 지내게."

"고맙습니다. 그럼 염치불구하고 좀 유숙하겠습니다."

그날부터 기지는 역락의 사랑채에 거주했다. 역락은 기지가 불편하지 않도록 여러 가지로 마음을 써 주었지만 기지의 마음은 편치 않았다. 가족들이 과연 보릿고개를 어떻게 넘길 수 있을까 걱정되었기 때문이다. 오래 고민하던 그는 성주의 홍 서기가 교서로 승진하여 해주 진영으로 왔다는 말이 생각났다. 그래서 자기도 개경에 왔다는 편지를 쓰고 도와달라는 시를 한 수 써서 동봉하여 홍 서기에게 보냈다.

가난한 맹동야는 가구가 적어
수레를 빌었으나 실을 것 없네.
궁색한 두보는 난리를 만나서
섶 지고 나물 캐는 신세 못 면했네.

벼루를 깨어 먹는 이내 신세는
평생을 오직 붓만으로 살아왔네.
시인들은 곤액에 항상 시달렸으니
하늘은 이 뜻을 알아주겠지.

오정 음식과 한술 밥은 비교할 것 없지만
부자로 죽고 궁하게 사는 것 무엇이 유쾌한가?
편지로 유마힐에게 밥을 빌었다지만
공문의 깨끗한 빚은 싫지도 않다네.

선생이 뜻이 있으면 나를 살릴 수 있으니
어찌 천금을 꼭 감하후에게 빌리랴!

東野居貧家具少	自笑借車無可載	杜陵身窮更遭亂	未免負薪常自採
我今無田食破硯	平生唯以筆爲耒	自古吾曹例困厄	天公此意眞難會
五鼎一簞未足校	富死窮生何者快	作書乞飯維摩詰	不厭空門淸淨債
先生有意能活我	千金何必監河貸		

이미수의 장원 급제

  기지가 고민하다 보니 피로가 쌓이고 몸이 쇠약해져서 종전에 앓던 고질병이 도졌다. 며칠 동안 자리에 누워 있었다. 그런데 역락이 뛰어 들어와 흥분한 목소리로 이번 과거에서 이미수(인로)가 승당보궐 시험과 굉사발췌를 거쳐 복시에서 장원으로 급제하였다고 말했다. 때는 명종 10년(1180) 음력 7월이었다. 기지는 미수의 장원 급제 소식이 너무나 기뻤으므로 즉시 축하시를 썼다. 이 시에서 북쪽에서 과거에 급제한 미수를 봉새로 비유하는 한편 남쪽 양양에서 숨어 지내던 기지 자신을 까치로 비유하였다.

늠름하고 기이한 붓 백전백승의 위력이라
세차례 시험 독차지해 현인의 길로 들었네.
함께 놀던 과거장에서 그대 먼저 급제하니
웃으며 안개 쳐다보며 나 홀로 돌아왔네.

거센 바람 일으키는 봉새는 북으로 날고
달 밝은 밤에 놀란 까치는 남으로 날으네.
아내는 눈같이 하얀 머리에 놀라지만
나는 옛날과 같이 포의의 신세인 것을.

凜凜奇鋒百勝威　己看三擅選賢閣　共遊場屋君先捷　笑指烟霞我獨歸
風急博鵬從北起　月明驚鵲向南飛　山妻只怪頭如雪　猶着當年一布衣

　기지는 생각 같아서는 즉시 미수를 찾아가서 직접 축하를 하고 싶으나 고질병 때문에 멀리 찾아갈 형편이 못 되었으므로 장원 급제 축하 편지를 별도로 쓴 후 이 시와 함께 미수에게 보냈다.
　「장원 급제 축하 편지」의 전문은 〈부록 9〉와 같다.

7. 강좌칠현이 모임을 갖고 시를 짓다

이담지의 집, 죽림고회

날씨가 싸늘해진 그해 가을에 담지가 죽림고회 모임을 갖자면서 모두를 자기 집으로 초청하였다. 기지가 역락과 함께 담지의 집에 도착하니 미수 등 다른 친구들은 이미 도착해 있었다. 세재와 자진은 바둑을 두고 있었는데, 모두가 도착한 것이 확인되자 얼른 바둑판을 치웠다.

담지가 기지에게 말했다.

"강남에서 오랫동안 지내다가 서울로 돌아온 심경이 어떤지 듣고 싶네."

"글쎄, 무어라 할까? 내가 시를 한 수 지은 것이 있는데 한번 읊어 보겠네.

기지는 금낭에서 종이 한 장을 꺼내 시를 읽었다.

떠돌이가 이제 늙은이가 되었으니

지난 십년 세월이 꿈결 같아라.

애처롭구나! 현도의 선관에서

토규연맥이 춘풍에 흔들릴 뿐.

劉郎今是白頭翁　一十年來似夢中　惆悵玄都仙館裏　菟葵燕麥動春風

　토끼의 털(토규)은 실로 만들어도 베를 짤 수 없고 귀리(연맥)는 보리이지만 먹을 수 없다는 점에서 토규연맥은 아무 쓸모가 없는 것을 의미한다. 이 시에서 기지가 유랑생활 10년 만에 그토록 그리던 개경에 돌아와 보니 훌륭한 사람들이 모여 살 것 같았던 개경 땅에 쓰레기 같은 군상들만이 가득 차서 주름잡고 있음을 보고 개탄한다. 당시 권세를 잡은 무신들이 기지의 눈에는 하잘 것 없는 토규연맥으로 비쳤던 것이다.

　잠시 후 죽림고회 회의의 시작을 알리면서 오세재가 모두에게 말했다.

　"잠시 경과 보고를 드리겠습니다. 재작년 9월에 몸집 듬직하고 경사와 백가에 통달한 조역락 형님을 비롯하여 한림학사의 손자인 이담지, 공부상서의 아들로 조용하면서도 준수한 함자진, 음악에 깊은 조예가 있어 「악장 6편」을 저술한 황보약수와 저까지 5인이 모여 죽림고회를 만들기로 했습니다. 그때 이미수와 임기지는 회원에 가입하되 후에 합류하겠다고 약속했었는데, 그 두 분이 개경에 돌아와 회원에 합류하였습니다. 우리 7인이 죽림고회 정회원인데,

오늘 회원 7인 전부가 이 자리에 모인 것을 매우 기쁘게 생각합니다. 먼저 장형이신 조역락 회장님이 인사 말씀을 하시겠습니다."

조역락이 헛기침을 한 번 한 후 말을 하였다.

"무신들이 중방을 만들었다가 요즈음은 도방으로 이름을 바꾸어 국정을 전행하고 있습니다. 국가 권력이 무신에게 집중되었으므로 젊은이들은 한결같이 무관이 되길 희망하는 경향이 있고 문관들은 크게 위축되어 문풍이 쇠퇴하게 되는 요즈음, 우리들만이라도 자주 만나 토론하고 서로를 격려 내지는 비판함으로써 문풍을 진작시켜 나갔으면 하는 목적으로 이 모임을 갖게 되었습니다. 이 모임은 위진 시대의 〈죽림칠현〉을 생각하면서 명칭을 〈죽림고회〉라 한 것이며, 앞으로 이 모임은 두세 달에 한 번씩 회원 집을 돌아가면서 전체모임을 갖겠습니다. 회원들이 개별적으로 다른 회원을 초대하여 시를 짓거나 가르침이나 조언을 받는 기회를 갖는 것은 대환영입니다. 아무튼 이 회가 장족의 발전을 이루어 국가의 문풍을 크게 진작시키게 되고 후세 사람들이 우리를 '강좌칠현'이라고 부르게 되길 기대합니다. 많이 협조하고 분발해 주십시오. 다음에는 이번에 환속하여 과거에 급제하신 이미수가 한 말씀 해주십시오."

이미수가 일어나 좌중을 돌아본 후 말했다.

"저는 출가를 하였던 몸으로 환속한 것도 황송한데 이 모임에 가입시켜 주어서 고맙습니다. 이담지가 도교 집안에서 자란 데 반하여 저는 불교 집안에서 자랐으니 우리 회원들이 가진 다양한 종교가 우리의 시문 제작에 녹아들어서 많은 도움이 되길 기대합니다. 다음은 강남에서 수행하다가 상경하신 임기지의 강의를 듣겠습니다. 모두가 아시는 바와 같이 임기지는 천재시인이고 천재문인이 므로 이 회에서 우리들에게 시문에 대해 많은 가르침을 주실 것입 니다. 또한 이 모임을 만들자고 처음 주창한 분도 임기지라고 하니 모임의 의미도 들을 겸 좋은 강의를 경청합시다."

구석에 앉아 있던 임기지가 머리를 긁적이며 일어나서 말했다.

"강의라니 미안한 말씀입니다. 가만히 살펴보니 회원들은 대부 분 과거에 급제하셨는데 촌 늙은이인 저도 회원으로 참여케 되어 서 큰 영광으로 생각합니다. 최근에 도방에서 무신들이 국가 권력 을 전횡함에 따라 젊은이들이 활쏘기와 칼쓰기 등을 좋아하고 문 풍이 쇠하는 경향이 있습니다. 따라서 문풍을 진작 및 쇄신하자는 목적으로 이 모임을 갖게 되었음은 익히 잘 아실 것입니다. 문장은 기가 주가 되는데 심중에 감동한 것, 즉 마음속에서 먼저 움직인 후 그것이 말로서 표현된 것입니다. 따라서 성률과 수식에만 골몰하 여 아름답게만 꾸며서 서로 자랑하듯 하는 것이 아니며 황(黃)을 가 져다가 백(白)의 대구로 하여 뽐내는 것도 아닙니다. 다시 말하면 마음이 감동한 것을 새기고 새겨서 음미한 후에 씹고 씹어서 비로 소 얻어지는 묘한 것입니다. 충분히 소화한 후에 자기만의 방식으 로 나타내는 것, 즉 몸 가운데 기가 충만하여 얼굴에 넘쳐서 언어 로 표현되는 등 개성이 있는 표현을 해야 하는 것입니다. 아울러 도 덕이 땅에 떨어지기 쉬운 오늘날, 문장에 고문의 정신, 즉 성현의 도를 실어 서한에서 풍미했던 문풍을 다시 일으킨다면 더욱 좋을 것 같습니다. 근래에 벼슬아치를 뽑을 때 글 즉, 한자의 성률(가락) 과 대구(짝 맞추기)에만 구속되어 종종 소인배 같은 자들이 갑과 을

의 자리를 모두 차지하는 경우가 있고 도량이 크고 지식이 해박한 선비들이 배척받는 경우가 많아서 사람들이 한탄하고 원망합니다. 우리는 보다 웅대한 포부를 가지고 지식을 넓히고 형식 위주의 장옥문을 벗어나 문단을 쇄신하고 창의성을 발휘하여 문풍을 진작시켜야 하겠습니다. 그러기 위해서 자주 문장을 작성, 발표하고 이 모임을 통하여 발표된 문장에 대해 격의 없이 토론하는 것이 좋겠습니다. 즉 회원들이 시나 문장을 쓸 때에는 그 초안이나 발표한 문안을 갖고 와서 다른 회원들에게 보여 조언을 받을 것이고 이를 본 회원들은 아낌없는 비평을 가하며 서로 발전시켜 나갔으면 좋겠습니다.”

모두가 “좋습니다” 하고 화답하였다. 이와 같은 공식적인 회의가 끝난 후 미수가 기지에게 말을 걸었다.

“멀리 강남에 지내면서 고생 참 많았을 것이네. 아까 들려준 시를 보니 자네의 심정이 절절하게 가슴을 울려 이해되는 듯하네. 그러나 지난날을 생각하며 좀 더 자세하게 시를 한 수 읊어 친구들에게 들려주면 고맙겠네.”

기지는 좋다고 말하고는 즉석에서 초한 후 시를 지어 이를 읊었고 다른 회원들은 이를 경청하였다.

서울을 떠나서 오랫동안 떠돌면서
쓸데없이 남국 음악 배우고 초나라 모자 썼네.
세월은 흘러 양의 어깨살 익음에 놀랐고.
시와 술로 다시 모이니 추운 때가 되었네.

10년간 세월을 등불 돋우며 이야기하고
반평생 공명에 허덕인 자취 거울에 비춰 보네.
스스로 비웃나니 늙어서 후배를 따라다니는 것
글 생각, 벼슬이 뜻 모두 시들어 버렸네.

久因流落去長安　空學南音著楚冠　歲月屢驚羊胛熟　風騷重會鶴天寒
十年契濶挑燈話　半世功名抱鏡看　自笑老來追後輩　文思官意一時闌

춘추좌전 성공에 의하면 진후가 초나라 관을 쓰고 있는 종의를
보고 집안을 물었더니 "악인입니다" 하였고, 거문고를 주니 남쪽의
음악을 연주하였다 한다. 종의가 선조의 직관을 말한 것은 근본을
저버리지 않은 것이고 자기가 태어난 나라의 음악을 연주한 행위
는 고국을 잊지 않은 행위이다.

　기지는 비록 변성명하고 방랑하는 신세였으나 선조와 근본을 잊
지 않고 있었다는 뜻으로 "비록 초나라 관을 썼으나 남국의 음곡을
썼다"고 말한 것이다. 즉, 기지가 친척들이 위험에 빠지지 않도록
하기 위해 스스로 보주(양양) 사람임을 밝히지 않는 대신 선조인 임
방의 출생지인 서하 사람이라고 말한 것도 선조와 근본을 버리지
않은 행위라 할 수 있다.

　미수가 말했다.

　"자네 이야기를 들으니 왠지 처량한 느낌이 드네. 그러지 말고 강
남에서 무슨 즐거운 일이라도 있었을 것 아닌가? 그런 이야기를 하

여 좌중을 즐겁게 만들어 주시게."

"글쎄, 무슨 이야기를 해야 할까?"

기지는 한참 생각해 보다가 불현듯 상주 명기 일점홍 생각이 났다.

"조역락 형님 덕택에 좋은 여자 경험이 하나 있었는데, 그것을 말해 보아도 될까?"

"여자라니! 좋아, 말해 봐."

"내가 5년 전쯤 역락 형님의 친구인 정 서기의 초청을 받아 상주에 갔었는데 그곳에 명기 일점홍이 있었지. 그 아이는 얼굴만 예쁜 것이 아니고 시도 잘하더군. 그래서 그날 밤 자고 난 후에 줄 것이 없어서 시를 한 수 지어서 써 주고 왔어."

기지는 두 눈을 감고 그때 지어 준 시를 떠올리며 천천히 읊었다.

창루의 귀한 모임에 춤추던 미녀
손님 가고 난간에서 입술을 맞대었네.
광인의 지나친 장난 비웃지 마오.
요즈음 내 심사 진흙에 묻힌 버들개지이니.

맑은 밤 비단 요에 취했던 일 생각하니
술상머리서 같이 놀며 몸 한번 안았고야.
부탁한다. 앵앵아! 부디 잘 있어라.
이 늙은 시인을 다시 볼 날 있으리니.

倡樓高會舞吳娃　別後闌干玉筯齊　莫笑狂生豪橫過　近來心事絮粘泥

憶曾淸夜醉華茵　同賞樽前一搦身　寄語鸚鸚須好在　會應重見老詩人

기지가 시 읊기를 마치자 미수가 말했다.

"참 재미있는 이야기네. 시도 눈에 보이듯 잘 알게 지어졌군. 그런데 자네는 목석 같은 사람인데 기생과 잤다니 세상 참 믿기지 않을 정도로 많이 변했구먼. 어떻게 여자의 마음을 얻을 수 있었는가?"

"글쎄! 일점홍이 좌중에 들어설 때 처음에는 너무 예뻐서 선녀가 하강했나 생각했었어. 정 서기가 시로 느낌을 말하라기에 이렇게 읊었지."

기지는 그때의 시를 떠올리며 읊었다.

일찍이 낙양성에서 선화를 보았는데
오늘 강남에서도 눈이 번쩍 뜨이네.
위씨 자목단과 요씨 황목단은 격은 다르지만
결국은 목단을 이르는 이름이라네.

仙花曾見洛陽城　今日江南眼更明　魏紫姚黃雖異格　到頭同店牡丹名

기지는 계속 말을 이었다.

"그러자 일점홍은 얼굴이 빨개지면서 농담을 잘하신다고 말하더군. 어쩌면 그 시 때문에 나를 좋게 보았던 것이 아닐까 몰라. 그런데 그 아이는 정말 시를 잘했어. 어쩌나 잘하는지 평생 잊을 수 없을 것 같아. 우리 셋이서 돌아가면서 시를 지어 보되 못 지으면 큰 잔으로 벌주 한 잔씩을 들기로 했네. 처음에 정 서기는 나를 진나라 시절 죽림칠현의 한 사람인 중산에 비유하여 시를 지었는데, 내가 그렇게 미남자이면서 훌륭한 시인과 비유될 수는 없다고 생각했지. 그래서 나는 스스로를 초나라 시절 간신의 참소로 관직을 버리고 못가를 거닐며 눈물을 뿌렸던 초췌한 굴원에 비유하면서 시를 한 수 읊었어. 그러자 일점홍은 자신을 매화에 견주면서 당나라 시절 강직 기절하였던 시인 두목 같은 사람을 만난다면 좋겠다는 뜻을 담아 응대하더군. 일점홍은 미인이면서도 참으로 시를 잘 지었고 대단한 명기인 것이 사실이야."

이 말을 들은 친구들이 그때 지었던 시를 전부 내놓으라고 하였고, 기지는 금낭에서 종잇조각을 꺼내 나누어 주고 사본하도록 했다. 그때부터 친구들은 그 시들을 놓고 여러 가지 토론을 하고 비판도 하였다. 그 분위기를 본 기지는 이런 방법이 우리 회가 나아갈 길이 분명하다고 거듭 생각하였다. 그래서 모두에게 다시 한 번 큰 소리로 말했다.

"아까도 제가 말씀 드렸지만 앞으로의 모임에는 자기가 지은 시를 꼭 가져와서 회원들의 검토, 조언과 비판을 받도록 합시다."

모두들 찬성이라고 말하였다.

조역락의 집, 죽림고회

하루는 역락이 담지, 약수 등 죽림고회 회원들을 불러 취화당에서 주연을 베풀었다. 친구들은 오랜 만에 만났으므로 서늘한 날씨

속에서 담소하고 재미있는 이야기꽃을 피웠다. 밖은 하염없이 가을비가 내렸다. 이때 밖을 내다보던 기지는 시흥이 떠오르는 대로 즉흥시를 읊었다.

한가롭게 취화당에 모여 앉아
구수한 입담에 흥미가 진진하네.
주역을 물으러 왕잠의 집을 찾았고
바둑 두다가 내기에 사안의 별장을 걸었네.

가을 빛 어두침침하니 동산 빛 바뀌고
저녁 비 부슬부슬 잠자리 시원코나.
뒷날 강남으로 멀리 이별케 된다면
오늘 밤 명아주 책상에 마주한 일 생각하리.

閒中相共聚華堂　袞袞淸談興味長　問易每過王湛宅　圍碁曾睹謝公莊
秋光暗淡園林換　晩雨霏微枕簟涼　他日江南成遠別　却思今夜對黎床

기지가 읊기를 마치자 약수가 말했다.
"시가 참으로 시의적절하고 아름답습니다. 앞으로 우리가 헤어지지 않고 항상 같이 지냈으면 좋겠습니다."
역락이 모두에게 말했다.
"우리 집에 이렇게 자주 모여서 시회를 가졌으면 좋겠습니다. 지금부터는 지난번 회의 때 말씀드린 것처럼 각자가 지은 시를 발표하고 서로 의견을 나누기 바랍니다."

이에 참석한 회원들이 한 사람씩 자기 시를 소개하였다. 그리고
그 시에 대해 회원들이 의견을 제시하였는데, 기지는 각 시의 잘잘
못과 보완할 사항 등을 구체적으로 지적하며 가르쳐 주었다.

모두가 시 발표를 마치자 담지가 기지에게 말했다.

"지나간 수년 간을 돌아본다면 외로움과 서글픔이 많았을 것으
로 생각되네. 그동안의 일들을 정리하여 우리들에게 시로써 한번
읊어 주면 좋겠네."

이에 응하여 기지가 즉흥시를 한 수 읊었다.

남쪽 지방에 있던 7년의 유랑생활
서울에 돌아오길 꿈속에도 그렸네.
어릴 때 헛된 이름 뭇사람 놀래켰건만
어찌 알았으리. 운명이 머리 누를 줄을

고운 눈썹 잘못 그려 나라를 떠나야 했고
싸움에 공이 없어 벼슬하지 못했도다.
대대로 임금의 은혜 무한으로 받았는데
어리석은 이 재주 그 언제나 보답하리.

七年浪迹寄南州　輦下重來夢寐遊　早抱虛名驚衆耳　那知有命壓人頭
蛾眉錯畫終辭國　猿臂無功竟不侯　世受君恩是文翰　驪才何日可能酬

공신전을 찾고자 청원하다

기지는 시를 읊은 후에 친구들에게 빼앗긴 집에 관하여 상의했다.

"역락 형님뿐만 아니라 여러 친구들이 함께 계시니까 상의 말씀 드리고 싶습니다. 제가 병사들에게 집과 대대로 내려오던 공신전을 빼앗긴 것은 잘 아실 것입니다. 그래서 이렇게 떠돌이 생활을 계속하기보다는 그것을 되찾았으면 하는데 무슨 방법이 좋을까요?"

조역락이 말했다.

"상황을 정확히 진단하는 것이 필요하네. 솔직히 말한다면 집을 누군가가 자네에게서 빼앗아 갔다기보다는 자네가 집을 찾으러 가지 않는다고 해야 옳지 않을까?"

"네. 전에 집엘 갔는데, 우람한 턱부리가 나오기에 저도 모르게 숨었습니다. 그렇게 제가 숨어서 지내니 제가 찾으러 가지를 않는다고 할 수 있지만 한편 그들이 아무런 대가도 지불하지 않고 집과 전토를 가져갔고 제가 그들을 피해야 하고 또 되찾을 수 없는 상태가 되었으니 빼앗겼다고 해도 맞지 않을까요?"

"자네 자당께서 병사들에게 붙잡혀 살해되셨을 때 자네 부친의 가족으로는 당신 혼자뿐이라고 말씀하셨다던데 사실인가?"

옆에 있던 오세재가 대신 답하였다.

"예, 그랬답니다."

조역락이 기지에게 계속 말했다.

"그렇다면 자네가 갑자기 나타나서 '내가 이 집과 토지의 상속자요.' 한다면 누가 믿겠는가? 그렇다고 병사들에게 자네의 신분을 자세히 밝힌다면, 혹시 위험한 상황이 생기지나 않을까 걱정이군."

"제 신분을 그들에게 밝힐 수는 없지요. 신분을 말하지 않고는 안 될까요?"

"만약 집을 되찾으면 그 집에 자네가 가서 살게 될 터인데 지금까지 살던 사람에게 자네의 신분이 노출될 것은 불문가지가 아닌가?"

"그러고 보니 저의 신분 노출 없이 집을 되찾을 수는 없겠네요. 그렇다면 신분 노출 없이 공신전만이라도 찾았으면 좋겠는데요?"

"글쎄, 의협심 강한 관리가 있고 그의 마음을 움직인다면 가능할지도 모르겠지."

이때 옆에서 듣고 있던 약수가 말했다.

"그 토지를 관할하는 서해(황해도 해주의 옛 이름)의 대판으로 계신 진광수 낭중께서 의협심이 매우 강하다는 소문이 있던데 그분에게 청원하는 것이 어떨까요?"

오세재가 한마디 거들었다.

"그날 왔던 병사들이 그 땅을 빼앗은 후 자기들이 멋대로 나누어 가진 것이라면 서해 대판이 권한을 행사할 수 있겠으나, 만일 중방에 보고하여 그 땅을 군인전으로 편입한 후 병사들에게 나누어 준 것이라면 지방 관리의 힘으로는 불가능할 것 같아요."

이때 담지가 말했다.

"혹시 중앙관서인 형부에서는 취급할 수 있을 것도 같은데 형부에는 이 시랑이 가난한 사람과 약자를 도와준다는 소문이 자자합니다."

기지가 문제점을 또 말했다.

"제가 직접 찾아갈 경우 신분이 밝혀져 병사들에게 해를 당할 가능성이 있으니 찾아가기가 곤란한데, 혹 편지를 올려서 가능한 일일까요?"

그날 밤 여러 가지 관련 문제와 공신전 찾을 방법에 대해 검토하고 숙의하였는데, 역락이 결론적으로 말했다.

"좀 효과가 적을지 모르지만 찾아가지는 말고 진 낭중과 이 시랑에게 각각 청원편지를 보내는 것이 좋겠네."

모임을 파한 후에 기지는 잠도 오지 않아서 두 분에게 각각 편지를 썼다. 주요 내용은 두 편지가 비슷하였지만 다음과 같이 다소 다르게 기술하였다.

형부에서는 토지를 불법으로 빼앗겼는지의 여부가 주요 쟁점이 될 것으로 생각되었다. 그래서 이 시랑에게는 "저의 선조는 일찍이 건국할 때 땀 흘려 공을 세운 결과 능연각에 공신으로서 초상화가 걸리게 되었고, 조정에서 단서철권과 토지를 주시어서 길이 대를 이었습니다. 그런데 그것을 병사들에게 빼앗기게 되어 성 밖의 두어 이랑을 찾을 수 없었고, 도연명의 귀거래사를 오랫동안 읊을 수 없었습니다. (후략)"라고 기술하였다.

서해 대판의 경우 토지의 현재 사용 상황이 중요시될 것이고 사용자와 청원자를 불러 대질하며 조사할 가능성이 크다고 생각되었다. 그래서 기지는 땅을 빼앗긴 것을 설명한 후에 앞에 나설 수 없어서 숨으려 했다는 뜻을 담아 대질조사를 꺼림을 알렸다. 즉, 진 광수 낭중에게는 "그 전토를 타인에게 빼앗기게 되어 충성스런 혼에 대한 시향을 오래도록 끊게 되었습니다. 이에 탄식하여 원통함을 하소연하고자 하나, 고루한 마음에 진실로 위태하기 쉽다고 생각하고 스스로 움츠렸고, 떠돌아다니며 멀리 물러가 숨으려고 하였습니다. 입을 숭상하면 궁해지고 말이 많으면 두렵기 때문에 답답한 마음을 펴지 못하고 앉아서 기근에 떱니다. 이제 정성을 다하여 고명한 보살핌을 바라오니, 직접 찾아가 청하지는 못하오나 용납하시고 공정하게 처리해 주십시오. (후략)"라고 기술하였다.

관원에게 청원하려면 청원인의 주소 성명을 명시하는 외에 피청원인(누가)의 인적사항과 청원 대상을 무엇이, 어떻게, 무슨 이유로 잘못되었는지 등을 가급적 자세히 쓰고 그것을 시정해 달라고 강력히 주장해야 한다. 그러나 도망 다니는 신세인 기지로서는 피청원인이 누구인지를 알지 못하여 명시하지 못하였고, 청원 대상에 대해서도 자세히 쓰지 못하고 단지 전토를 빼앗겼다는 말로 두루뭉술하게 써서 청원할 수밖에 없었다.

이튿날 아침, 기지는 청원편지의 겉봉에 조역락의 주소와 임기지 명의를 명시한 후 이를 돌쇠에게 들려 위 두 분의 사무실로 각각 보내고 회답을 기다렸다. 그러나 몇 달이 지나도 이에 대한 회답이 오지 않았고 조사를 하는 눈치도 보이지 않았다.

함자진의 집, 이담지와 함께

함자진(함순)은 도성 안이긴 하지만 성곽 가까이인 변두리에 살고 있었다. 하루는 자진이 시를 개인적으로 좀 배우고 싶다면서 기지와 담지를 자기 집으로 초대했다. 기지와 담지는 아직 눈이 녹지 않은 길을 물어가며 자진의 집을 간신히 찾아갔다. 둘이 함께 도착하자 사랑방으로 안내한 자진이 말했다.

"두 분 중 누구든 우리 집에 대한 소감을 시로 읊어 주시면 좋겠어요."

기지는 어렵게 집을 찾은 것을 생각하면서 시를 지었다.

선생은 시중에 은거하면서
성 근처에 띳집을 지었구려.
이는 산 좋아하는 사람 때문인데
일 좋아하는 사람 자주 맞이하네.

술 마시는 것은 그대가 능한데
시 읊는 것은 나도 꽤 한다네.
얼마간의 전원을 거닐다 보니
온 천하보다 더 넓은 것 같구려.

先生隱市朝　負郭搆芧舍　爲是愛山人　頻邀好事者
飮酒子誠能　吟詩我亦頗　優游數畝園　寬於一天下

띳집인데도 집안에는 온갖 가재도구가 잘 갖추어져 있었다. 함자진이 함유일 공부상서의 자제이고 보니 집안의 모든 가구와 비치된 물품들이 고급스러웠고 정결하게 보존되어 있었다. 벽에는 섬세하고 아늑하게 그려진 오강도가 걸려 있었는데 이 그림은 첫눈에도 매우 이름 높은 화가가 성의를 다하여 그린 것 같았다.

주안상이 나오자 셋은 아늑한 분위기 속에서 서로 권하면서 술을 마셨다. 그러는 가운데 자진은 시제의 선택 및 시 짓는 방법 등에 대해 의문점을 하나하나 물었다. 그래서 기지와 담지는 시는 어려운 것이 아니라느니, '기'가 중요하다느니, 그것이 심중에 감동하여 응축되면 된다느니 여러 가지 설명을 하였다.

이때 자진이 두 사람에게 말했다.

"오늘은 시 짓는 방법을 배우고자 여기에 모신 것이니 두 분이 시를 지어 보세요."

기지가 담지에게 말했다.

"오늘은 자진이 알기 쉽도록 각자에 관해 자기 가슴에 기가 응축되어 절절하게 느껴지는 것을 주제로 시를 짓는 것이 좋겠네."

"좋은 말이네."

담지와 기지는 가슴응(膺)과 고을이름민(緡)을 운으로 하여 시를 짓기로 하였다. 둘이 잠시 동안 붓을 들어 시를 지었다.

담지는 2년 전 과거시험에 자기가 급제하였으나 아직도 보직을 받지 못하였으므로 보직 받을 날만 학수고대하고 있었다. 그는 후한에서 관리를 많이 추천하여 등용문이라 일컬었던 원례(이름은 이응) 같은 분이 오늘날 있다면 그에게 아부하면서 술을 얼마라도 사서 대접하고 싶다는 뜻을 담은 시를 읊었다.

용문엔 옛날에 잘못 먼저 올랐기에
단갈로 다시 와서 이응(膺)을 찾아뵙네.

자리에서 여러 번 절하고 웃음 지으니
술동이가 다하여 술은 민(澠)수와 같으리.

龍門昔日誤先登　短褐重來謁李膺　席上從容拜一笑　金樽須盡酒如澠

이어서 기지는 시문에 깊은 지식을 쌓은 결과 스승같이 취급받고 오늘 시를 가르쳐 달라면서 이렇게 초청하여 주어서 많은 술을 대접받고 있음을 상기시켰다. 그러나 스스로를 돌아볼 때 스승이 되기에는 재주가 많이 부족하여 부끄럽다는 의미를 담아 시를 지은 후 읊었다.

높은 집 스승의 자리에 한번 오르니
글재주가 두로응(膺)에게 부끄럽구나.
금거북으로 술을 바꿔 계속 머문 곳에
새로 빚은 부배술이 민(澠)수처럼 푸르네.

絳帳高堂許一登　文才慚愧豆盧膺　金龜換酒留連處　新撥浮醅綠似澠

이어 자진이 말했다.

"시를 들으니 두 분의 현재 입장을 고려할 때 자신의 심정들이 그대로 표현되어 쉽게 이해할 수 있습니다. 그러나 저 매화를 주제로 할 경우에는 심중에 깊이 감동되는 말을 시로 어떻게 표현할 수 있을지 모르겠군요."

기지가 말했다.

"매화도 마찬가지일세. 유심히 처다보게. 무언가 심중에 감동되는 부분이 있을 것이고 그것을 마음에 새기고 새겨서 음미해 보게. 예를 들면, 저 한 송이 빨간 꽃이 추운 겨울에 피었다는 점이 심중에 감동되어 올 것이네. 그것을 더욱 깊이 새기기 위하여 색깔, 계절이나 계절의 변화, 지방이 남국인지 북쪽인지, 꽃에는 나비가 있어야 하지 않을까 하는 점 등 여러 부분을 나누어 곱씹으면서 깊이 생각하게. 자네의 입장에서 뿐만 아니고 꽃의 입장에서, 그리고 조물주의 입장에 서서 깊이 생각하다 보면 기가 생기고 가슴에 깊이 감응되는 점이 있을 것이네. 끝으로 그것을 자기 방식으로 아름다운 문구로 표현하면 된다네. 그러면 내가 시를 한 번 지어 보겠네."

> 섣달 매화 한 송이 곱게 피었는데,
> 깊은 방에 잠든 나비 참으로 얄밉구나.
> 육향의 강남 소식을 듣지 못하여
> 다정한 나그네의 간장이 다 끊어진다.

> 하늘은 이른 봄에 꽃답게 하려고
> 짐짓 붉은 비단 얽어 화방을 만들었나.
> 송공이 일찍이 지은 시를 비웃지 마오.
> 평생 동안 철석이라 마음을 비유했네.

迎臘梅花一朵芳　生憎胡蝶宿深房　未逢陸抗江南信　斷盡多情旅客腸

天公着意早春芳　故結紅綃作絳房　莫笑宋公曾作賦　平生鐵石譬肝腸

　자진은 기지가 매우 쉽게 즉흥시를 짓는 것을 신기해하였는데, 여러 가지 설명을 들으니 이해가 되었다. 그후 셋은 서로 귀하면서 밤늦도록 술을 마셨다. 술자리가 파할 때쯤 되어서 자진이 비단에 쓰인 서예 두 폭을 가지고 와서 보여 주며 말했다.

　"이 작품은 우리 집에서 여러 대를 전해 내려오는 것인데, 느낌을 좀 말씀해 주세요."

　기지가 한참 들여다보았더니, 능주에서 나는 아계견으로 만들어진 매우 귀한 비단에 오래 전에 쓴 훌륭한 글씨였다. 기지는 서예 공부를 많이 했던 관계로 유명한 사람들의 필체를 많이 알고 있었다. 그 것은 당나라 원화(서기 806~820, 헌종과 목종 때의 연호) 때 서화에 뛰어났던 회계산인 손위가 술을 마시고 쓴 글씨임이 분명하였다. 그래서 기지는 다음과 같은 시를 한 수 지었다.

　생초 두어 폭이 아계에서 나왔는데

　취해 쓴 글씨 기이한 필적 회계와 같네.

　이는 원화 때 남긴 자취 그대로이니

　지금부터 다신 집닭을 싫어 않으리.

生綃數幅出鵝溪　醉墨奇蹤似會稽　也是元和遺脚在　從今不復厭家鷄

봄날 봉엄사 죽루에서

며칠간 부슬부슬 내리던 비가 개이자 화창한 봄날이 되었다. 황보약수가 볼일 보러 상경하였다면서 시간이 남으니 개성 인근 봉명산에 있는 봉엄사(인종 5년 1127년 창건)에 놀러 가자고 했다. 마침 역락은 외출한 후였으므로 둘이 놀러 갔다가 인근에 있는 죽루에 올랐다.

죽루 주변에는 대나무가 많이 있었는데, 파릇파릇 대순이 돋아나는 것이 보기에 매우 좋았다. 따사롭고 산들바람이 부는 봄날이었지만 과거를 포기한 사람으로서 마음이 허전해지는 것도 피할 수 없는 일이었다. 기지는 무심코 자신의 서글픈 심경을 옮겨 시를 읊고 있었다.

> 난간 앞 새 죽간은 지난해보다 많은데
> 무성한 봄 죽순이 강간(냇물 이름)에까지 이르리니.
> 술맛 달콤하여 숲속에 술동이가 쌓였고
> 바둑 파한 그늘에는 바둑판만 싸늘하지.
>
> 고인 위해 난간 앞에 심은 것 아니니
> 의당 문 열고 볼 한객은 없으리라.
> 붓 휘둘러 두목의 부를 써 보려 했지만
> 음수(비란에 젖은 수염)를 비비다가 글자마저 틀려지네.

軒竹新添舊歲竿　森羅春芛迸康干　飮酣林下金樽凸　碁罷陰中玉局寒

不爲高人當檻種　應無閒客叩門看　揮毫欲効樊川賦　撚斷吟鬚字未安

이를 듣던 약수가 말했다.

"기지 형! 무엇을 그리도 서글프게 생각하십니까? 분위기를 쇄신하기 위해서는 운을 잡아서 시를 짓는 것이 좋겠습니다. 여기 글씨를 보면서 담벽(壁)을 운으로 하여 시를 지어 봅시다."

"좋지"

둘은 필묵을 꺼낸 후 붓을 들어 각각 시를 썼다. 기지는 벽에 백낙천의 글이 있는 것을 보고 시를 지어 먼저 읊었다.

> 그때 고찰에서 봄놀이하던 분은
> 오직 시 잘 짓는 백사인뿐이어라.
> 도솔천과 해산(백낙천을 의미함)은 어디로 갔는지?
> 이름만 쓸쓸히 먼지 낀 벽(壁)에 걸렸네.

當年古寺覓餘春　唯有能詩白舍人　兜率海山何處去　姓名空掛壁閒塵

이어서 약수가 벽에 쓰인 초서를 보고 시를 지어 읊었다.

> 지난 일은 모두 기러기 허공을 난 것 같아
> 석양에 말없이 누각에 올라섰네.
> 가로 세로 벽(壁)에 쓴 용과 뱀 같은 필적은
> 더욱 하지장의 평생 기풍을 상기시키네.

往事渾如鷁過空　上樓無語夕陽中　從橫滿壁龍蛇迹　猶想平生賀老風

약수가 시를 읊은 후 말했다.

"오늘 형이 저를 위해서 시를 한 수 지어 초서로 좀 써 주세요."

기지는 당나라 정원(서기 785~804) 간에 유명한 학자인 배도가 황보식을 불러 판관으로 임명했는데, 그 배도의 풍도와 열행이 매우 훌륭했다. 황보식은 황보약수와 같은 성씨인데, 오늘날 약수의 언행도 배도와 비슷하다고 생각되어 그를 빗대어 칭찬하는 시를 지은 후 붓을 들어 장초로 썼다.

(배도는) 풍도와 열행이 정원 간에 훌륭했다니
몇 세대나 전해져 학사의 가문 되었을까?
당조의 문풍 바뀌어 지금은 볼 수 없지만
하늘은 안정을 위해 이을 사람 나게 하네.

한유 뒤를 이어 바른 도를 부지하여
제가를 배척하고 공자를 존경했지.
비조의 영혼이 의당 기뻐하실 터라
고매한 재주가 우리 울타리에 들어오네.

早聞風熱盛貞元　幾葉傳爲學士門　文變唐朝今掃地　天敎安定世生孫
扶持正道韓公後　破黜諸家孔氏尊　鼻祖有靈應自喜　高才眞箇入吾藩

오세재의 집, 죽림고회

1181년 음력 6월 보름날 오세재가 집으로 회원들을 초청하면서 밤야(夜), 나아(我), 깨트릴파(破) 및 떨어질타(墮)를 운으로 하여 시를 지어 오라고 요청했다. 기지가 시를 초한 후 그날 저녁나절에 오세재 집에 당도하니 이미수와 조역락이 먼저 와 있었다. 네 사람은 이미 차려진 주안상을 마주하여 저녁식사를 하면서 이야기꽃을 피웠다. 술도 몇 순배 돈 다음에 오세재가 말했다.

"오늘은 보름달을 못 볼 줄 알았는데 우리들의 모임을 축하하려는 듯 밤비가 어느덧 개이고 하늘에 달도 보이게 되었습니다. 저 달을 보면서 이미 지어 오신 시를 좀 수정하여야 할지 모르니 다시 정리한 후 읊도록 합시다."

이에 이구동성으로 좋다고 말하고는 금낭을 열어 각자 지어 온 시를 꺼낸 후 붓을 들어 완성하였다. 한참 후 네 사람이 시를 다 완성했다고 보이자 오세재가 말했다.

"모두가 시를 지은 것 같으니, 먼저 임 형부터 읊어 보시죠"

기지는 달빛을 못 볼 줄 알았다가 밤늦게야 고운 달을 보게 되었음을 예찬하는 시를 지어 이를 읊었다.

> 동반으로 물을 취하고 봉수로 불을 지필 때
> 차가운 연기 속에서 맑은 눈물 쏟아진다네.
> 뜨거움과 차가움의 본질은 본래 없다 해도
> 기는 서로 주야(夜)로 바뀌어 대행한다네.

거북과 토끼는 음과 양에 해당하므로
옛날부터 이물이 서로 화했다 하네.
달이 산하를 물과 같이 환하게 씻으니
무심히 비춘 빛에 어찌 너와 나(我) 다르랴!

천공의 눈망을 다시 새롭게 씻었기에
이와 같은 미물도 축하를 드리네.
밤 내내 앉아 달빛을 기다리다가
달빛 비추자 지붕 뚫린 것(破)도 걱정 안 했지.

문득 옛날 낭관호에서 선유할 때
파도에 떨어진(墮) 작은 달이 생각나네.

方諸取水燧取火　寒烟迸出清淚瀉　要知炎冷本無質　一氣交馳代日夜
銀蟾玉兎陰繫陽　古云異物相待化　瑩然水鑑瀉山河　無心自照何彼我
天公眸子洗更新　蟣蝨微臣爲一賀　終宵坐待玉繩橫　仰見不須愁屋破
却思曾泛郎官湖　徑寸明珠波底墮

　기지가 읊기를 마친 후 미수, 역락, 세재 순으로 각자가 지은 시를 읊었다. 그리고는 각각의 시를 놓고 잘잘못과 보완할 사항 등에 대해 밤이 늦도록 서로가 격의 없는 토론을 벌였다.

이천 선사의 암자(족암)에서

기지는 요즈음 몸살, 감기로 자주 병석에 눕곤 하였다. 한동안 병으로 누웠다가 병줄이 다소 잡힌 탓인지 밖으로 출입하고 싶어졌다. 그때 이천 선사가 기지를 만나고 싶다고 했다는 말이 불현듯 떠올랐으므로 선사의 암자를 찾아 나섰다. 한참 만에 쌍륜사에 도착하여 그 절을 끼고 돌아 암자에 도착하니 선사가 반갑게 맞이하며 말한다.

"임춘 선생! 참으로 오랜 만입니다. 한번 꼭 뵙고 싶었습니다."

"속세를 떠도는 천한 몸인데 선사님께서 보고 싶었다니 송구스럽습니다."

"사실은 선생에게 꼭 부탁드리고 싶은 일이 있어서 청했습니다. 제가 거처하는 이 암자에 대해 글을 써서 기록을 남겨 주셨으면 하고요."

"제가 아는 것이 무엇 있어야지요."

선사가 간곡하게 재삼 요청하였다.

"그냥 지금 보고 느끼신 것을 그대로 표현하시면 됩니다. 대문장가이신 선생께서 꼭 써 주셔야 하겠고, 그러면 이 암자의 영광일 것입니다."

"예, 선사님 말씀이 정녕 그러하시니 한번 써 보겠습니다. 먼저 자세히 좀 설명해 주셔야 하겠습니다."

선사가 자초지종을 설명하면서 함께 주변을 돌아보았다. 암자 주변에는 장미과에 속하면서 4계절을 대표하는 도행, 연, 국과 매가 심어져 정성스레 재배되고 있었다.

"사계화는 심기도 어렵고 관리하기도 매우 어려웠을 텐데 고생 많으셨겠습니다."

"사실은 함영후가 와서 손수 사계화를 심었는데, 제가 제대로 인사도 못 했습니다. 가능하다면 저를 대신하여 시를 한 수 지어 감사의 뜻을 표해 주면 고맙겠습니다."

"알았습니다. 먼저 시부터 지어야 하겠습니다."

기지는 붓을 들고 다음과 같이 시를 썼다.

꽃송이 생김생김 너무도 깔끔하여
사계절 한결같이 홀로 봄 지녔네.
잠잘 때 유모를 따라 영단을 받아
한 알 먹고 문득 아이 얼굴 되었다네.

하늘이 하는 일 밤마다 쉬임 없어
뭇 꽃과 같지 않음 애석히 여겼네.
함영후가 두루 심을 장소 없을까
다투어 사느라 천금의 돈 뿌렸다지?

노승은 안목 있어 주이지 않겠으나
가난한 산가여라 심고픈들 어찌하리?
어젯밤 뜰에 심은 어린 한 그루는
손수 고른 그 조화 참으로 천인이로세. (후략)

206

仙葩風骨尤淸眞　長生獨得名常春　定從阿母分靈丹　一粒便得童顏新
天工夜夜了不睡　護惜不與羣芳均　侯家栽遍恐無地　爭買散盡千金珍
老僧有眼故不枯　欲種奈此山家貧　昨夜廷院挿寸枝　手佯造化眞天人

　기지는 관련 기록을 보느라 힘에 부치어 그날 저녁에 술을 미쳤
다. 그리고 흥왕사의 긴 담벼락을 끼고 산책을 하다가 과음한 탓인
지 복건도 벗고 길 옆 바위 위에 털썩 주저앉아 길게 휘파람을 불
었다. 이때 어떤 중이 지나가다가 말했다.
　"당신은 누구이기에 이렇게 오만방자하시오?"
　기지는 아무런 대답도 하지 않고 붓을 들어 담벼락에 시를 썼다.

　일찍이 문장으로 서울을 놀라게 했건만
　지금은 천지간의 한낱 늙은 서생 되었네.
　이제야 불교의 뜻 깊은 맛을 알 것 같으나
　온 절에 내 이름 아는 사람 없구나.

早抱文章動帝京　乾坤一介老書生　如今始覺空門味　滿院無人識姓名

　기지는 그 밤에 암자로 돌아온 후 며칠간 그곳에 거하면서 선사
가 준 관련 기록을 검토하고 또 주위를 여러 번 돌아보았다.
　암자를 볼수록 도읍을 벗어나지 않고 앉아서도 이렇게 아름다운
경치를 구경할 수 있다는 점에서 탄성이 절로 나왔다. 수삼 일 후
기지가 그 암자 이름을 '족암'이라 명명하였는데, 이천 선사는 경

치가 뛰어나고 빼어난 것에 비하여 그 이름이 부족한 것으로 생각하였다. 이에 대해 기지가 말하기를 "무릇 사물은 무궁하나 사람은 끝이 있는 것이다. 반드시 물건을 다 차지한 후에 만족할 것인가? 진실로 마음을 비우고 분수에 맡겨서 운명에 편안하면 하나의 나뭇가지에도 배가 부르니 어디 간들 만족하지 않겠는가?" 하였다. 이런 내용을 모아서 「족암기」를 써서 이천 선사에게 드렸다.

「족암기」의 전문은 〈부록 10〉과 같다.

가을날 오세재의 별장에서

뜨겁던 여름이 지나가고 소슬바람이 부는 시원한 가을이 되었다. 기지는 참으로 좋은 계절이라 즐거웠으나 이런 계절도 곧 지나갈 것이라는 서글픈 생각이 들었다. 기지는 술병을 들고 무작정 거닐다가 교외에 있는 오세재의 별장으로 갔다. 별장이 눈에 보이는 지점에 왔을 때 미수의 장인 최영유 선생을 우연히 만났다. 최 선생도 할 일이 없다 하기에 함께 오세재를 찾으니 마침 집에 있었다.

"반갑습니다. 술 생각이 나서 한 병 가지고 오다가 마침 최 선생님을 만났으므로 모시고 함께 왔소이다."

오세재가 최영유 선생을 보자 인사했다.

"안녕하세요? 최 선생님, 반갑습니다. 저도 무료하던 차입니다."

이때 기지가 술병을 내려놓자 세재가 말했다.

"이건 참 좋은 술인데 잘되었습니다."

오세재는 안에서 안주를 가져오게 하고 셋은 서로 권하면서 술잔을 기울였다. 시간 가는 줄도 모르고 술을 마시다 보니 어둠이 찾

아왔고 사방을 초승달이 밝게 비추었다. 이때 기지는 이런 자리에
시가 있어야 술맛이 나는 법이라고 말하고는 즉흥시를 읊었다.

추흥에 끌려 교외에 나갔다가
술 싣고 자운의 집을 예방했지
금마옥당의 어진 학사로서
창안백발의 취한 선생이라.

송섭의 은거지는 숲들이 빽빽하고
옹중의 묵은 터는 수초가 가지런하네.
술 마시고 돌아올 때 촛불이 필요하랴
도중에 초승달이 밝게 비추는 걸.

偶牽秋興出郊垌　訪子雲家載酒行　金馬玉堂賢學士　蒼顔白髮醉先生
宋纖小隱林泉密　翁中荒墟草樹平　飮罷歸來何用燭　途中新月照人明

시 읊기를 마치자 최 선생이 말했다.
"내가 2년 전에 승평부에서 지은 시가 있는데, 오늘도 그때와 같
은 가을날이니 그것을 한번 읊어 보겠소."(동문선)

가을날 기러기는 벌써 남으로 가는데
물(物)에 감촉되어 내 한이 그지없네.
모래 위 흰 몇 점은 해오라가 아닌가?

길가에 누른 것들은 모두 다 귤이로세.

산은 추울수록 여윈 모양이 너무 좋아라.
벼가 다 익어서 향내가 두루 구수하군.
왕명을 받자온 몸 책임이 무거우니
잔 들고 옛날과 같이 못 노니네.

秋來征鴈已隨陽　觸物悠悠感恨長　數點鷺鷥沙上白　千頭橘柚道邊黃

山寒却愛形容瘦　稻熟偏知氣味香　爲奉往諧王命重　舍杯那復舊時狂

시를 매우 잘 지으셨다는 생각을 하게 된 기지가 최 선생을 예찬
하는 시를 즉석에서 읊었다.

글 짓는 묘한 솜씨 귀신 같아서
일찍 시문 이루어 한원에 노닐었네.
두씨는 뱃속에 국자를 삼켰고
저공은 가죽 속에 춘추를 감췄구나.

명성은 동방에서 짝이 없는 분
가계는 중조에서 으뜸이라네.
붓으로 쓴 3천 구절의 시는
책을 만들어 후인에게 남겨 주소서.

高文妙訣鬼神幽　早歷詞諧翰苑遊　杜氏腹中呑國子　褚公皮裏裹陽秋

聲名東漢無雙客　家世中朝第一流　筆下三千風月句　成編願爲後人留

이미수의 집, 죽림고회

다음 해(1182) 봄날 미수가 죽림고회 회원들을 자기 집에 초대했다. 기지가 가장 먼저 도착했는데 이어서 역락, 약수, 자진의 순으로 초대된 친구들이 모두 모였다. 그들은 동서고금의 시를 논하고 시대를 한탄하는 등 여러 주제로 이야기꽃을 피웠다. 그러다가 미수가 말했다.

"우리 모임에서 시가 빠져서야 되겠습니까? 고을주(州)와 두루주(周)를 운으로 하여 번갈아 가면서 즉흥시를 한 수씩 지읍시다. 먼저 기지부터 한 수 읊으시게."

기지가 강남에 숨거나 유락하는 등 뿔뿔이 헤어진 후 7년이 지나 이제는 나이 먹어서 다시 만난 사실을 생각하며 즉흥시를 읊었다.

> 남국에 귀양 가서 모이지 못했더니(州)
> 서울에서 다시 만나니 이미 늙었구려.
> 손을 잡고 어찌 소원했음을 논하리오.
> 계산하니 벌써 7주(周)년이 되었구려.

謫居南國更無州　輦下相逢各白頭　握手何須論契濶　算來今已七年周

조역락은 즉흥시를 잘 짓는 기지를 대문장가로 묘사한 시를 읊었다.

　　대문장가인 유유주(州)를
　　사람들은 모두 가장두라 부른다지.
　　승평시대 귀양감을 괴이쩍게 여기지 말게
　　천자의 재주로도 마주(周)에게 물었다오.

　　大手高文柳柳州　人人皆號賈長頭　明時莫怪遭遷謫　天子之才問馬周

술이 몇 순배 더 돌아간 후 미수가 기지에게 물었다.

"전에 빼앗긴 공신전을 찾고자 탄원을 하기로 했는데, 어찌되었는가?"

"탄원서를 두 분에게 보냈지만 아무런 답이 없어. 아마도 안 될 것 같아."

조역락이 한마디 거들었다.

"그 전토를 갈아 곡식을 짓고 있는 병사들에게 생계가 걸려 있는 일이므로 그들을 만나서 이쪽에서 신분을 밝히고 전토를 반환해 달라고 강력히 주장해도 되찾기가 힘들 텐데, 누가 짓고 있는지도 모르면서 구체적인 설명도 없이 관리들에게 막연히 되찾아 달라는 것은 처음부터 좀 무리였던 것 같네."

미수가 근심스런 얼굴로 다시 물었다.

"무슨 다른 방법은 없을까요?"

"글쎄……."

그때 황보약수가 조심스럽게 말을 꺼냈다.

"제가 몇 사람에게 문의해 보니 참 어려운 일인 것 같아요. 고려 건국 초기에 문관, 무관에게 품계에 따라 토지를 나누어 주었는데, 과거시험 합격자가 늘어감에 따라 토지가 부족하여 군인전까지 빼앗다시피 하여 문관들에게 주었답니다. 무관들은 그것이 매우 불만이었으므로, 무신난 이후 사형되거나 유배된 문관들의 전답을 빼앗아 군인전에 편입시키고 이를 병사들에게 나누어 주었다더군요. 그런 토지가 대폭 늘어남에 따라 전시과제도가 유명무실하게 될 지경이 되었답니다. 기지 형의 공신전 사건에 관해 잘잘못을 구체적으로 알려면 도방까지 조사해야 하고 조사 후 설사 무신들의 잘못이 밝혀진다 하더라도 정권을 잡은 도방의 승인을 받기도 어려울 것이랍니다. 따라서 문관들에게서 빼앗아 군인전으로 들어가 병사들에게 나누어진 토지를 빼내기는 여간 어려운 일이 아닌 것 같아요."

한참 후 기지가 말하였다.

"아무래도 토지를 찾으려는 생각을 버려야겠어."

미수가 말했다.

"안 되는 일이라면 깨끗이 잊어버리는 것이 정신 건강에도 좋을 것이네. 어찌되었든 무리한 것을 요구하면서 우리들을 많이 걱정케 했으니, 자네가 여러 사람에게 사죄하는 뜻에서 재미있는 시를 지어 분위기를 바꾸어 주기 바라네. 운을 동산원(園)으로 지정하겠으니 시를 한 수 지어 보게."

기지는 불우한 나무는 기지의 신세와 같이 후미진 곳에서 외롭게 지내거나 꺾이기도 한다는 생각이 불현듯 떠올랐다. 그에 반해 후원에 있는 버드나무는 벌레 먹거나 휘어지기는 했어도 외롭지도 않고 수난도 당하지 않아서 좋겠다고 생각 되어 즉석에서 시를 읊었다.

한 그루 버드나무 장원(園)근처에 있는데
어느 해 이곳에 뿌리 내렸나?
노란 잎에 반쯤 벌레 먹은 글자 희미하게 보이고
휘어진 가지에는 낮 그늘이 번거롭다.

나직이 비에 젖어 빈 집을 가리고
봄바람을 빗겨 띠고 작은 마루에 걸려 있네.
행인들에게 꺾이는 고통은 면하였으니
도성문에 초췌하게 서 있는 것보다는 좋을 듯.

一株垂柳近粧園　此地何年幸托根　老葉半書蟲字暗　柔條長繫午陰繁
低含宿雨藏虛閣　斜帶春風掛小軒　免被行人攀折苦　也勝憔悴在都門

8. 과거를 보아 낙방하다

과거장에 들어가기로 하다

그해 집 주변에 새싹이 돋아나는 따뜻한 어느 봄날에 홍인연이 기지를 찾아왔다. 서로 수인사를 마친 후 홍인연이 시 한 수를 내밀면서 말했다.

"제가 지은 시인데, 임춘 선생의 지도를 받고 싶어 찾아왔습니다."

기지가 읽어 보니, 미사여구를 동원하였지만 그 핵심 내용이 분명하지 않고 대구 또한 잘못 선택되어 있었다. 모처럼만에 만나 잘못 지은 시라고 말하는 것은 예의가 아니겠지만 거짓말로 둘러대기도 어려워 이렇게 말했다.

"시는 심중에 감동한 것을 말로서 표현하는 것입니다. 그냥 좋은 문구를 선택하여 아름답게 꾸미면서 자랑하듯 하는 것이 아니며 마음에 새기고 씹어서 음미한 후에 지어야 합니다. 혹시 무엇이 감동되어 이 시를 쓰셨나요?"

"향교 선생님이 이렇게 작성하면 좋겠다고 해서요."

"자구는 잘 선택한 듯합니다마는 표현하려는 핵심이 분명치 않군요. 어찌되었든 시는 여러 번 쓰면서 연습하는 것이 필요합니다."

홍인연이 돌아간 후에 기지는 입맛이 씁쓰름하여 혀를 찼다. 친구가 심중에 감동한 것도 없이 시를 지으면서 좋은 한자 자구만 찾는 것 같아 안타까웠다.

한편 기지는 과거를 포기한 관계로 그후에도 여행이나 다니고 친구들의 집을 전전하면서 그들과 더불어 시회나 즐기면서 지냈다. 그런데 그해 5월 초에 담지가 찾아와서 말했다.

"과거를 연다는 방이 붙었네. 자네, 이번에는 과거를 한번 보는 것이 좋겠네."

"나는 과거를 위한 공부는 하지 않고 시만 지었는데 과거라니?"

"과거의 과목은 시, 부, 론으로 되어 있는데, 시야 자네만한 사람이 이 나라에 있겠는가? 그리고 부와 론도 사서삼경과 사기 등을 배우고 건전한 상식이 있고 문장을 잘 지으면 되니 자네에게는 매우 쉬운 과목들이네. 꼭 과거장에 들어가 보게."

"아냐. 내 나이 29살이나 되었고, 또 이 무신정권 아래에서는 내 성분상 발탁될 가능성이 전혀 없을 것 같네."

"2년 전에 청년장수 경대승이 정중부와 그 아들 정준을 죽이고 정권을 잡았는데, 많은 것이 전과는 달라졌다네. 만일 정중부가 계속 권력을 잡고 있다면 자네에게 기회가 없을 것이 분명하지만 경대승은 다를 것 같네. 과거를 보아서 설사 잘못되더라도 본전이 아니겠는가? 한번 과거장에 들어가 보게."

기지는 선친의 생존 시에 태자시종으로 두 번 선적에 오른 적이 있지만 그것은 서류심사로 선발하는 것이었다. 시험은 한 번도 치룬 적이 없어서 과거가 어디에 중점을 두어 채점되는지도 모르고 급제의 가능성은 더욱 모르지만 친구가 재삼 권유하는 것을 뿌리치지 못하고 생각해 보겠다는 정도로 얼비무렸다.

담지가 돌아간 후 기지는 혼자 곰곰 생각했다. 기지는 특별히 과거의 준비를 한 적이 없고 문장도 누구의 가르침도 없이 순전히 독학을 하였지만, 시에 대해서는 자신이 있었고 부와 론 같은 시험 과목에 대해서도 고전에 대한 지식이 있고 문장을 짓는 것은 어렵지 않다고 생각했다. 또한 담지의 말대로 과거를 보아서 떨어져도 손해가 없는 일이라는 생각에서 과거장에 한번 들어가기로 결정하였다. 그날 밤 기지는 먼저 종형에게 자신의 포부를 밝히는 시를 써서 보냈다.

피난 온 뒤 돌아갈 생각 잊었지만
꿈속에 때로 과거장에 들어갔지요.
집안의 명성 이제 떨치려 한다면
청운에 짝지어 날아야 하겠지요.

自從避地便忘歸　夜夢時時入試闈　要使家聲今復振　靑雲相伴鶴鴒飛

과거 낙방 및 홍인연의 과거 급제

기지가 한 달 후 과거에 응시한 결과 사마시에는 합격했으나 복시에서 낙방하였다. 참으로 낙심천만이었다. 그런데 친구 중 홍인연과 함자진이 그 과거에 급제하였던 것이다.

함자진은 합격할 자질이 있다고 보였으나 홍인연의 경우는 그가 전에 가져온 시를 볼 때 미사여구를 동원하였지만 그것도 시라고 할 수 있을까 하는 생각이 들었고, 부와 론의 경우에도 그의 문장 작성 능력이 형편없었는데 이번에 급제한 것이다. 다만 친구가 급제했다니 시를 지어 홍인연의 급제를 축하하였다.

단대를 함께 밟은 지 10여 년인데
들어보니 먼저 백일선이 되었다네.
만일 뜰 앞에 반정을 두었다면
닭과 개도 하늘에 올랐으리라.

丹臺同籍十餘年　見說先爲白日仙　若有庭前盤鼎在　更敎鷄犬上靑天

이 시에서 친구인 홍인연을 신선에, 과거 급제를 백일승천에 각각 비유하여 그의 급제를 축하하였다. 후반부의 "뜰 앞에 반정을 두었다면 닭과 개도 하늘에 올랐으리라."고 한 것은 회남왕 안이 승천할 때 약 그릇(반정)을 뜰에 두었는데 닭과 개가 핥고 쪼아 먹고는 모두 승천하였다는 고사를 인용한 것이다. 이 시는 홍인연이 좋은 선약과 같은 공부를 열심히 한 결과 신선이 되었다고 치켜세우고 닭과 개와 같이 많은 사람이 떨어졌다면서 축하한 것이다.

그러나 이 시를 바꾸어 해석한다면 홍인연의 실력은 별것이 아닌데 급제에 필요한 선약을 얻어서 급제한 것이니 그런 식이라면 닭이나 개도 급제할 수 있을 것이라는 뜻도 된다. 기지는 고사를 인용하면서 은근히 비판하고 넌지시 나무라는 시를 많이 지었는데, 이 시도 그런 류에 해당한다 하겠다. 이는 지기 함자진이 급제한데 대해서는 축하시를 짓지 않았다는 점을 미루어 보아도 짐작할 수 있다. 여기서 선약은 시의 경우 미문 위주와 형식 위주로 가르침을 받은 것을 의미할 것이다.

기지는 무슨 문제든 맞출 자신이 있었는데, 과거에서 낙방하였으니 그 영문을 알 수 없었다. 기지는 "문장은 기가 주되니 심중에 감동하여 말로 표현된 것이므로 아름다운 문구로 자랑할 것이 아니라 반드시 문장의 묘미를 음미한 후에 묘하게 되는 것이다"라고 가끔 주장했다. 즉, 시의 경우 창조적인 발상이 중요함에도 배우처럼 정해진 답을 외워 쓰도록 되어 있는 당시 선발 방법에는 맞지 않았던 것이다.

후에 장옥문을 얻어 읽어 본 후 기지는 스스로에게 묻기를 "이와 같은 것도 글이 되는가?" 할 지경이라고 혹평하였다. 당시 과거에서 요구하는 시는 높고 깊은 뜻을 담은 창의적인 글이라기보다는 성률과 대우를 중시하는 것, 즉 내용보다는 형식을 위주로 하는 글이었던 것이다.

후에 최자는 보한집에서 "임춘 선생의 시는 간결하고 예스러우면서도 뛰어나다"고 호평하면서도 "그의 글을 보면 옛사람의 말을 심지어는 수십 자를 따다가 자기 말로 삼았으니 이는 그 문체를 얻은 것이 아니고 빼앗은 것이다"라고 비평하기도 했다. 이에 반하여 이인로는 파한집에서 "임춘은 소동파와 황산곡과 같이 고사를 인용한 티가 안 날 정도로 교묘히 활용하니 이는 청출어람이라고 할 수 있다"고 극찬하고 있다. 이렇게 극과 극의 다른 평가는 당시의 시풍 때문이었는지도 모른다.

한편 기지는 자신이 답안을 잘못 작성했다는 생각보다는 무신정권 아래에서라 자기 신분 때문에 지공거 등이 발탁할 수 없었다는 생각을 지울 수가 없었다. 그런데 가장 큰 문제는 낙방으로 인해 기지가 자존심에 큰 상처를 입은 것이었다. 그 결과 기지는 더 이상 과거를 보지 않겠다고 결심하게 되었다.

어찌되었든 전혀 예상치 못한 낙방으로 인해 기지는 마음이 심란해지더니 드디어는 고질병이 도졌다. 고열과 설사가 계속되자 한동안 자리를 보전하고 누워 있게 되었는데, 병상에 있는 기지에게 여러 친구들이 찾아와서 위문하곤 하였다. 그러나 친구들의 위문도 기치에게 큰 위로가 될 수 없었다.

기지는 이렇게 과거장의 시와 문장이 형식을 맞추기 위해 별도로 배워 배우처럼 읊거나 미사여구만 고집한, 글 같지 않은 글을 써야 좋은 평가를 받을 수 있다는 것을 알고는 크게 실망하였다. 조그만 집에서 아내의 시중을 받으며 병상에서 혼자서 끙끙 앓다가 기지는 죽림고회의 맏형인 조역락 회장에게 편지를 보냈다.

그 편지에서 "이른바 과거장에 나오는 글을 취하여 읽어 보니 비록 교묘하다면 교묘한 것이지만 심히 어려운 것은 없었고 마치 배우가 지껄이는 말과 같습니다. 그래서 스스로 말하기를 '이런 것도 글이라고 한다면 비록 갑과와 을과라도 팔 한 번 굽힐 사이에 합격할 수 있을 것이다.'라고 하였습니다." 하였다.

　그는 또한 그 편지에서 다음과 같이 자신의 처지를 하소연하였다.

　"슬프다. 옛날부터 현인과 재사가 곤궁하기는 하였지만 나 같은 사람은 없었습니다. 자미는 유락하였고, 한유는 어릴 때 외로웠고, 지우는 굶주렸고, 마당은 때를 못 만났고, 니온은 과거시험에 낙방했고, 장경은 병이 많았습니다. 고인은 특히 그 하나만 걸려도 이미 불행한 사람이 되었는데, 나는 지금 모두를 범했으니 어찌 슬프지 않겠습니까?"

가여운 아내에게 시를 드리다

　과거에 낙방한 후 하루는 아내와 단둘이 마주 앉았다. 가만히 쳐다보니 아내는 몇 년 사이에 홀쭉하여지고 많이 늙어 보였다. 전생에 무슨 죄를 많이 졌기에 나같이 불운한 사람을 남편으로 만나 이렇게 몇 년간 쫓기고 도망치고 숨어 굶으면서 살고 있는가 하는 생각을 하니 측은한 마음이 들었다.

　기지는 결혼한 지 1년도 안 된 신혼시절부터 도망 다니며 살아야 했던 것도 미안했지만 먹을거리가 항상 부족하여 굶주리게 했던 것이 못내 가슴 아팠다. 그런데 이번 과거에 낙방을 하였으니 앞날의 희망도 없는 것이 아닌가? 아내의 파리하고 꾀죄죄한 모습에 미안한 생각이 들어서 시를 지어 주었다.

　　내 꿈속에 바람 타고 월궁으로 가서
　　문 열자 항아(도망간 아내) 잡고 물었지

어이해 그대는 월계관을 맡고서도
주고 뺏는 것 불공평해 사람을 성내게 했냐고.

그녀는 두 번 머리 숙여 절하며 내게 말했지
첩은 사랑도 미움도 없고 모두가 분수라고
신선이 사는 자부엔 그대 이름 쓰여 있으니
전날 서왕모를 모시고 낭원에서 놀았었으리.

경솔하여 잘못된 일을 많이 해
상제께서 귀양 보내 고생을 맛보게 했지.
그때부터 하늘엔 문창성이 없었으니,
세상사람 그 누가 속세에 숨은 줄을 알랴.

천하에 시명을 떨친 지 30년 세월
쇠솥 속에 선약도 거의 익으리라.
높은 가지 걸어 두고 그대를 기다릴 테니
명년에 꺾어 가져도 아마 한은 없으리.

我夢乘風到月宮　排門直捉姮娥問　奈何使爾司春桂　與奪不公人所慍
低頭再拜謝我言　妾不愛憎皆委分　紫府今書君姓字　曾陪王母遊閬苑
也爲輕狂多負過　帝令譴謫方知困　從此文星不在天　世人誰識塵中隱
四海詩名三十秋　燒丹金鼎功成近　留着高枝且待君　明年折取應無限

222

이 시는 꿈과 선경을 빙자하여 아내를 위로하려는 것이었다. 인생의 행과 불행은 자신의 전생의 업과 운명에 의해 결정된다는 뜻을 이 시에 담았다. 항아는 원래 남편이 비장한 불사약을 훔쳐 달나라로 달아난 아내, 즉 전생에 무슨 죄를 짓고 달나라로 도망간 아내를 의미한다. 여기서는 과거를 주관하고 계수나무를 주관하고 있는데, 공평하게 처리하지 않은 것을 호통치고 있다. 기지 자신은 문운을 담당하는 문창성이었다가 이 세상에 내려온 지 30년 된 신선으로 묘사하고 있다.

기지가 이 시를 아내에게 읽어 주고 뜻을 해설해 주니 아내는 하염없이 눈물을 흘렸다. 정말 우리 부부는 전생에 무슨 잘못이 그리도 크기에 부모님을 모두 비명에 잃게 되고 과거에 참여할 수도 없고 설사 응시해도 급제할 가능성이 없게 된 것인가? 이 시의 마지막 문단에서 아내에게 명년에 과거 급제할 것을 기약하자는 말을 했지만, 얼마 후 기지는 과거에 대한 뜻을 완전히 접었다.

이담지의 집, 죽림고회

기지가 시름시름 앓던 병상에서 일어난 후 이담지가 기지의 과거 낙방을 위로하고자 죽림고회 회원을 모두 초청하였다. 기지가 담지의 집에 도착하니 이미 조역락, 황보약수 등 친구들이 모두 도착해 있었다. 담지가 말했다.

"모처럼 만에 이렇게 죽림고회 회원인 강좌칠현 7인 전원이 모이니 반갑습니다. 우리 일곱은 비록 나이 차이가 좀 있기는 하지만 모두가 시를 좋아하여 망년우(장유를 묻지 않고 사귀는 벗)가 되었습니다.

기지도 병상에서 일어났으니 오늘은 모든 것을 잊고 즐겁게 시를 공부합시다. 먼저 각자가 지금까지 지은 시를 가져왔으면 내놓고 다른 회원들의 검토를 받읍시다."

각자가 지은 시를 꺼내서 돌아가며 검토 받은 후 비판 및 토론을 하였다. 담지가 말했다.

"그럼 이제부터는 시를 지은 후 돌아가면서 시를 읊기로 합시다."

다들 좋다고 하자 운을 돌아올환(還)과 더위잡을반(攀)으로 정한 후 시를 지었다. 세 사람이 먼저 시를 지었다. 기지는 미수와 함께 강남에 유락했다가 돌아왔는데, 미수만 급제한 사실을 주제로 하여 시를 쓴 후 이를 읊었다.

서울 떠나 똑같이 떠돌아다니다가
오늘 아침 다시 관문으로 들어왔네.
하늘은 두 칼을 모이게 했건만
난 뒤에 한 개의 주옥만 돌아왔구나(還).

세월은 희어진 귀밑머리에 붙어 있고
풍상은 옛 얼굴을 바꾸었어라.
평생 동안 교분이 두터웠는데
다시 돕게 됨을(攀) 기뻐하노라.

去國同流落　今朝入帝關　天敎雙劍合　亂後一珠還
歲月粘衰鬢　風霜改舊顏　平生交分厚　猶喜更追攀

미수는 기지가 난을 피해 강남으로 달아날 때 친구들은 그를 살아서는 못 볼 것으로 생각했는데 이렇게 돌아와서 기쁘다는 점을 강조하는 시를 지었다. 이는 기지와 함께 지내게 된 것만도 황송하니 과거 낙방 같은 것은 잊어버리라는 위로의 시이다. 미수가 시를 읊었다.

옛날 자네가 조양으로 떠날 때
돌아올 길을 백설이 관문을 막았었네.
이미 깨달아 죽을 곳을 알았으니
어찌 살아오기를(還) 생각했으랴!

하늘의 운명 고삐는 놓치지 않았지만
잠시나마 백옥 같은 얼굴이 검게 되었네.
술동이 하나로 다시 만났으니
담소하며 얼굴을 어루만져(攀) 보세.

昔子潮陽去　歸途雪擁關　已應知死所　豈料得生還
未縱青冥靶　俄緇白玉顔　相逢一樽酒　談笑更容攀

약수는 기지가 비록 과거에 낙방했지만 그는 큰 시인이면서 글씨도 천하 명필이라고 위로하는 시를 지어 이를 읊었다.

상서로운 기운이 함곡관 위에 떠서

나는 곧바로 관문을 통과한 줄 알았지
사람들은 재사가 뜻 못 얼음을 슬퍼했는데
도가 곧아지자 조서로 불러 돌아왔네(還).

시가 교묘함은 두보와 같았고
글씨 기이함은 또 안진경일세.
뒷날 함께 나랏일을 하게 되면
하반(攀)의 사업을 비웃어 보세.

紫氣浮函谷　吾知正度關　世嗟才久屈　道道詔徵還
詩妙誰如杜　書奇又止顔　他年同報國　事業笑何攀

　미수와 약수가 기지를 위로하는 시를 계속 읊는 바람에 분위기가 딱딱해진 것을 부드럽게 바꾸고 싶었는지 미수가 기지에게 느닷없이 말을 걸었다.

　"자네가 전에 말한 명기 일점홍에 대한 추억은 참 재미있었네. 그런데 강남에 그토록 오랫동안 있었으면서 여자가 일점홍만 있었던 것은 아니겠지? 어디 다른 여인에 대해 말해 보게."

　"글쎄…… 별다른 것은 없는데…… 다만 내가 창피를 당한 적이 있는데 괜찮을까?"

　"좋아, 무슨 이야긴지 빨리 말하게."

　"내가 성주에 갔을 때 일인데, 그날 원님이 이름난 기생 계월에게 나와 함께 자게 했지. 계월은 꾀죄죄한 나에게 몸을 주고 싶지 않았는지 "잠시 나갔다 돌아오겠습니다." 하고 나가서는 밤이 새도록 돌아오지 않았지 무언가? 이튿날 아침에 나는 그 집을 나서면서 이런 시를 읊었네."

기지는 그때 지었던 시를 되새기면서 읊었다.

금비녀 꽂고 붉게 단장한 후 새벽 기다리다
호출 재촉을 받은 잔치 자리라네
원님의 엄하신 호령 두려워하지 않고
공연히 과객의 궂은 인연만 탓하겠지?

루에는 올랐으나 통소 부는 짝 되지 않고
달로 달아나 약 훔치는 선녀가 되누나.
청운의 어진 학사에게 부탁하노니
어진 마음으로 부들포 채찍일랑 쓰지 마소.

紅粧待曉帖金鈿　爲被催呼上綺筵　不怕長官嚴號令　謾嗔行客惡因緣
乘樓未作吹簫伴　奔月還爲竊藥仙　寄語靑雲賢學士　仁心愼勿施蒲鞭

친구들은 그 시를 돌려 보고는 그날 잠을 못 잦겠다느니, 재미있는 시라거니, 임기지다운 시라느니, 여러 가지 우스갯소리를 하면서 웃고 떠들다가 헤어져 집으로 돌아갔다.

9. 장단 인근에 초당을 짓고 거주하다

최문윤이 토지 제공을 제안하다

하루는 이유의 낭중이 점심시간에 자기 다점으로 기지를 초대했다. 기지가 다점에 도착하니 이유의가 최문윤과 담소하고 있다가 기지를 반갑게 맞이하였다. 다점에는 이미 술상이 차려져 있었으므로 셋은 술을 마시면서 세상사를 이야기하였다.

잠시 후, 최문윤이 주저주저하다가 입을 열었다.

"임춘 선생! 사실은 꼭 상의드리고 싶은 일이 있었는데 오늘 이 낭중께서 선생을 만날 약속이 있다기에 실례를 무릅쓰고 기다렸습니다."

"예, 무슨 일이라도?"

"집도 없이 얼마나 고생이 많으십니까? 전에 농지를 돌려받게 해달라고 형조 등 여러 관청에 글월을 올리셨다던데 무슨 좋은 소식이 있었습니까?"

"무신들의 천국인 요즈음 누가 병사들과 싸우려 하겠습니까?"

"아무 효과가 없다는 말씀이시군요?"

"예, 그래서 이미 포기했습니다."

"그렇다면 차라리 저와 이웃하여 집을 짓는 것이 어떨까요? 이 문제로 조역락 씨와 한번 상의해 보았는데, 혹시 그런 말씀을 들으셨나요?"

"아니, 처음 듣는 말씀인데요?"

"장단 부근이 경치가 좋아서 제가 집을 지을까 하고 사려던 땅이 있습니다. 그 땅은 군민의 전지였는데 관청의 조세와 개인계가 쌓이고 여러 번 재화를 당하여 그 화를 완화하려고 했으나 팔리지 않았습니다. 지금은 황무지와 비슷하고 혼자 살기에는 너무도 외로운 곳입니다. 그래서 그 땅을 제가 산 후 조금 떼어 드릴 테니 조그만 집을 지으시고 지내시는 것이 어떻겠습니까? 그러신다면 저도 이웃에 집을 지어 가까이서 뵙기도 쉽고 같이 시를 짓기도 할 수 있어 매우 좋을 듯합니다."

"참으로 고마우신 말씀입니다. 그러나 그것은 좀 생각해 봐야 하겠군요."

"어찌되었든 잘 생각하셔서 저의 뜻을 받아주시는 방향으로 결정해 주세요. 저는 마침 일이 있어서 먼저 일어서겠습니다."

최문윤이 돌아간 후에 이유의와 기지는 점심을 먹으면서 술 몇 잔을 더 기울였다. 이유의가 말했다.

"저 친구가 요즈음 돈을 많이 벌었고 시를 좀 배우고 싶어서 여기저기 다닌다던데, 정말 그런 모양입니다."

"좋은 제안이긴 한데……."

"무얼 그리 복잡하게 생각하세요? 저 친구는 마음 씀씀이와 처세도 괜찮은 좋은 친구입니다. 이웃으로 지내면 서로 좋을 것입니다."

"저도 그런 생각이 드는군요."

둘은 술잔을 여러 차례 돌리며 술을 마셨다. 기지는 최근 들어 몸이 많이 쇠약해진 탓인지 술을 이기지 못하고 자기도 모르게 잠에 떨어졌다. 이유의는 살짝 일어나 기지에게 이불을 덮어 주고는 다점 밖으로 나갔다. 기지가 한참을 자고 일어나니 시계가 오후 4시를 가리키고 있었다. 집주인에게 미안한 생각이 들어서 다음과 같은 시를 한 수 써서 책상 위에 놓고 슬그머니 집으로 돌아왔다.

힘없이 자리 누워 육신도 잊었는데
베개에 바람 스쳐 낮잠 절로 깨누나.
꿈속에도 이 몸 머물 곳이 없으니
여기가 곧 길손이 쉬어가는 역이런가.

빈 누각에서 잠을 깨니 곧 오후 네 시라
두 눈이 흐릿한 채 먼 산을 바라보네.
뉘가 알랴? 은자의 한가한 취미를,
한 자리 봄잠은 천종(많은 양) 록과 맞먹으리.

頹然臥榻便忘形　午枕風來睡自醒　夢裡此身無處着　乾坤都是一長亭
虛樓夢罷正高春　兩眼空濛看遠峯　誰識幽人閑氣味　一軒春睡敵千鍾

기지는 집으로 돌아온 후 최문윤의 제안에 대해 여러모로 생각해 보았다. 집은 꼭 한 칸 있어야 하겠는데 돈이 충분치 않으니 황무지일지라도 구해야 할 것 같았다. 또한 어찌 본다면 황무지가 자신에게 더욱 맞을 것 같다고도 생각되었다. 이리저리 생각해 봐도 손해될 일은 없는 제안이고 지금으로서는 고마운 그의 제의를 받아들이는 것이 최상책이라는 생각이 들었다. 그렇다고 덥석 받기도 어려운 제안이어서 며칠 후 자신의 심경을 산문성의 시에 담아 최문윤에게 보냈다.

> 나감과 기다림은 운수가 있는 것
> 크게는 앞서 정한 데 달렸거니
> 그 다음은 참으로 알 수 없으니
> 나갈 때와 기다릴 때를 잘 맞추기 어렵네.
>
> 우리는 오래도록 곤궁했어라.
> 그윽한 자취 또한 가리워졌다네.
> 지난번 단주 지났을 때 생각하니
> 찬 강은 고기 움직이는 거울이었지.
>
> 막상 자리 잡고 은거하려 했더니
> 한 뙈기 밭 정도는 사야 했었네.
> 홀로 떠나는 것 지금도 결정 못해
> 몇 번이나 머리 싸매 앞뒤 쟀을까?

비유하면 마판에 매어 있는 말이
평소에 즐겼던 연하의 경지였지!
최군은 귀공자라서
산 좋아함 우아한 천성이었지.

요즈음 그 즐거움을 영위하고파
끝내 그곳에 집을 지으려는가?
뒷날 내 뜻에 보답하려거든
부디 구루산의 영이나 시켜 주구려

그대 돌아가 나를 초대하려거든
고기잡이배 한 척 만들어 놓게나.

出處信有命	大上付前定	其次固己昧	鮮以時動靜
吾儕久己窮	幽迹亦可屛	念昨過湍州	寒江魚動鏡
因思卜小隱	將買田一頃	獨往今未決	幾度懷淸潁
譬如馬繫皁	素樂烟霞境	崔君貴公子	愛山亦雅性
近欲營此樂	構築行當竟	他年償吾志	要乞岣嶁令
君歸好待我	先理一漁艇		

이담지를 사신으로 보내면서

이담지가 과거 급제 후 3년이 되었는데 이른 봄날 북조에 사신으로 떠나게 되었다. 그 소식을 들은 미수가 기지와 담지를 초청했으므로 미수의 집으로 갔다. 날씨가 싸늘해서 셋은 화로를 옆에 놓고 주안상을 마주하여 술잔을 기울였다. 이때 미수가 말했다.

"아직도 날씨가 쌀쌀한데 단짝인 친구들이 이렇게 모이니 언제 다시 모일 수 있을지 모르겠네. 내가 시를 읊어 보겠네."(동문선)

　이웃 담 너머로 술 한 병 사다 놓고
　화로를 마주 대하여 수염 쬐며 앉았네.
　낙사의 새 소년들 쫓아다니기 싫어서
　고양의 옛 술친구 생각하네.

　밤중 닭의 울음에 일어나 춤도 추고
　가끔 이를 잡으며 좋은 제책도 말하지
　여보게, 내 가슴속에 용도가 꿈틀대니
　정남장군 군교 한 자리 제발 시켜 주게나.

　試問隣墻過一壺　擁爐相對暖髭鬚　厭追洛社新年少　閑憶高陽舊酒徒
　半夜聞鷄聊起舞　幾迴捫虱話良圖　胸中磊磊龍韜策　許補征南一校無

　기지는 추위 속에서 사신일행으로 멀리 북쪽으로 떠나는 담지를 위로 겸 축하하기 위해 시를 써서 읊었다.

　늠름한 이영공(감지의 선조)은
　묘한 묘략 스스로 쌓았다네.

규수 왕으로부터 일어난 후
군사로 국내를 제압했지.

조정에서 위명이 중하니
백만의 병사보다 더 위였다네.
자네도 그 분의 후예로서
일함에 근본을 잊지 않았지.

백면서생으로 유관을 높이 쓰고
분연히 변방을 편안케 할 대책 논했었지.
반드시 능연각에 그림이 그려질 것이며
조만간에 공을 이룰 줄을 알았다네.

장부가 장군이 되지 못하면
사신이 된 것 역시 바람직하리.
장하다! 승전(말 4마리가 끄는 수레)으로 떠나서
폐백을 가지고 모돈(흉노의 태자)과 사귀고

붓으로 외적을 막으니
어찌 세치 혀를 휘두르랴!
문장은 북조를 움직이니
집안의 명성은 떨어지지 않았네.

백대 조에 부끄러움이 없을 것이고
장성보다 훨씬 더 현명하도다.

凜凜李英公　妙略眞自蘊　起從虬髥王　軍事嘗制閫
在朝威名重　亦勝兵百萬　吾子乃其後　事業不忘本
白面峨儒冠　慷慨安邊論　會當畫凌烟　成功知早晚
丈夫不爲將　奉使易其願　壯哉乘傳去　持幣交冒頓
折衝以筆刀　何用悼三寸　文章動北朝　不使家聲隕
無壞百代祖　賢於長城遠

　기지가 시를 읊는 동안에 하인이 살짝 담지에게 무언가를 전하
고 돌아갔다. 기지가 시를 읊은 후 담지가 기지에게 말했다.

　"남경녹사 이유량은 나보다 어리지만 영특하고 담대한 젊은이로
서 장래가 촉망되었는데, 오늘 죽었다는 부고가 왔네. 내가 꼭 가
봐야겠지만 지금은 너무 늦어서 갈 수 없고 내일은 일찍 사신 일행
이 떠나니 조상하러 갈 시간이 없네. 미안하지만 자네가 내 대신 제
문을 지어 그의 집에 보내 줄 수 있겠는가?"

　"알았네, 내가 자네 대신 제문을 지은 후 내일 그 집을 찾아 조상
하겠네."

　기지는 그날 밤 집에 돌아와 제문을 작성하고 이튿날 이유량 상
가에 가서 그 제문을 전달하고 담지 대신 조상하였다.

　「이유량 제문」은 〈부록 11〉과 같다.

토지와 재목을 장만하고 집을 짓다

한 달 후(1183년 3월)에 최문윤이 다시 기지를 찾아와서 말했다.

"임춘 선생! 제가 선생의 시문을 흠모한 지가 여러 해가 되었습니다. 그래서 제가 황무지 같은 땅을 사서 저도 집을 지을 계획이고, 땅을 조금 나누어 드리려는 것이니 너무 사양하지 마시고 초당을 지으세요. 다만 그곳은 경치가 좋은 곳이니, 집을 하나 지으신 후 시를 배우러 제가 가끔 찾아가는 것을 막지는 마시란 뜻입니다."

"너무도 감격스러운 말씀이라 어찌 사양해야 할지 모르겠습니다."

"그러지 마세요. 저의 작은 성의를 꼭 받아주세요."

최문윤이 받아달라고 재삼 요청하였다. 이에 기지가 마지못해 응하자 기지를 이끌고 장단으로 가서 구입할 땅을 보여 주고 떼어 줄 범위를 설명한 후 자기는 그 땅을 즉시 구입하겠다면서 돌아갔다.

최문윤이 돌아간 후 그 땅에 대해 생각해 보았다.

이 땅은 전에 개경에서 양양으로 내려갈 때 지나간 장단천의 부근이다. 굽이쳐 흐르는 물의 앞부분으로 적성 서쪽 물가에 접해 있었다. 인근에는 푸른 봉우리가 잇달아 뻗쳐 있어서 책에서만 읽어 보았던 중국의 형산이나 숭산과 같은 장관이라 할 만하다. 강에는 푸른 물결이 아득하여 마치 상상만 하던 중국의 동정호나 팽려호와 같이 기이한 모습이다. 내게 이런 좋은 땅이 굴러 들어올 줄을 언제 상상이나 해보았는가? 지금은 오가는 사람도 없어서 거의 황무지 같은 곳이지만 그곳에 조그만 집을 지으면 숨은 선비가 사는 그윽한 곳으로 만들기에는 안성맞춤일 것이다.

붉은 벼랑이 길게 뻗쳐 있고 푸른 벽도 이어져서 흡사 진나라 때 돈황 사람이 숨었다는 곳과 같고 달이 밝게 비춘다면 옛 시인들이 고상하게 놀던 곳과 같을 것이다. 적막한 물가이기에 산수를 사랑하는 사람이라면 매우 즐거워할 것이니 복건단갈로 지내기에는 안성맞춤이라는 생각에 미소가 절로 나왔다.

이렇게 땅이 생기게 되었다는 말을 먼저 아내에게 말한 후 집을 어찌 지어야 할지 그날부터 고민하기 시작했다. 임씨의 조상 가운데 송나라 전당 사람 임포(호는 화정)는 박학하고 시에 능하였다. 그는 오나라 동쪽에 있는 서호의 외진 산에 초당을 지어 은거하면서 시중에 20년간 나오지 아니하고 매화와 학을 길렀는데, 그 초당이 너무도 아름다워 그림으로 그려져 전래되기까지 하였다. 기지는 그 초당 그림을 한번 보았으므로 그와 비슷하게 생긴 초당을 만들기로 마음먹었다.

며칠 후 최문윤이 와서 그 토지를 구입하였다면서 집을 지으라고 말하였으므로 친구들과 친한 사람들에게 말하니 도움을 주겠다는 사람도 있었다. 기지는 장단 인근에 산을 가지고 있는 정당문학 이지명에게 집 지을 계획을 말씀드리면서 도와달라는 요지의 편지를 썼다.

그 편지에서 "일개 서생의 계획은 삼간초당을 지을 재료가 부족하여 금년 4월 중순에 신암사(감악산에 있음) 산중에서 대들보와 서까래 감을 베고자 합니다. 각하께서는 어리석은 충정을 살피시고 특별히 생각하시어 조그마한 집하나 얽어 의탁할 수 있도록 도와주시고 숨은 몸을 편안하도록 도와주십시오." 하였다.

이지명으로부터 위 편지의 승낙을 받자 기지는 여러 사람에게 집 지을 계획을 호소하여 각종 지원을 받았고 밭도 조금 샀다. 이때 기지가 얼마나 기뻐했는지는 산인 오생에게 보낸 편지를 보면 이를 엿볼 수 있다.

"단주(장단)에서 놀면서 보니 산천이 아름다워 살 만하고, 또 강을 둘러싼 석벽이 기이하고 절묘합니다. 그 동쪽에는 한 유허가 있는데 찾아보니 군민의 전지였는데 관청의 조세와 개인계가 쌓이고 여러 번 재화를 당하여 그 화를 완화하려고 했으나 팔리지 않았던 땅입니다. 내가 듣고서 기뻐했으나 살 만한 재물이 없고 경영할 비용도 없었는데 지금 학사 이지명의 힘을 빌려 산곡에서 재목을 채취하고자 한다는 편지를 드려서 승낙을 얻었습니다. 첫여름이 되기 전에 초당을 지어서 가족을 데리고 가서 강가의 밭을 몇 이랑 사려는 것이 나의 계획입니다."

그해(1183) 봄과 여름에는 여러 사람들의 도움을 받으면서 초당을 짓느라 다른 일을 할 틈이 없었다.

담지에게 먹을 달라고 부탁하다

초당이 완성되자 기지는 집에서 가재도구를 옮겨 이사를 했다. 그런데 막상 문방사우가 너무 낡고 부족함을 느꼈다. 당시 먹은 소나무를 태운 그을음을 모아서 만들었는데 그것이 매우 귀했으므로 북방 사신 업무를 마치고 돌아온 이담지에게 먹을 좀 줄 것을 시로써 요청했다.

내가 궁색하나 곧게 앉아 시를 쓰나니
소매 속의 손 오그라든지 이미 오래네.
다만 두려운 것은 죽은 뒤에 내 이름
풀, 나무와 함께 썩는 것이라네.

늦게나마 양자운을 배우려 하니
초록한 태현경이 천록각에 있다네.
임금에게서 먹을 하사받은 일 없으니
삼천 장의 편지 올리지 못하였네.

옛날 우리 집 성할 때 생각해봐도
항상 먹 향기 보배로 생각했다네.
다만 먹을 가는 사람이 걱정되니
어찌 먹 부족을 탄식할 겨를 있겠나.

요즘에는 먹 상자가 온통 비었으니
남겨 둔 먹 없음이 불행하여라.
그대는 소동파의 필법을 배웠으니
윤기 있는 먹 몇 움큼 거뒀으리.

오랫동안 지탱할 수 있다면
내게 먹 한 자루 나눠 주지 않겠나?

吾窮正坐詩　袖手久己縮　但恐身後名　同腐草與木
晚學楊子雲　草玄在天祿　鄰靡不見賜　未秦三千牘
念昔家未破　嘗寶松烟馥　正患墨磨人　豈暇歎未足
如今篋笥貧　牢落無餘蓄　君得東坡法　油烟收幾掬
歲月儻可支　分我一寸玉

초당 완공을 자축하다

　초당이 완공된 후 기지는 추석날 저녁에 친구들을 초대하였다. 이날 최문윤이 각종 음식을 장만하여 찾아왔고 다른 친구들도 즐거워하면서 모였다. 물론 이에 앞서 이담지가 문방사우를 듬뿍 보내왔음은 설명하지 않아도 알 수 있다. 이날 밤은 기지의 초당 완공을 축하하기라도 하는 듯 보름의 둥근달이 밝게 비추어 주고 있었다. 기지가 초당 완성을 자축하는 의미로 지은 시를 친구들에게 한 장씩 나누어 준 후 읊었다.

우리 집안 화정(송나라 임포) 어른이
동오땅에 은거하면서
강가에 지었던 초당은
지금도 그 그림이 전해지네.

먼 산도 한가로운 모습이 있어
완연히 곱게 빗은 아가씨 머리 같다네.
내 어찌 선생을 따를 수 있겠는가만

본래 눈만은 썩지 않았네.

집 마련하고 끝내는 돌아가서
이곳에서 여생을 보내려네.
번거로이 칙서로 하사를 알더라도
의발이 서호(화정이 은거한 호수)에 전하리.

吾家老和靖　寄隱居東吳　江頭結草堂　至今傳其圖
雲山有餘態　宛轉烟鬟姝　我豈先生後　故亦眼不枯
卜宅終歸去　餘生寄一區　不煩來勅賜　衣鉢傳西湖

　이어서 죽림고회 회원들이 각자가 지은 시를 발표하고 다른 회원들이 의견을 말하는 시간을 가졌다. 기지는 이날도 각각의 시에 대해 잘잘못과 보완사항을 자세히 지적하기를 잊지 않았다. 기지는 그동안 회원들의 시짓기 실력이 일취월장하였음에 놀랐다.

　회원 중 마지막으로 나선 함자진이 '익령의 원으로 발령받아 수일 내로 출발하게 되었다'고 말하였다. 모두들 기뻐하면서 자진에게 지금의 느낌을 즉흥시로 읊어 달라고 청하였다. 이에 자진은 즉석에서 자신이 앞으로 희망찬 생활을 할 계획이라고 포부를 밝히는 시를 지었다.

　허리에 돈 두르고 학 타고 양주(州)에 부임하리니
　공명을 반드시 젊을 때 바라리오.

이제 공신각에 얼굴이 그려질 것이니
임금 모셔 이윤, 주(周)공에 부끄럽지 않으리.

腰錢駕鶴赴揚州　須要功名尙黑頭　從此圖形麟閣上　致君終不愧伊周

　한편 기지는 벼슬길은 잊어버리고 이제부터 이곳에 은거하여 글이나 쓰면서 살겠다는 포부를 밝혔고, 친구들은 많이 아쉬워하면서 위로 및 축하를 하였다. 술이 여러 차례 돌아가 거나해졌을 때 함자진이 기지에게 요청했다.

　"이제부터 기지 형이 이곳에서 좋은 글을 많이 쓰실 것으로 기대됩니다. 그러니 앞으로 크게 좋은 시와 글을 많이 쓸 것을 약속하는 의미에서 일어날 기(起)자를 운으로 하여 즉석에서 시를 한번 지어 보시면 좋겠습니다."

　기지는 잠시 생각한 후에 즉석에서 시를 읊었다.

　　조물주가 사람에게 줄 때 꺼린 게 많아
　　맑고 흐린 변화를 환희와 연상시키네.
　　중추에 구름 끼고 비 내릴까 늘 걱정이라
　　짐짓 시인의 마음 저버리지 않을까?

　　갑자기 오늘 밤 뜬 구름 걷히니
　　주렴 걷은 높은 루에 하늘이 물과 같네.
　　인간들 예부터 이 달을 중히 여겼고

일찍 풍류를 짝한 적선(귀양 온 신선)을 취하게 했네.

배회하다 그림자 마주해 세 사람 이루고
맑은 빛 여러 번 술병 속에 비추었네.
나는 큰 흥취 속에 그대 집을 찾다가
소나무 그림자 땅에 가득한 것 보았네.

외로운 둥근 달 밤중에 형형한 빛 스러지고
볼수록 흐려지는 달에 졸음이 스미네.
주인은 일도 좋아하고 손님도 좋아하여
아황주를 돌리면서 나를 두들겨 깨우네(起).

어깨 세워 꿇어앉아 한가로이 시 읊다가
까마귀처럼 엎어져 붓으로 글을 썼다네.

造物與人多所忌	晴陰變化聊幻戲	每恐中秋有陰雨	故將辜負詩人意
忽從今夜浮雲收	簾捲高樓天似水	人間自古重此月	曾伴風流謫仙醉
徘徊對影成三人	淸光幾照金樽裏	我乘狂興尋君家	試看松陰淸滿地
孤輪停午光矗矗	望欲更殘懶欲睡	主人好事亦好客	旋酌鵝黃蹴我起
聳肩危坐共閑吟	顚倒如鴉筆下字		

이날 비회원인 역낙근도 기지의 초당 완공을 축하하려고 왔는데,
그는 시를 사랑하면서도 잘 짓지 못하는 사람이었다. 시를 지을 때

다소 과장도 하고 거짓말을 섞는 것은 불가피한 일일 것이다. 역낙근은 과묵하고 도인 같은 성품이어서 과장할 줄 몰라 시를 짓지 못하는지도 모른다. 측은한 생각도 들어서 기지는 그를 위해 시를 지어 정성껏 써서 주었다.

> 시인들의 고운 말은 거짓이 많다네.
> 자네는 옛날부터 도인에 가까웠지
> 의사를 찾아 구업을 없애려 했으나
> 간폐엔 오히려 날로 번뇌만 생기네.

詩家綺語定非眞 子是從前近道人 欲學尋醫除口業 也應肝肺日生塵

시 짓기를 마친 후 여러 가지 주제로 논의도 하고 담소를 하였다. 그때 조역락이 고기를 먹지 않고 초식하고 있었으므로 그 장단점에 대해서도 토론하였다. 나이가 많아질수록 몸무게를 줄이고 혈당이 높지 않도록 조절해야 하는 것은 필요하겠지만 고기를 금해서 그런지 조역락이 몹시 수척해졌고, 힘이 없어 보였다. 그러나 이 문제는 쉽게 어떤 결론을 낼 수 없었고 각자의 판단에 맡겨야 했다.

초당에서 국순전을 쓰다

다음날 기지는 초당에 필요한 재목을 제공하고 집 짓는 데 여러 편의를 준 것에 대해 정당문학 이지명에게 감사 편지를 써서 보냈다.

그해(1183) 가을에는 너무 일찍 추위가 닥쳐왔다. 기지는 기침이 잦게 되고 고질병이 악화되어 병이 골수에 깊이 든 것 같았다. 아무래도 더 아프기 전에 무언가 작품을 써야겠다는 생각으로 초당에 틀어박혀 글을 쓰기 시작했다. 약 두 달에 걸쳐 국순, 즉 누룩으로 만든 술을 의인화한 가전체 소설인 「국순전」을 완성했다.

술을 먹으면 기분이 상쾌하게 되고 시흥이 일어나므로 기지는 술을 좋아하고 자주 마셨다. 그런데 우리가 술을 알맞은 정도만 마시거나 술을 멀리할 수 없는 것은 무슨 이유에선가? 왕후장상이 모두 술을 즐기지만 그 술로 인해 망하는 경우도 많다. 그래서 기지는 이 소설을 통하여 술과 인생의 관계를 고찰하여 보았다.

「국순전」은 누룩으로 만든 술을 의인화한 소설로 그 주요 내용은 다음과 같다.

술은 옛날 주나라 때 보리를 경작하면서 민간에게서 자연 발생적으로 생겨나, 사람들이 마셨으므로 국순의 선조는 보리라 할 수 있다. 보리는 시골에서 살았는데, 뒷날 임금이 소문을 듣고 안거를 보내 불렀다. 보리는 사람들의 귀천을 가리지 않고 친교를 맺었으며 자기의 뛰어난 능력을 감추고 진토에 뒤섞여 살았다.

술을 마시면 사람들이 너그러워지고 온전해지는 등 많은 장점이 나타났다. 그래서 임금은 술을 사랑했을 뿐만 아니라 연회는 물론이고 제사 지낼 때 반드시 사용하는 음식으로 삼았다. 그래서 임금이 그에게 봉작을 내리고 국씨 성을 하사했는데, 성왕 시절에는 사직을 도와 태평성세를 이루는 데 공이 있었다.

국순은 재주와 도량이 크고 넓어 자못 사람들에게 기운을 더해 주었다. 그래서 이름이 드날리게 되어 호를 국처사라 하였다. 누구든지 순의 향기와 이름을 마신 사람은 모두 순을 흠모하게 되었고 성대한 집회일수록 순을 사랑하고 즐거워했다. 죽림칠현인 산도가 순을 보고는 말했다.

'누가 이렇게 뛰어난 아이를 낳았는가? 이 아이는 천하 백성을 그르칠 것이다.'

순이 권력을 잡고는 어진 사람과 사귀고 손님을 접대하며 귀신과 종묘에 제사 지냈다. 임금이 밤에 잔치를 베풀 때도 오직 순과 궁인들만 모실 수 있게 하였다. 이로부터 임금이 취하여 주정을 부리면서 정치를 돌보지 않아도 순은 아무런 말을 하지 않았다.

이상과 같은 「국순전」의 전문은 〈부록 12〉와 같다.

소설 쓰기를 마치자 이를 이인로에게 보내 죽림고회 회원들이 회람하게 하였다. 「국순전」을 읽어 본 이미수는 이를 필사한 후에 친구들에게 돌렸다. 친구들이 읽어 보고는 한결같이 기지의 해박한 지식과 통찰력에 감탄하면서, 이렇게 술이 마치 사람인 것처럼 글을 쓴 재주에 대해 칭찬을 아끼지 않았다. 술의 장점을 말하면서도 간사하고 아부하는 정객들을 비꼬고 정사를 돌보지 않고 술에 취하여 방탕하게 된 군주를 풍자하는 등 술의 폐해를 지적한 것이 사람들에게 깊은 감동을 주었다.

여러 사람들에게 편지를 쓰다

초당에서 글을 쓰다 보니 그리운 얼굴들이 계속해서 떠올랐다. 왜 그런지 추운 겨울 날씨에 밖에 나가기도 어려운데 그 모든 사람들에게 새해 문안이라도 드리는 것이 도리인 것처럼 생각되어 시 또는 편지를 썼다. 아마도 몸이 쇠약해지고 병줄이 끊이지 않아서 마지막으로 주변을 정리할 필요를 느끼고는 문안을 드리려 했는지도 모른다.

정당문학 이지명에게는 전에 감사 편지를 썼으나 아무래도 그것만으로는 부족하다고 생각되었다. 이지명을 생각할수록 그는 매우 훌륭한 학자이고 높은 관리로서 어질기도 한 분이었다. 기지는 그런 분을 보다 가까이서 모실 수 있다면 얼마나 좋을까 하는 생각도 들어서 사모의 정이 솟아남을 느꼈다. 그래서 이지명을 예찬하는 장편시 2수(무려 1,651자에 달하는 산문시)를 지은 후 새해 인사를 드릴 겸 이를 보내 드렸다.

시를 쓰는 동안 담지가 준 붓과 먹이 어찌나 좋은지 글을 쓰는 것이 하나도 힘든 줄을 모르겠고, 즐겁게 느껴졌다. 담지에게 먹을 주어 감사하다는 말은 이미 하였지만 아무래도 부족한 듯 생각되어 그에게도 감사의 시를 지어 보냈다.

기지는 불교에 몸담아서 벼슬을 하지 않고 산에서 살고는 있으나 시를 잘 짓고 재덕을 겸비한 고승 익원 상인에게 문안을 드릴 겸 시를 전서체로 써서 부쳤다.

> 참을 찾는 함장이시어 흥이 얼마나 그윽하뇨?
> 푸른 눈에 고운 말씨 온종일 계속되네.
> 속세를 좇다가 계획 늦어진 것 슬퍼하고
> 공을 말하다가 인생이 부운 같음 알았네.

다만 거사 따라 전원을 즐겼을 뿐
선사와 함께 노닐지는 못했어라.
알맞은 성품 우곡자가 될 만하고
벼슬 없어라 취향후를 숭배하네.

성불할 때 영묘한 기운이 없는 것 부끄럽고
시에 능하여라 낭만 있는 것 사랑스럽다.
함께 삼매주 기울인 것 싫어하지 마오.
예부터 유와 석을 풍류라 칭했으니.

尋眞函丈興何幽　碧眼淸談盡日留　逐世自嗟歸計晚　談空轉覺此生浮
祗從居士田園樂　不與禪師杖錫遊　適性足爲愚谷子　無官合拜醉鄕侯
却慙成佛非靈運　解愛能詩有惠休　莫厭共傾三昧酒　古來儒釋稱風流

기지는 내시의 자제로서 문장을 잘 짓고 글씨를 잘 쓰는 패기 있
고 재주 많은 젊은이 김군수를 위하여 시를 초서로 써서 보냈다.

높은 재주 소년 무리에서 뛰어나서
문장은 거듭 해동을 주름잡고 있네.
당상의 묵주 참으로 오묘함 얻었고
휘두른 초서는 이미 정상에 올랐네.

일찍 백을이 집안 근본을 보존했다던데
오랜 가문에 부친의 풍도 지닌 것 기쁘다.
늙어 은혜 생각하니 어찌 죽을 수 있으랴?
하얀 머리로 다시 흑두공을 보겠네.

高才早出少年叢　重使文章盛海東　堂上墨君眞得妙　毫端草聖已偏工
曾聞伯蔚保家主　更喜黃門有父風　老去戀恩何敢死　白頭還見黑頭公

기지는 전에 아플 때 멀리 양양까지 찾아주었던 종형 정옥에게
감사 인사를 드렸는데, 그 답장이 왔던 것을 생각하고는 그에게도
편지를 보냈다.

(전략) 머리 숙여 맹동야에 절했던 한유를 좇아 놀 수 있는 길이 막혔
더니 문을 두들겨서 주공을 놀라게 하듯이 홀연히 맹간의가 보낸 편지
를 받았습니다.

엎드려 생각하니 모는 가문이 쇠하고 시들은 후손의 쇠퇴한 나그네 자
취로 10년간 어렵게 살았습니다. 우연히 풍파의 위치를 벗어나 한 구석
에 떨어져서 오랫동안 장라(산천의 나쁜 기운)의 고을에 머물면서 근심과
걱정이 쌓여 자못 혈기가 일그러졌습니다. 지난번에는 저의 병으로 자
리에 눕는 괴로움을 견딜 수 없었습니다. 오직 군자께서 어진 마음으로
곤궁한 사람을 기억하시고 호의를 베푸시어 돌보아 주시고 쇠퇴한 사람
을 가엾게 여기셨습니다.

하감(당나라 때 비서외감을 지낸 하지장을 뜻함)이 금거북(벼슬아치가 차는 것)을

풀어서 동정춘색(술 이름)과 교환하여 나의 쓰러져 가는 초막의 우울함을 위로하셨습니다. 조용히 조그만 잔치를 베풀어 술잔을 들고 돌리매 손님들은 맑은 술은 성인, 흐린 술은 현인이라 하였습니다. 종이 위에 붓을 휘두르니 형의 마음속은 모두 비단입니까? 무릎을 맞대고 이야기 나누고 턱을 고이고 웃으니 오래된 병이 갑자기 씻은 듯 나아지는 것 같았습니다.

아름답도다! 즐거운 일이 서로 어울려 백윤건과 궁금포(궁중의 옷)가 자리에 넘쳐흐르고 명월배(술잔 이름)와 풍월석(자리 이름)이 소나무 사이에서 교차되었습니다. 해는 황혼에 들어가고 구름은 초산(호북성 양양현에 있음)에서 나오니 연경과 저녁 빛이 온통 참담하고 근심스런 모습이요 술로 서로 만났다가 이미 헤어져야 하는 것이 여한이 되었습니다.

이에 글을 보내 감사를 올렸더니 곧이어 답장의 편지를 받았습니다. 글 뜻은 심원하고 말은 정성이 가득하여 즐거이 친척의 말씀을 듣다가 정신은 앉은 채 달음질치고 있음을 깨닫습니다. (후략)

기지는 또 겸사를 통하여 편지를 보내면서 기지가 명유라고 칭찬을 많이 해준 영사에게 답장을 드렸다. 『고려사』 열전 15. 이인로 편에 보면 임춘을 "당세의 명유"라고 기술하고 있는 데 이 편지에서 기지는 자기를 "명유"라고 칭하지 말아 달라고 말하였다.

승려로서 시를 매우 잘하는 영사가 기지를 명유라 칭한 것에 대해 기지는 많은 생각을 했음을 알 수 있다. 명유가 되려면 학문적으로나 도덕적으로 만인의 스승이 될 수 있고 고금의 지적 성과를 온전히 이해하고 이를 창조적으로 발전시킬 수 있어야 한다는 것이다. 고려 당대의 문인 지식층에 이와 같은 명유가 존재하지 않아서 문풍이 올바로 형성되지 못한 원인이 된다고 생각한 듯하다.

기지는 중국 한나라의 가의와 사마천, 당나라의 한유와 유종원, 송나라의 구양수, 왕안석 및 소식 등을 추앙할 만한 명유로 지적하고 있는데, 이들은 모두 고문에 바탕을 둔 문인들임을 또한 강조하고 있다.

영사에게 보낸 그 답장의 구체적인 내용은 〈부록 13〉과 같다.

이 편지에서 기지는 영사가 자기를 명유로 부르는 사실에 대해 겸양의 태도를 취하였다. 그러나 조역락에게 보낸 편지에서 "나는 성품이 광달하여 큰 도를 묻기를 좋아하고 세속의 응용하여 이루어진 글을 좋아하지 않았다"면서 고문의 근원적 의미를 "인간 삶의 바탕으로 삼는 도"라 주장하였고 한편 미수에게 소식의 글을 주면서 "구법이 서로 비슷하니 그 심중에서 얻은 것이 어찌 합치된 것이 아니겠는가?" 하면서 그 글을 읽기 전에도 이미 그 소식의 수준에 도달하였다고 말한 것 등을 볼 때 기지는 자신이 말하는 명유의 수준에 이미 올라 있었다고 자부한 것 같다.

또한 기지가 황보약수에게 보낸 시에서 "한유와 유종원의 학문을 마음껏 배워 만족하게 여기니 나의 작은 그릇이 이미 항아리에 차듯 가득 찼네."라고 말한 대목을 보면 한유 등의 수준에도 이미 도달하였다고도 말하였다.

이렇게 기지가 명유의 대열에 올랐음을 스스로 인정했듯이 당시 선비와 승려들은 이미 임춘을 명유로 치부하였고, 그래서 『고려사』 열전 15. 이인로 편에서 임춘을 "당세의 명유"라고, 『고려사절요』

에서는 임춘을 "당시의 명유"라고 각각 기술한 것이다.

기지는 당시 문학이 단순히 벼슬길에 들어가기 위한 것으로 몰가치화하였고, 문장의 말폐가 극성했던 현실을 극복하고 건전한 내용의 문학을 일으키는 데는 고문가적 역량을 갖춘 자신과 같은 사람, 즉 명유의 역할이 필요함을 역설한 것이다.

기지는 그 밖의 다른 여러 사람에게도 시나 편지를 보냈다. 박동준이 고문을 좀 알고 있어 그리워지는 한편 기교나 명리만 쫓지 말라고 당부하고 싶어서 그에게 시를 써서 부치고, 재주 많은 사랑스러운 젊은이 김수재, 너무 많은 신세를 진 상주 정 서기, 북원의 계림 선생과 계림의 박인석 선생에게도 각각 시를 한 수씩 써서 부쳤다. 아마도 붓과 먹이 좋아서 계속 쓰고 싶었던 듯하다.

10. 기지의 사망 및 시문집의 편찬

기지가 요절하다

기지는 초당에서 시와 글을 짓고 편지를 많이 쓴 관계로 무리한 때문인지 건강이 다시 나빠졌다. 여름이 되어 지루한 장마가 계속되자 자주 앓던 고질병이 도졌다. 갑자기 열이 오르고 헛소리도 하고 배가 아프다 못해 나중에는 새까만 똥이 나오기도 했다. 그렇다고 글을 쓰는 것을 중단할 수는 없는 일이었다. 그는 동그란 동전을 의인화한 소설 「공방전」을 집필하는 데 주력하였다.

몸이 많이 아팠지만 장단 인근의 초당에서 의원 집까지 너무 멀어서 자주 진찰을 받거나 약을 제때에 받기 어려운 것도 문제였다. 가을이 되어 선선한 바람이 불어오자 몸이 좀 나아지는 듯해서 가족들이 마음을 놓았는데, 병이 다시 악화되었다. 10월에 접어들어 가을비가 하염없이 추적추적 내리던 날 기지의 몸에서 열이 몹시 나고 너무도 괴로워하므로 부인이 돌쇠로 하여금 의원을 모셔 오도록 보냈다. 돌쇠가 정신없이 달려가서 빗속을 뚫고 의원을 모셔왔지만 의원이 도착했을 때 그는 이미 숨을 거둔 뒤였다.

그날 하늘도 이 천재문인의 죽음을 슬퍼하는 때문인지 가을비가 하루 종일 내리더니 밤에는 기온이 갑자기 떨어져서 빙판을 이루었다. 기지의 갑작스런 죽음에 놀란 아내와 아이들이 슬피 우는 가운데 이미수를 비롯한 죽림고회 회원들과 시문을 사랑하는 많은 문인들이 모여서 장례 준비를 했다. 기지가 나이 30의 젊은 나이에 요절하자 여러 사람들이 이 문인의 죽음을 애통해하며 조문을 했는데, 이미수(이인로)의 조문 글은 다음과 같은 문구로 시작되었다.

"생각하니, 영은 처사로서 고결하고 뛰어난 참군이십니다. 문장은 달이 솟는 것처럼 아름답고 시는 산봉우리처럼 우뚝 솟았으니 팔음(8종의 악기 소리)이 넘쳐흐르고 맑은 빛이 그 사이에서 발하였습니다. 상서로운 기린의 뿔과 상서로운 봉황의 오색은 때가 된 후에 나오는 법이니 많이 얻을 수는 없습니다. 바야흐로 주벌의 가문에서 태어나시니 부가 금혈을 오로지하였습니다. 진(秦)과 진(晉)이 짝을 이루고 정(鄭)과 설(薛)이 공렬을 다투는 것 같았습니다. 앞길이 멀어도 반걸음으로 도달할 수 있으나 번잡하게 하는 것은 즐거워하지 않았습니다. 샘이 먼저 마르고 결이 고운 나무가 먼저 제거되고 만사가 와열되었으나, 일신은 화를 면하였습니다. 살아감에 검은 굴뚝이 없었고 행함에 수레가 없음을 곡하면서, 그런 곤궁 속에서도 절개를 바꾸지 않았습니다. (후략)"

장례가 끝난 후 기지의 아들이 흐트러진 책상을 정리하던 중 상자에서 지어 놓은 시와 부치지 않은 편지 등을 여럿 발견하였다. 그

속에는 아직 발표하지 않은 「공방전」의 원고도 포함되어 있었다.

「공방전」은 밖은 둥글고 안은 네모난 구멍이 있는 엽전을 의미한다. 기지는 생전에 '사람도 밖으로는 둥글둥글하게 처신하되 자기 스스로에게는 모가 난 듯 엄격해야 한다.'고 입버릇처럼 말하곤 했었다. 그렇게 사람들에게 처신의 방향을 제시하고 있는 엽전은 인간 생활에 꼭 필요한 수단이다. 그러나 돈 때문에 인류가 매우 간사해지고 말썽도 많이 생긴 것도 사실이다. 「공방전」은 돈을 의인화하여 돈의 필요성과 폐해를 역사적으로 고찰한 것이다.

돈은 중국에서 처음 주조되어 오랫동안 사용되었으므로 공방의 삶도 중국에서 태어나 자라고 죽은 것으로 기술되어 있다. 기지가 죽기 전 마지막으로 이 글을 완성한 것을 보고는 이미수 등은 후세 사람들에게 큰 교훈을 주기 위한 것이었음이 분명하다고 말하였다.

가전체 소설인 「공방전」의 전문은 〈부록 14〉와 같다.

인천 검단에 있는 서하 임춘의 묘.

기지의 시문을 모아 「서하선생집」을 엮다

이미수(이인로)는 기지(임춘)가 생전에 지은 시 199수와 서간, 기, 전 등 53편의 유고를 모아 6권을 만들고 이에 「서하선생집」이라 제목을 부쳤다. 기지는 생전에 말하기를 자기가 지은 시가 천 수가 되었고, 백부와 선친의 시를 합치면 3천 수가 된다고 하였는데, 이인로가 이를 모두 모을 수는 없었던 것이다. 그러나 시 199수(제목으로는 144편)를 모은 것도 대단한 일이며, 그 정도의 저술은 당시로서 따라갈 사람이 없을 정도로 많은 저술이었다.

기지의 문장에 대하여 미수는 "선생의 문장은 고문을 배웠고 시는 소아의 풍골이 있어서 해동에서 벼슬하지 않은 사람으로 뛰어난 사람은 이분 한 사람뿐이다. 그가 죽은 지 20년, 배우는 사람들이 입으로 시를 읊으면서 마음으로 흠모하지 않는 사람이 없다. 장차 굴송(초나라 굴원과 송옥)의 반열에 두려 한다."고 극찬하였다.

이 글을 볼 때 임춘의 시문은 「서하선생집」으로 엮어 서문을 쓸 때까지 20년간 죽림고회 등을 통하여 많은 사람들이 읽고 읊었다는 것이며, 특히 이 글을 통하여 시를 배운 사람들이 많았다는 것을 알 수 있다. 이미수는 이 작품들을 보고 배운 사람 대부분이 임춘을 마음으로 흠모하였다고 평가하였다.

과거는 시와 부로 치렀으므로 시와 문이 과거 급제자와 벼슬하는 사람들의 전유물처럼 되었던 시기였다. 따라서 과거에 급제하지 못한 문인에 대한 평가는 각박할 수밖에 없었으리라. 그러나 이미수는 '해동에 벼슬하지 않은 사람으로 문장과 시에서 뛰어난 사람은 이 사람뿐이다'라고 평가하였고, 벼슬에 오른 많은 시인과 문인들도 임춘의 시문에 대해 높이 평가한 것에 우리는 관심을 둘 필요가 있다.

한편 임춘의 가계와 부모의 죽음 및 무신정권 아래에서 도망 다녀야 했던 상황 등을 잘 아는 이미수로서는 「서하선생집」을 엮고 서문을 쓴 후에도 이를 편찬하였다간 무신들이 어떤 일을 벌일지 모른다고 생각하여 그 편찬을 주저할 수밖에 없었다. 그렇게 머뭇거리다가 십여 년이 지난 1219년에 미수가 죽었다.

그후 무신정권의 집정자인 최우가 임춘의 시문에 대한 소식을 들었다. 최우는 미수의 아들 비에게 「서하선생집」의 원고를 가져오게 하여 읽고는 감탄하였다. 그래서 이를 1222년에 『서하집』이라는 제목으로 간행하였다. 최우는 그 임춘의 문집에 특별한 관심을 가지고 있었으므로 『서하집』을 서적점에 보내 널리 배포하도록 하는 외에 서경의 여러 학원에도 보내 목판으로 간행토록 하였다. 그 결과 기지(임춘)의 시와 문장 등이 세상 사람들에게 두루 읽힐 수 있

『서하집』 표지와
본문.

게 되었다.

『서하집』은 많은 시인과 학생들이 소지하고 읽었다. 그러나 몽고난, 임진왜란 등 수많은 병난이 발생함에 따라 『서하집』은 분실되고 세월이 흘러감에 따라 잊혀져 갔다. 다만, 고려 때의 승려 담인이 『서하집』을 구리항아리에 담아서 약야계 옆에 보관했는데, 그로부터 4백여 년이 지난 조선조 숙종 시절에 청도에 있는 운문사의 승려 인담(고려 때 승려 담인과 이름이 비슷함)이 이상한 꿈을 꾸고는 사찰 가까운 산록을 파 본 결과 그 책이 발견되었다. 참으로 이상한 일이 아닐 수 없다.

그래서 1714년 임재무가 사재를 희사하여 『서하집』을 간행하였고 1865년, 1957년에도 다시 간행되었는데, 이상의 간행은 모두 한문으로 된 것이다. 그후 임춘의 25대 손인 임영인이 진성규에게 의뢰하여 한글로 번역하여 『서하집』을 1984년에 한글판으로 발행하였으며, 그 결과 많은 사람들이 읽기 쉽게 되었다.

기지에 대한 평가

『고려사』 열전에는 '임춘은 서하인이다'라고 기재되어 있는 반면 『동문선』에는 '임춘이 서하 사람이라고 한 근거가 무엇인지 알 수 없다'고 기재되어 있다. 임춘은 보주(지금의 예천) 사람이었으나, 무신정권하에서 친척들에게 누를 미칠 것을 염려하여 그 사실을 숨기고 자기 조상이 중국에서 살던 지명을 마치 관향인 것처럼 사용하였다. 즉, 임춘의 조상인 임방이 기원전 5세기에 태어난 곳이 중국의 서하(기하의 서쪽지방)였고, 임씨의 당호가 '서하당'이었는데 임

258

춘은 서하를 자기의 관향과 같이 사용하여 '서하 임춘'이라고 자칭
했던 것이다.

임춘은 또한 변성명을 하는 등 철저히 자기를 숨기면서 수많은
시문을 지어 남겼다. 그가 죽은 후 『서하집』을 읽은 많은 사람들이
임춘의 천재성에 놀라고 그의 보석 같이 빛나는 시를 찬탄하여 마
지않았다. 그중 김극기는 젊은 날에 요절한 임춘의 재주를 아까워
하며 그가 초서를 잘 쓰고 많은 시를 남긴 사실 등을 기리면서 다
음과 같은 시로 조상하였다. (동문선)

남다른 뛰어난 기운이 우주를 좁다 했나니
그 높은 재주가 세상에 쓰여질 만했던 것을
미인의 눈썹을 조금 찡그렸다고 손상될쏘냐.
준마의 발은 끝내 한 번 헛디뎌 방해됐네.

유랑(유우석)의 배 옆을 한 번도 지나 보진 못하고
예씨의 당긴 활줄 복판에만 공연히 놓았지.
하늘이 어찌 끝내 내버려 두리
천국의 벼슬이야 정녕 시랑이렷다.

세속이 허랑하여 반은 권세에 죽거늘
그대는 홀로 가 운연 속에 누웠구나.
묘한 그 초서를 사람들이 초성이라 전하데마는
가난한 표주박 마심을 나는 어질다 탄복하네.

달을 건지려다 강에 빠짐은 애오라지 장난이요
바람 타고 구멍(신선이 산다는 곳)에 놀러 문득 가고 말았네.
비단 주머니에 요행시 천수가 있으니
사람에 북인 양 피리인 양 간 곳마다 전하리.

옥인 양 얼음인 양 껌정물 아니 들었으니
꽃다운 그 이름이 서울에 자자했네.
솔개처럼 우뚝 선 예형을 사람들은 미워했고
용처럼 날뛰는 한유를 세상이 의아해 했네.

비단 조개무늬 같은 참언이 무성했으나
무지개·별 같은 호기는 끝내 쇠하지 않았네.
서럽다 그릇이 크면 당시에 못 써지느니
남겨 둔 자취만이 후인을 섧게 하는구나.

逸氣軒昂隘八區　才高正與世相當　蛾眉肯爲微釁損　駿足終因蹇躄妨
未過劉郎舟側畔　空遊羿氏彀中央　天翁豈忍終遐棄　碧落官曹借侍郎
世俗浮夸半死權　憐君獨往臥雲煙　草書八妙人傳聖　瓢飮安貧我歎賢
攬月倒江聊戲耳　乘風遊穴便翛然　錦囊幸有詩千首　賈鼓詞林觸處傳
玉潔水淸不受緇　芳名藉藉動京師　禰衡頫立人皆嫉　韓愈龍驤世盡疑
錦貝巧言雖大盛　虹星豪氣未全衰　可嗟器大無時用　陳跡空敎後世悲

한편 이규보도 벼슬하지 못한 임춘의 시문을 읽고 탄복하였으며, 생전에 맑은 시를 많이 남긴 것을 가리키면서 어른은 물론이고 아이들까지 임춘의 이름을 기억하고 있다고 평하였다(동국이상국집).

높은 벼슬과는 인연이 없었지만
청아한 시 백수 명성 얻기 합당하다.
꽃다운 넋 이제 어디에 있는가?
아이들도 아직 그대 이름 말한다네.

一枝丹桂雖無分　百首淸詩合有聲　英魄如今何處在　兒童猶解說君名

『서하집』에는 시 199수 외에 우리나라 최초의 가전체 소설인 「국순전」과 「공방전」을 비롯하여 서간 18, 서 6, 기 6, 계 15, 제문 6 등 문 53편이 실려 있다. 서하임공행장에는 춘이 『성리종회』와 『삼재상수』 등의 책을 저술했다고 기재되었고, 춘의 편지 속에 『고승전』을 집필중이라는 글이 있는데, 이 모두가 실전되어 볼 수 없다. 다만 그중 『성리종회』는 성리학의 핵심 사상인 '성즉리'의 으뜸을 모아 놓았다는 뜻으로 조선조 고종 때 정해상이 읽고 연구했다고 말한 것을 미루어 볼 때 그때(1865년)까지는 전래된 것으로 보인다. 춘은 불우하게 살다가 30세의 젊은 나이에 요절하기까지 이렇게 주옥 같은 많은 시문을 남긴 것을 볼 때 "천재문인"이라고 부름이 마땅하다.

또한 춘은 서예에도 일가를 이루어 기자체, 전서체 등 각종 서체를 자유롭게 구사하여 많은 사람들이 고급 만지나 비단을 가져와 글씨 써 주기를 요청하였다. 특히 장초를 비롯한 초서를 매우 잘 써서 춘은 초성(草聖)이라 불렸는데, 실전되어 오늘날에는 그 글씨를 볼 수 없음이 안타깝다.

부록 一 임춘의 주요 글모음

1. 일제기

도교와 관련된 글

진실로 은둔할 수 있는 사람은 능히 출세할 수 있는 사람이며, 진실로 출세할 수 있는 사람은 능히 은둔할 수도 있는 사람이다. 벼슬을 더럽게 여기고 부귀를 빈 쭉정이나 술지게미처럼 여기며 흰 돌을 베개 삼고 맑은 물에 양치질하는 사람은 대부분 은벽하고 괴이한 것만 찾고 행할 뿐이니 출세할 능력이 있겠는가? 반면 공명에 얽매이고 벼슬길에 골몰하며 머리에 익선관을 쓰고, 허리에 관인을 차고 권세를 좇고 이익을 추구하기에 분주한 사람은 과연 은둔이 가능하겠는가?

구차스럽게 남에게 영합하지 않고 구차히 남과 뜻을 달리하지도 않으면서 때에 따라 알맞게 물러나오면 백이나 숙제가 되고, 때에 맞게 나가면 고도(순의 법관 고요)나 기(순임금의 신하)가 될 수 있으니, 나아가고 들어오는 데 있어 스스로 만족스럽지 않음이 없어야 비로소 참되게 출세하거나 숨을 수도 있을 것이다. 그래야 은둔할 때 도(道)

와 함께 존재하며 출세할 때도 도와 함께 행할 수 있는 것이다. 이런 도리를 체득한 사람은 해동에서 오직 이 좌사 한 사람뿐인 것 같다.

선생(이 좌사)의 이름은 중약이요, 선생의 자는 자진이다. 내면에는 천도를 갖고 외면으로 인도를 갖고 있으며, 선생의 집은 금당과 옥실이오, 선생의 벼슬은 자부와 단대(신선이 사는 궁궐)였다.

선생의 계보는 경주의 종실인데 선생까지 7대가 문장가였다. 작고한 어머니 이씨가 누런 갓을 꿈꾸고 잉태했다 하여 선생은 어려서부터 즐겨 도가 서적을 읽고 도가의 가르침을 따랐다. 이는 유가나 도가의 업을 전생부터 익힌 것이 있었기에 그렇게 된 것이다. 항상 마음은 사물의 밖에 두었고 얽매이는 것에서 벗어나서 집을 버리고 가야산에 숨고는 스스로 호를 청하자라 하였다.

선생의 아버지 모씨는 종실로서 집의 제사를 이어가고자 했으므로 아들의 뜻을 빼앗지 못할까 걱정하였다. 그는 처사 은원충과 선사 익종이 비술을 알고 있다는 말을 듣고 편지를 써서 자세히 알렸다. 그들 두 사람은 상의한 후 말하였다.

"강남의 모든 산은 형세가 달리는 용과 엎드린 호랑이 같으며 부소산(부여에 있음)을 끌어당기고 궁궐에 조회하는 모양이 된 것은 도강군(지금의 강진)의 월생산(지금의 월출산)보다 더 기이한 곳이 없으니 이곳에 살면 열흘 안에 부름을 받게 될 것이다."

드디어 풀을 자르고 집을 지어 선생(중약)을 불러서는 말했다.

"이 산은 도가의 기운이 있으니 반드시 이인이어야만 합당할 것이다. 그러니 그대가 참된 도를 닦을 곳으로 할 만하다."

선생(중약)은 그 계략을 알지 못하고 기쁘게 따랐다. 그래 와서는 거처하는 곳을 "일제"라 하였고, 일제의 북쪽에 조그만 고개가 있는데 울연히 빼어나 솟아 있는 그것을 옥소봉이라 하였다. 선생은 항상 폭건(은사가 많이 씀)을 쓰고 학창의(학의 털로 만듦)를 입고 산꼭대기에 올라가 하루 종일 앉아 있었는데, 마치 나뭇잎을 안고 있는 매미나 눈을 감고 있는 거북과 같았다.

담담하게 홀로 거처하는 곳에는 좌측에 황정경(도교의 경서)이 있고, 우측에 거문고가 있어서 간혹 어루만지며 그것을 튕기면 소리가 수풀을 진동했고 만나는 나무꾼들은 그를 신선이라고 생각했다. 오늘날까지 그 자취가 옛날 같이 남아 있어서 매양 안개가 걷히고 비가 개여서 사방이 조용할 때에는 냉랭한 맑은 음향이 귓가에 울리는 듯하다.

선생은 이제 세상 밖으로 벗어났으니 요순이 불러서 임금의 지위를 주더라도 사양할 것이며 도가사상에 심취하였던 부상공(한나라 사람), 도은거(원나라 도홍경), 장천사(원나라 장도릉)와 함께 노닐면서 스승과 벗이 되어 조화를 부리며 천지운행에 가담하고 한낮의 원기로 씻으며 푸른 하늘 위로 가볍게 올라갈 것을 생각하였다. 그의 공부가 원숙하고 행동이 원만해져서 용으로 수레하고 난새로 고삐하여 하늘로 올라가 옥황상제께 조회한다면 나는 선생이 도를 구유하게 되고 이른바 참된 은둔을 얻었다고 할 것이다.

선생은 일찍이 "의술이란 많은 사람에게 은혜를 베풀 수 있는 것이다" 생각하여 의술을 연구하여 묘하기는 전문가와 같았으니 사람을 살린 일이 많았다. 당시 고을의 군수가 손발이 마비되어 걷지 못하는 병에 걸렸는데, 선생이 가서 침을 놓았더니 곧 병이 나았다.

그후 숙종이 병에 걸려 방을 붙여 의술이 있는 사람을 구하였으므로 군수는 선생을 추천하였다. 임금이 듣고 기뻐하여 대궐로 오도록 불렀다. 선생이 곧 길에 오르려 했는데 임금께서 돌아가셨으므로 가지 않았다.

예종은 태자로 계실 때 그의 이름을 평소 듣고 궁중에 있게 하고 장차 녹봉과 벼슬로 붙들어 두려고 하였다. 선생은 이에 발자취는 나와 있게 되었으나 마음은 은둔자가 되어 궁중을 돌아다녔다. 그러나 번창한 시기에 나와서 현대의 광성자(고대 선인)처럼 지극한 도의 정수로 이술을 전파하여 모든 백성의 눈과 귀를 밝혀 주려고 하였다.

그후 바다 건너 송나라에 들어가 법사 황대충·주여령을 좇았는데, 친히 도의 중요하고 현묘한 관문과 비밀스런 요점을 환하게 풀곤 하였다. 본국으로 돌아오자 상소하여 도교의 사찰을 세워서 국가를 위해 제를 올리는 복된 터전을 마련하였으니, 지금의 복원궁(태일에 제사 지내던 곳: 예종, 의종, 고종이 직접 제를 지냈음)이 이것이다. 강연좌석을 마련하고 큰 종을 울리면서 널리 대중을 위한 현묘한 도의 문을 열어 놓으니 도를 묻는 사람이 문전성시를 이루었다. 이것은 뭇 별들이 은하로 모여드는 것과 같았다.

나는 선생이 도와 함께 행하여 이른바 진정으로 출세할 수 있는 능력이 있음을 보았다. 선생은 치세와 난세를 보아 가면서 나오고 들어가며 평평하고 넓은 경지에서 소멸하고 성장하였으니, 마치 구름이 산에서 나와 허공에 노닐 때 무심히 모였다가 흩어져서 붙잡아 둘 수 없는 것 같았다.

달인의 행동거지는 모두 시대의 성쇠에 달려 있는 것이니 어찌

음양 술수로서 제어하겠는가? 저 은원충 등이 기이한 술수를 써서 선생을 낚았다는 말이 있지만 이는 믿을 만한 것이 못된다. 무릇 경치가 특별히 뛰어난 곳은 반드시 사람을 기다려서야 그 기이함이 빛나는 것이다. 따라서 이 사람이 아니면 이 경치를 아름답게 할 수 없는 것이다.

설령 선생같이 세속보다 월등히 뛰어난 자태가 없다면, 사람과 경치 양쪽이 그들의 마땅함을 잃었을 것이며, 다만 깊은 골짜기의 무성한 숲 속에 범이나 여우가 서식하는 곳이 될 뿐이다. 나는 선생이 경치를 기다렸는지, 경치가 선생을 기다렸는지는 알지 못한다. 다만 선생이 현훈(조정의 부름을 받음)의 예에 응하여 떠난 후에는 이곳에 머물 사람이 없었다. 적적하게 여러 해를 지나며 점점 황폐하게 되어 구름 낀 산과 연기 낀 물은 한을 품은 지 오래되었다.

의종 12년, 선생의 아들인 오늘날의 상서 윤수가 마침 외직으로 나와 금성에 머물게 되자 이곳을 찾아가 보았다. 옛날에 쌓았던 단과 못 쓰게 된 우물터는 그대로 남아 있었다. 소나무와 가래나무의 소리, 개울과 골짜기의 모습은 매몰된 것을 원망하는 듯, 그리워하는 듯, 하소연하는 듯하였다.

공(윤수)이 이에 감동하여 건물을 세울 뜻을 세우고 드디어 봉급을 내어 인부의 삯을 마련하고 농한기를 이용해 산림에서 재목을 채취하였다. 우거진 수풀을 잘라내어 사찰을 세우고 종·경·책상 등 장엄한 도구에 이르기까지 모두 갖추었다. 일을 마치고는 임금에게 아뢰니 이를 허락하시고, 내전의 관음보살 화상과 양전 15경을 하사하셨다. 또 (공이) 개인적으로 곡식 1백 석을 저축하여 자모범에 따라 해마다 그 이자를 받아 영구히 공양에 충당케 하고 고결한 승려를 뽑아 그 일을 맡게 했다.

이런 경치가 대대로 숨겨 오다가 선생을 만나서 하루아침에 빛을 발산하니, 궁벽한 언덕에 윤기가 나고 그윽한 개울에 빛이 발산하여 이름이 1천 년에 나타나게 되었는데, 이는 그 사람을 기다려서 그 기이함이 빛난 것이 아닐까? 나는 비록 선생의 문하로서 빗자루 들고 일에 종사하지는 못했으나 상서의 집에서 유상을 뵈온 적이 있다. 관을 똑바로 쓰고 눈을 닦고 보니 맑은 자태와 뛰어난 품격은 온화한 봄 이슬이 새벽에 금경화(선가의 꽃)를 씻는 것과 같았다.

그의 평생을 음미해 보면 사람으로 하여금 비루하고 인색한 마음을 잊게 하기에 충분하다. 어찌 원자지(당나라 하남 사람)의 용모를 친히 보아야만 하겠는가? 다만 신선의 고장이나 도교의 경전과 인연이 얕아서 쑥을 잡고 구름을 헤쳐서 선가의 창문을 한 번 두드려 도사가 약을 끓이는 부엌의 연기를 엿보거나 신선의 단에 남은 대나무 그늘을 접하지 못한 것이 한스러울 뿐이다.

한탄하고 사모하여 발꿈치를 들어 우러러도 부족하여 노래하였다.
"선생이 떠나심이여! 푸른 용을 당기셨도다.

적송자(고대의 선인)와 왕교(후한 사람)의 어깨와 나란히 해 높은 산중에 숨었구나.

선생이 나오심이여! 옥 같은 기린을 타셨도다.

하늘의 별을 움직여 임금을 뵙도다.

팔방을 바깥으로 하여 아득히 달아나서

동해로 들어가더니(이중약이 수장당한 사실을 말함) 돌아오지 않는구나!

옛날 살던 고을은 적막하고 할 일이 없고 낮은 길고 긴데 봉황은 졸고 있구나."

나는 일찍이 공(상서)을 뵙고 여러 문인들 틈에 끼어서 측근에서 모시고 앉아 있었다. 공이 나에게 부탁하며 말하였다.

"우리 아버지의 기이한 자취가 오래되어 기술하지 못했는데, 이는 그대를 기다린 것과 같다. 그대가 그것을 써 주는 것이 좋겠다."

나는 사실을 기록하는 데 있어 글이 뛰어나지 못하였기 때문에 사양하였으나 두세 번 간곡히 요구하므로 드디어 명을 받들어 처음 창건한 연월을 적고 벼슬하고 물러간 대략을 적었다. 관리와 민간인으로서의 경력 같은 내력은 역사에 잘 기록되어 있으므로 기록하지 않는다. 임춘이 기록하였다.

西河集 卷之五

逸齋記

真隱者能顯也眞顯者能隱也凡沸爛醞位粃糠

2. 이학사 상서

감지의 아버지에게 드린 글

문장이 어렵다는 것은 당연합니다. 또한 배워서 잘하기도 어렵습니다. 대개 지극히 강한 기운이 가슴속에 충만하면 얼굴에 넘쳐흐르고 말에 나타나지만 이를 스스로 잘 알지는 못합니다. 그러므로 만약 자신의 기를 기를 수 있다면 비록 붓을 잡고 배우지 않더라도 문장은 저절로 기이하게 될 것입니다.

그 기운을 기르려는 사람이 명산과 대천을 두루 돌아보고 천하의 기문과 장관을 구경하지 않으면 흉중의 뜻이 넓혀질 수 없을 것입니다. 그러므로 소자유는 말했습니다.

"산으로는 종남산과 숭화산의 높이를 보아야 하고 물에 있어서는 황하와 같이 큰 것을 보아야 하며 사람에 있어서는 구양수와 한유를 보아야 하니 그런 다음에야 천하를 모두 본 것이다."

엎드려 생각하건대 각하께서는 기개가 뛰어난 글을 곧게 펼치면서 두 조정에서 문장의 사명을 맡는 사람이셨습니다. 그러므로 한

시대의 많은 선비들이 종사로 우러러 받들었습니다. 저는 항상 옷을 걷어붙이고 스승을 따라 제자의 예를 행하고 문하의 어진 사대부와 교유하면서 글을 연구하려고 하였습니다.

그러나 난리가 있은 후 오랫동안 서울을 떠나 비천한 자취가 더욱 멀어지고 소홀하여져서 각하의 담장을 스치지 못했고 이름은 빈객의 말석에도 끼지 못하였습니다. 그래서 끝내 매몰되어 뜻을 분연히 펴지 못할까 걱정했습니다.

요즈음 들으니 각하께서 저에게 글을 빨리 써서 바치도록 하라고 명하셨다니, 스스로 말하였습니다.

"다행히 재주로 각하 앞에서 효력을 얻어 현인의 빛을 보았고 말씀을 듣고 스스로 법을 삼았으니 비록 종남산·숭화산의 높음과 황하의 넓음 및 구양수·한유의 뛰어나게 훌륭함을 보지 않아도 서운함이 없을 것이다."

그래서 제가 지은 「일제기」를 삼가 써서 곁에 올리오니 만약 한 자라도 내려서 포폄을 주신다면 그보다 다행함이 없을 것입니다. 삼가 올립니다.

3. 소림사 중수기
사찰 중수에 관한 글

성인들이 번갈아 나타나서 도로 천하를 교화시켰다. 옛날 공자는 주나라가 쇠할 때를 당하여 인의로서 가르침을 베풀었다.

또 전국시대에 양주가 이기주의설을, 같은 시대 묵적이 묵가사상을, 황제·노자가 도가사상을 각각 주창했는데 이들 학설에 기이한 말과 괴이한 술법이 뒤섞이고 분열되어 사방으로 나오니 그 폐해가 진나라·한나라까지 흘러들어 이르지 않은 곳이 없어 차마 들을 수가 없을 지경이었다.

이때 불교가 중국으로 들어와 순수하고 심오한 교리를 선보이며 자비의 행위를 가르치고 중생을 제도하도록 하니 때를 알맞게 맞춘 것이었다. 그러므로 당나라 유종원은 "불교의 학설은 공자의 도와 다르지 않다."고 생각하였고, 그래서 말하기를 "진실한 교법의 표지는 유교의 경전과 같이 사용하여야 사람이 향하는 방법을 알 것이다."고 말하였다. 그런즉 진실로 통합하여 본다면 유교와 불교는 근본에 있어 다를 바가 없다.

그래서 진나라·송나라 이래로 어진 사대부들도 그런 소문을 듣고 좋아한 사람들이 있었다. 백낙천은 당나라 큰 선비로 깊이 불경을 믿어 몸소 행하고 익혔다. 만년에는 스스로 향산거사라 칭하고 산중에서 결사(수련하는 단체)하여 불사를 정근하였으니 그 신앙이 돈독하였다고 하겠다.

전당 김영의는 본래 불법을 깊이 믿었는데, 백낙천의 인품을 사모하여 항상 사찰을 하나 짓고 승복을 입고 살면서 반드시 더러운 것을 벗어나서 진리를 깨닫는 길에 나아가리라 생각했다. 이것은 이른바 "불법을 따라 살면 불법의 일부를 얻는다."는 것이 아니겠는가? 또한 그는 말하였다.

"관직이란 사람들이 귀하게 생각하는 것이지만 나는 일찍이 그것을 얻지 못했다. 그러나 세상이 나를 써 준다면 도를 행할 것이오, 버림을 받으면 은둔하는 것이 나의 뜻이다."

그는 공성현(지금의 상주 지방)에 머물며 살았는데, 집과 전지 여러 경이 있었다. 그는 삼과 곡식을 심어서 집이 풍족했으나, 불의로 얻은 재물은 없었으며, 진정 불교에 귀의하면서 남에게 보시하는 것을 업으로 삼았다.

공성현의 서북쪽 모퉁이에 소림이라는 절이 있었다. 앞서 현의 사람들이 이 절을 세워서 복을 심는 장소로 삼았다. 이 절은 숲이 우거진 곳으로 시끄럽지도 적막하지도 않아 중간 정도 되었다. 고상한 사람이나 훌륭한 인사 중에 참에 살려는 사람들이 찾아와 수양하는 곳으로 삼아 모두 이곳을 즐겁게 여기며 지냈다. 그러나 오랜 세월에 비바람에 바래고 건물은 퇴락되었다. 담은 무너져 겨우 비바람만 막을 뿐이었으며. 몇 사람의 중이 있었지만 조석으로 향 피워 올리는 일조차 끊긴 지가 수백 년이 되었다.

구름이 감도는 산속, 안개 피어오르는 물가에 오래 버려진 것이 한이 되었는데도 고을의 풍속이 고루하고 절을 수리하여 완전하게 하려는 사람이 없었으니, 뜻있는 사람들이 탄식한 지 오래되었다.

김영의는 그 무너지는 것을 보고 개연히 탄식하면서 말하였다.

"내가 맹세코 이 절을 세워 뒷날 여생을 마칠 곳으로 삼을 것이 다."

드디어 그는 계획을 세웠다. 재물 수만 냥을 모아 인부의 비용을 준비하였다. 새로이 집을 지어 고운 색채로 단청하여 자못 장엄하게 꾸몄는데, 이는 명종 4년(1174) 6월에 시작하여 3년여가 지난 명종 7년(1177) 7월에 마쳤다. 또 새로 회주를 구성하여 금으로 관음보살상 1구를 만들고 진귀한 불합, 비단 덮개, 꽃, 과일과 깃발을 마련하였다. 종과 경(소리내는 것)을 주조하였으며 자리, 휘장, 안석, 책상, 그릇에 이르기까지 부처님 받드는 데 소요되는 여러 장엄한 도구를 장만하였다.

일을 마치고 임금(명종)에게 내용을 보고하면서 "절에 곡식 1천5백 석을 주시면 자모법에 따라 해마다 이자를 취하여 공양에 충당하고 이름 있는 승려 15인을 뽑아 오랫동안 법연을 베풀 것을 다짐합니다. 이 좋은 인연을 가지고 성상께서 하늘의 보호하심을 받도록 축원하는 한편 부처님의 광명 속에서 수명을 오래 이어가시기를 축원하겠습니다." 하니 임금이 가상하게 여기시고 마침내 '가하다.'고 명을 내렸다. 곧 주와 목의 관원에게 명하시어 직접 참석하여 낙성하게 하였다.

『아함경』에 이르기를 "만약 옛 절을 수리하면 '2범의 복'이라 할 수 있다."고 하였으니, 이는 모든 공덕을 닦아 선근을 맺고 임금과 부모에게 복을 받도록 비는 일을 버리고 다른 할 만한 일은 없다. 이제 그가 선을 행하니 진실로 아름답도다. 여기에 감화되어 고을의 풍속이 교화되고 포악한 것이 변하여 인자하게 되며 불법을 존엄하게 생각하게 되어 이 절을 지나는 사람들이 모두 합장하여 공경을 드릴 것이다. 이는 스스로를 이롭게 하고 남을 이롭게 하여 교화에 도움을 줄 수 있을 것이다. 군자가 있는 곳에는 비록 덕을 숨기고 광채를 감추고 있어도 사물이 반드시 그 은덕을 받을 것이니, 꼭 명예나 지위를 얻은 뒤에야 할 수 있는 일은 아니다.

김영의가 이 절을 중수한 연월을 기록해 두고자 사자를 보내 내 글을 청하였다. 나는 굳게 사양했으나 마지못하여 마침내 그가 말한 바를 받아 이 글을 쓴다.

4. 화안기

기러기 그림에 대한 글

도인 혜운이 기러기 그림 한 장을 가지고 와서 내게 보여 주었다. 기러기가 모두 39마리였는데 그중 모양이 서로 다른 것이 18마리였다. 날아오르는 것, 모여드는 것, 물 마시는 것, 쪼는 것, 일어나는 것, 엎드린 것, 날개를 펴고 있는 것, 쭈그리고 있는 것 등 이런 모양이 세밀하고 빠짐이 없었다. 이로서 정밀하고 강력함이 화필의 절정에 이르렀음을 느낄 수 있었다.

도인이 말하였다,

"이 그림은 우리 집의 오래 내려온 물건입니다. 그린 화공의 이름은 모르지만 매우 기이하고 오래된 것이므로 오랫동안 보관하였습니다. 처음에는 엄청난 보물로 여기고 아껴 왔는데 이젠 마음이 다소 너그러워졌습니다. 대개 군자란 사물에 집착하지 아니 하고 단지 취미만 붙여야 합니다. 승려는 생사를 가볍게 여기고 욕심을 버려야 하는데, 만일 그림을 귀중히 여긴다면 어찌 잘못되어 본심을 잃어버린 일이 아니겠습니까? 저는 이제 강남으로 되돌아가려 하는데, 동생 모에게 이 그림을 주려고 합니다. 선생께서 그림의 모습과 기러기 숫자를 글로 적어 준다면, 뒷날 그림은 못 보더라도 글을 읽고 눈을 감으면 모두 기억할 수 있을 것 같습니다."

내가 웃으면서 말하였다.

"이 그림을 그린 사람은 그림을 그릴 때 마음속에 어떤 모습을 그려 놓은 후에 마침내 붓을 들어 윤곽을 그리고 이렇게 그린 것입니다. 그 사람 자신도 마음으로 그렇게 그린 까닭을 알 수 있으나 입으로 나타낼 수는 없을 것입니다. 내가 아무리 글을 잘 쓴다고 하더라도 그 화공이 말하지 못하는 것을 어떻게 모두 표현할 수 있겠습니까?"

그러나 기러기의 수와 모습을 적어 달라고 재삼 요청하므로 나는 문장을 쓰려는 것은 아니고 단지 그의 요청에 따라 하나 둘, 기러기의 수와 모습을 적어 보았다. 그림 속의 기러기 모습 등을 대략 다음과 같다.

"두 마리가 서로 마주 보고 엎드려서 목을 서로 걸치고 있는 놈, 피곤한 듯 희미하게 등만 보이면서 언덕 등성이 만이 어렴풋이 보이는 놈, 날개를 솟구쳐 날려는 것 같으면서도 일어서지 않는 놈, 엎드려 있으면서 머리만 쳐든 놈, 목을 길게 빼고 다리를 들고 있는 놈, 걸어가면서 쪼아 먹는 놈, 우뚝 서 있으면서 움직이지 않는 놈이 있다. 무리로 모여 있는 놈, 둥그렇게 서로 보고 있는 놈, 나란히 앞을 다투며 쪼아 먹는 놈, 발돋움하는 놈들은 다리를 들고 있고, 다친 놈은 나래를 펴고 있고, 또 옆에서 곁눈질 하는 놈, 돌아다

니는 놈, 나래를 퍼덕이는 놈, 장난질 하는 놈, 졸고 있는 놈, 이상
이 대략이다."

5. 이추밀 제문

사위를 대신하여 지은 글

생각해 보니 신령은 높은 벼슬을 하셨던 분이오, 재상이 되실 운명을 타고나신 분이었습니다. 평소에 도의의 근원을 규찰하고 깊이 고금의 세상 다스리는 것과 어지러워지는 일에 통달하였습니다. 도학자로서의 소박한 문장은 한유 승상의 기력이 뛰어난 문장이었고, 상서로운 빛과 인품이 고상함은 장량의 세속을 벗어난 웅대한 기상이었습니다. 일찍이 저절로 대궐에 알려지게 되어 우뚝하게 일대의 종신이 되었습니다.

중요한 자리에 발탁되어 병권을 장악하였고 겸하여 예부를 맡아 선비를 뽑아 기용하였습니다. 승상부의 맑은 바람은 만고에 한결같으니 크도다. 위대한 경세의 공명이여! 옥이나 구슬로 장식한 신발과 같은 사람이 3천 명으로 이는 이 추밀의 문하에서 배출된 웅재들이었습니다.

얼마 전에 삼태성(자미성을 지키는 세 개의 별)이 변고를 알리더니 병이 골수에 박혀 고칠 수 없었습니다. 임금께서 돌보아주심이 매우 깊었으니, 실로 성지를 만세에 만나게 되었음을 알 수 있었고, 임금의 말씀이 지극히 친밀해서 누워서 6군(고려 중앙군; 6위)을 통솔하도록 하였습니다. 이는 나라의 운명이 어려웠기 때문에 더욱 노성한 사람을 중히 여겨 일을 맡겼기 때문입니다.

그때 풍조였던 탐경(벼슬을 탐내어 경쟁이 치열한 것)을 바로잡고자 여러 번 간절히 상주하였습니다. 나라 걱정은 대단하였으나 나이가 많아서 벼슬을 그만두고 물러나왔습니다. 공을 이루었으나 그곳에서 근무하지 않고 녹야당에서 노닐고 있더니 신선이 되어 갑자기 낙천원으로 가버리신 것입니다.

어진 사람은 오래 산다고 했지만 철인도 반드시 죽는 것은 어찌하시겠습니까? 하늘이 사람에게 목숨을 늘여 주지 않으니 많은 사람들이 비통해했습니다. 이것은 백성이 복이 없어서이니 누구라 내 나라가 나아지게 할 수 있다고 하겠습니까? 구준(송나라 때 내국공에 봉해짐)과 같은 충성스럽고 현명한 사람도 염라대왕이 데려갔고 이하(당나라 종실)같이 재덕이 있는 사람도 반드시 상제께 불려가게 되었습니다.

외로운 무덤이 늘어남이어! 송백이 이미 자라났습니다. 태학이 닫혀버림이어! 먼지만 쌓여 있습니다. 나라에서 돈을 주어 장례를 준비케 하니 군왕이 두터이 경영하시는 일입니다. 다만 집을 지을 수도 없으니 처자는 빈궁을 벗어날 수 없습니다. 선비들은 산이 무너지듯 탄식을 하고 많은 백성들은 거리에서 슬피 울었습니다. 하물며 나 같이 용렬한 사람이 욕되이 인척이 되었음에랴!

용과 호랑이가 물러가니 여우와 이리가 춤을 춥니다. 공연히 구양수의 평생을 생각하니 해는 빛나고 옥은 깨끗하며 소(선정을 행할 때 울리는 음악)는 고르게 울리건만, 울면서 한유(승상)가 남긴 유고를 안았습니다. 얼마나 슬픈지 대신할 수도 없음이여! 오직 정성을 다해 소박한 음식을 베풀고 오랫동안 땅에 엎드려 울부짖으면서 영원히 이별의 말씀을 올립니다.

6. 묘광사 16성중회상기

탱화에 관한 글

석가여래세존이 말씀하였다.

"내가 죽은 뒤에, 모든 보살과 아라한은 응신하여 저 말법의 세계 속에 살면서 여러 가지 형태가 되어서 모든 윤회하는 것을 제도하라. 때로는 사문(승려)이 되거나, 백의거사(재가 신도), 임금, 재상 또는 동남동녀가 되어라. 이와 같이 하여 음란한 여자, 과부, 간악한 자, 도둑, 도살꾼, 장사치와 같은 일을 하면서 불사를 찬양하라. 몸과 마음으로 하여금 삼마지(선정)에 들게 하여 끝내 자신을 일컬어 참된 보살이라거나 아라한이라고는 말하지 말라."

지금 부처가 떠나버린 것이 오래되어 말법이 바야흐로 일어나려고 한다. 그러므로 부처의 기별을 받고 분신으로 교화를 고양하는 것은 오직 아라한의 방편인데, 그것은 6방으로 통하고 4방으로 열려 있어서 어느 곳에도 없는 곳이 없으니 진실로 그것을 모습으로 비유할 수 없다. 그러므로 그것의 참된 모습을 그리려 하는 것은 어리석은 사람이나 미혹된 사람의 일일 것이다. 이것이 어찌 한비자가 말한 "천지의 모습과 해와 달의 밝음은 그림으로 그릴 수 없는 것이다." 한 것이 아니겠는가? 그렇다고 하여도 한나라 명제(서기 58~75) 이후로 불교가 동쪽으로 전해 와서 천하의 명산과 좋은 땅에는 대부분 사찰이 건립되었고 모두 부처의 진영과 불상을 안치하고 있어서 가는 곳마다 항상 불법을 받들고 있음을 볼 수 있다.

진실로 들어가게 하기 위한 방편은 본래 둘이 아니다. 그러므로 임금과 부모에게 복을 받들고자 하거나, 삶과 죽음, 복과 화의 사이에서 만약 기도하며 구한다면 반드시 근기에 따라 답하여 주었다. 비유컨대 형체가 있으면 그림자가 따르고 소리를 지르면 골짜기가 메아리쳐 답하는 것과 같이, 소원에 따르지 않는 것은 없었다. 그러므로 부처의 진영과 불상의 효험을 버리고는 사람들에게 믿음을 일으키기가 어려울 것이다.

계현이라는 이름의 천태종 스님이 주의 묘광사에 살고 계셨다. 내가 주에 온 지 3년 만에 우연히 그를 만나 뵙게 되었는데, 오래된 한 전각에 성중(부처를 따라다니는 여러 성자)의 회상이 있는 것을 보았다. 그것은 단정하고 근엄하기가 실상과 같았다. 나는 절하고 보면서 물었다.

"이 오래된 거대한 작품은 오늘날 화공이 그린 것이 아닌 것 같은데 어찌하여 당신의 방에 있습니까?"

스님이 말하였다.

"전에 스님 한 분이 서울에서 함 하나를 짊어지고 와서는 이 절에 두었는데 곧 그 스님이 간 곳이 없어졌습니다. 그 사람의 이름과 나이도 잊어버렸는데, 전하는 말에 의하면 이 불상은 중국에서 우리나라에 와서 전에는 대궐 안에 안치된 것이 다른 사람에게 전해졌다가 이제 여기에 이른 것이라 합니다. 오랜 세월을 지나서 먼지가 끼고 좀이 먹고 단청이 마멸되어 형상이 훼손되고 희미하여 알아볼 수 없게 되었습니다. 내가 이 절을 관리하면서 처음 발견하여 끄집어 내어 보고는 한탄하는 마음이 생겼습니다. 이에 믿음과 정성으로 특별히 공장을 모집하여 수리하고 보완하여 새롭게 하였더니 옛 모습을 완전히 되찾게 되었습니다. 작업이 끝나게 되자 당번과 책상을 마련하고 작은 종과 반자, 나발, 기명 등 여러 가지 장엄한 도구를 주조하여 이 절 안에 봉안하였으며 영원히 공양에 충당하도록 하였습니다. 그리고 매년 춘추에 경건히 제연을 베풀어 의발을 저축하는 것을 변함 없는 법식으로 삼았습니다. 그리고 이 좋은 인연을 통하여 우리 성상(명종) 전하께서 하늘의 보호를 받으시어 수명이 연장되고 나라의 기틀이 영원하며 변방에는 걱정이 없고 문관은 편안하고 무관은 즐겁고 백성과 만물이 모두 편안하고 사시사철의 기후가 순조롭고 만 리 밖까지 문화가 교류되고 형언할 수 없는 태평을 얻기를 바랍니다. 또한 바라건대 위에 계시는 분들이 나라를 보호하시는 은혜에 만의 하나라도 갚기를 바랄 뿐입니다."

내가 그 스님의 말을 듣고 얼굴빛을 보니 내게서 글을 받기를 원하면서도 말을 못하는 것 같았다. 슬프다! 세상의 이름난 승려 중에는 깊숙한 집에 살면서 외출하면 살진 말을 타고 불조를 팔아 이익을 찾으면서 한 터럭의 선도 행하지 않는 사람이 많다. 그런데 우리 스님은 그들과 달라서 본래의 성품이 선을 좋아하고 평생의 즐거움을 베푸는 것으로 일을 삼으셨다. 지금 그가 거처하는 집은 겨우 비바람을 피할 정도이고 새벽에는 죽을 먹고 낮에는 밥을 먹으면서 살아갈 뿐이다. 그런데도 큰 불사를 일으킨 것은 선근을 맺고 자기를 보호해 주는 윗사람의 공덕에 보답하려는 간절한 생각이 평소에 쌓인 때문이며, 만일 그렇지 않다면 어찌 이렇게까지 타인보다 지나쳤겠는가?

나는 질박하여 문장을 잘 모르기 때문에 그가 베푼 일 가운데 기록할 만한 것은 이와 같다. 더욱이 이것은 유학자가 말할 것은 아니나 군자는 타인의 선행을 즐겨 말하기 때문에 글을 써서 이곳에 거하는 뒷사람에게 알리려는 것이다. 때는 대정 19년(1179: 고려 명종 9년) 가을 8월 20일이다.

7. 전별의 시
황보약수가 중원 서기로 떠날 때 지은 시

예부터 시인에게는 시련이 많았다는데
낮은 신분이 되어 주진을 보좌하러 가네.
보지 못했나? 태원의 백낙천은 낮은 지위에 있다가
늙어서야 비로소로 하남윤이 된 것을.

또 못 보았나? 미산의 소동파는 늙고 가난하여
글을 올려 여항군수를 자청한 것을.
허나 선생은 높은 포부를 가지고
짐짓 이 관직을 빌어 은거한 것이리.

하물며 중원은 대단한 고을이라
땅 신령하고 인물 뛰어나다고 하네.
근래에 막부는 평범함 사람에 가려서

천지산천이 장탄식을 한다더라.

이제야 조서로 당대 현인을 임명하니
그에 앞서 명성이 천리를 진동하였으리.
허리에 10만전 빗기 차고 돌아가니
강호에 춘풍 불 때 비로소 떠나는 수레.

"양관의 제4성(송별의 시)"을 부르고 싶지만
익히지 못해서……, 권하노니 잔을 비우게.
약속대로 언제 남쪽지방에 유람 가서
준치회와 어린 죽순을 함께 먹을런지?

중원엔 단장한 여인이 많다고 들리던데
잠자리를 단장한 여인이 시중들겠지?
그대 심장이 철석같다고 자랑 마오.
진나라 처중의 인내를 배워 인내하게.

그대 보내는 강 머리에 눈물 많이 흘림은
그대가 "속비파인"을 지을까 걱정이라서

詩人自古多覇困　倒着靑衫佐州鎭　君不見大原居易位尙卑　白頭始得河
南尹

又不見眉山子瞻老更貧　上章自請餘杭郡　先生磊落負高壞　故乞此官爲

288

吏隱

況是中原眞劇邑　世說地靈人物俊　近來幕府厭凡才　雲水溪山長有恨

詔書今下命時賢　千里先聲應已振　好帶腰錢十萬歸　洛下春風初發軺

欲唱陽關第四聲　未解勸君杯更盡　何當依約作南遊　共膾鱸魚烹苦笋

舊聞紅粉盛都邑　燕寢凝香侍雲鬢　休矜自有鐵石腸　忍學當時處仲忍

送君江頭泣更多　恐君更續琵琶引

8. 「악장 6편」에 대한 의견

황보약수에게 보낸 글

(전략) 족하가 찬한 「악장 6편」을 얻어 펴 보고 반복해서 외어 보니 탄복했고 또 기뻤습니다. 두터운 정의 때문이 아니라 참된 여론이 그렇습니다.

제가 살펴보니 본조(고려)의 문장술은 송나라에 앞서거니 뒤서거니 하지만 악장(樂章)을 잘 지어서 세상에서 유명해진 사람이 있다는 말을 듣지 못했습니다. 이는 6율(음악의 12율 중 양성에 속하는 음)을 분별할 수 없기 때문에 빠르고 느리고, 길고 짧고, 맑고 흐린 이유를 조화하지 못하기 때문입니다.

슬프도다! 붓을 잡고 글을 하는 사람으로서 한 가지 의혹입니다. 진실로 "절주(훌륭한 연주)를 깨달은 후에 이것을 얻는다."라고 한다면 사광(춘추시대 진나라 악사)과 같이 눈이 먼 후에야 짓는다는 것이겠습니까? 대개 우하(순임금과 하나라)의 노래와 은나라, 주나라의 송은 관악기과 현악기로 연주하고 금석을 울려서 천지를 움직이고 귀신을 감동시킨 것이며 후세에 이르러 가사와 조인(리듬)을 지어 율려에 합한 것이 모두 악장입니다. 이백의 악부(한나라 혜제 때 악부라는 말이 처음 쓰임)나 백거이의 풍유시(넌지시 나무라는 내용을 담은 시)가 다시 청탁을 분별하며, 빠르고 느린 것을 살피며 장단을 헤아리는 다른 이유는 없고 모두 노래를 할 수 있게 한 것임은 의심할 수 없는 일입니다.

내가 일찍이 세상에 작자가 없음을 한탄하여 여러 번 지으려 했습니다만 능력이 미치지 못한 지 오래되었습니다. 그대는 탁월한 재주를 가지고 있고, 박학하고 식견이 넓으며 기가 맑고 글이 우아합니다. 이제 악장에다 남은 힘을 옮겨서 이를 지으시니, 바른 소리는 조(순임금이 지은 음악)와 호(탕왕이 지은 음악)에 어울립니다. 굳센 기운은 금석을 꺾으며, 울리는 악기의 소리와 세련된 기운은 사람의 이목을 움직입니다. 이는 정나라, 위나라의 청색(군사적 근심이 들어 있는 것)과 격초(초나라의 바르고 애절한 가곡)가 부녀들 마음을 고동시키는 것과는 사뭇 다릅니다.

사람들은 "음탕한 사와 요염한 말은 기개 있는 장부나 고상한 사람들이 취할 바가 못 된다."고 말합니다. 그러나 곡식에 벼도 있고 기장도 있어서 맛이 있으면 좋다 할 것입니다. 그러나 진실로 먼 지방의 특이한 산물에 이르기까지 이르는 뒤에야 천하의 기이한 것을 다 얻었다 할 것이니 음악도 이와 같습니다. 저 세쇄한 것을 찾고 즐기는 자와는 족히 말할 필요가 없습니다.

내가 매양 글을 써서 남에게 보여 줄 때 타인들의 비웃음과 칭찬에 대해 노여움이나 기쁨을 나타내지 않았습니다. 이는 그대와 같이 알아주실 분이 계셨기 때문입니다. 그대의 문장이 진실로 훌륭합니다. 그런데 음을 바로 알고 감상할 사람은 저보다 나은 사람이 없을 것입니다. 지금 외람되이 나에게 부본을 보여 주어 임랑규벽(최상품 주옥) 같은 보배로 나를 풍부하게 했으니 이는 그대가 나의 견문을 넓혀 준 것입니다.

그 사를 읽고 그대의 마음 쓰는 바를 알았으니 이보다 더 깊은 것이 있겠습니까? 바라건대 계속 보여 주셔서 쓸쓸한 심정을 위로해 주십시오. (후략)

9. 장원 급제 축하 편지

이인로에게 보낸 글

문장이 높고 학식이 넓음은 오늘날 그대 말고 그 누구이겠습니까? 선발이 묘하고 정밀하게 감식하니 사람을 얻는 것은 지금이 가장 훌륭합니다. 무릇 듣고 보는 사람들은 모두 즐거워합니다.

엎드려 생각하니 장원께서는 제왕을 보좌할 재주를 지니신 명가의 자제이십니다. 높은 산 깊은 골짜기에서 용과 호랑이가 변화하는 것같이 때에 따라 출사와 은둔을 하였고, 외딴 산봉우리 끊어진 절벽에 구름과 우뢰가 일어나는 것 같아서 문장은 속인들을 놀라게 하였습니다. 오랑캐가 당신의 시가를 사려고 하고 초목까지도 그 명성을 알고 있습니다.

승당보궐의 시험(승보시)에서는 여러 선비들이 먼저 오르도록 밀어 주었고, 굉사발췌의 시험에 응시하매 많은 선비들의 주목을 받았으니 어찌 그리도 장하였으며 누가 감히 맞서겠습니까? 이 사람은 하늘에서 귀양 온 적선이오 진실로 인간세상의 기이한 남아입니다. 하물며 문운이 장차 떨어질까 염려해서 어진 임금께서 인재를 맞이하기를 서두르셨더니, 과연 정선하는 데 응시하여 수석으로 급제했습니다.

무제가 사마상여의 부를 읽고 같은 시대에 살고 있음을 즐거워하였고, 당의 현종은 이백의 재주를 듣고 불러서 친히 만나 보았습니다. 아침에 겨우 급제하여 줄을 지어 나오자 저녁에 옥당에서 조칙을 준비했던 것은 선비를 뽑은 이후 오직 공뿐입니다. 가슴은 극히 넓어 운몽택을 9개나 품은 것 같고 평소부터 경륜의 포부를 가져 인망이 높았으며, 가문에서 재상에 오른 이가 이미 4인이나 되니, 위는 우뚝하게 묘당에 오를 것입니다. 문풍을 크게 떨치게 할 것이니 선비들의 지극한 영광이 될 것입니다.

모는 필묵으로 오래 사귀던 친구이나 산야에 버려진 늙은이라 붕새가 바다에서 길이 궁하여 회오리바람을 날개로 일으킬 수 없는 격입니다. 병들어 조그만 침상에 누워 있는 관계로 기뻐 뛰는 예를 갖추지 못합니다.

10. 족암기

암자에 관한 글

무릇 지나칠 정도로 기이하고 장쾌한 훌륭한 경치는 하늘이 만들고 땅이 감추는 법이다. 반드시 산속이나 바닷가의 구석지고 기울어진 곳에 있으므로 부딪치는 물결, 급히 흐르는 여울, 깎아지른 벼랑, 떨어지는 돌이 덮쳐서 누르는 곳으로, 용, 뱀, 이무기, 호랑이나 표범이 득실거리는 곳이다. 따라서 그런 곳에 가려면 양식을 충분히 준비하고 길 나설 준비를 하여 밤낮으로 달려 오랜 시간이 지난 후에야 도착할 수 있는 곳이다. 만약 도읍을 벗어나지 않고서, 흙을 나르고 돌을 운반하여 높이를 높이거나 두텁게 하지 아니하고도 앉아서 이런 승경을 구경한다는 것은 천년이 지나도 만나기 드문 일이다.

왕륜사의 서편에 하나의 암자가 있어 승려 천이라는 선사가 살고 있었다. 암자는 구부러진 서까래, 굽은 기둥을 그대로 사용하고 색칠을 하지 않아 그 모습이 대개 화려함과 질박함이 적당함을 얻었다. 그 위에 올라가 바라보면 깊고 넓은 골짜기가 훤히 드러나서 나는 새의 등도 볼 수 있다. 중첩된 멧부리와 수건을 두른 듯 둘러싼 고개가 있고 거칠고 좁은 길이 높게, 낮게, 희미하게 보이고 노니는 사람들의 왕래가 계속 이어지는 모습을 한자리에서 모두 볼 수 있으니 정말로 서울에 있는 아름다운 곳이다.

공(空)은 남쪽 땅에서 허공을 밟고 서울로 되돌아와서 이 암자에 살고 있은 지 2년이 되었다. 일찍이 한숨 쉬면서 탄식하여 말하였다.

"내가 불행히 불법이 쇠퇴한 말법의 세상에 태어나서 장차 성인의 도가 무너지려는 것을 알았다. 그러니 부처의 경전을 짊어지고 인간세상을 하직하여 골짜기에 숨어서 나의 삶을 마치겠다."

이에 장차 오루의 금책(철제 막대기)을 떨치고 홀로 가볍게 떠나 명산을 찾고 제천(천상계)에 오르려 하였다. 그러나 공과 평소 사귀던 선비들이 모두 공의 도를 즐겨하여 떠나는 것을 원치 않았다. 그래서 벗어나는 것이, 뜻과 같이 되지 않았다.

그러나 다니는 것은 끌려 다니는 것이 아니요, 머물러 있는 것도 구속된 것이 아니니, 마치 무심하고 한가로운 구름과 같아 가고 머무르는 것이 자유로웠다. 항상 암자 속에 자취를 감추고 눈을 감고 조용히 앉아 있으니 욕심 없고 집착 없는 모습이었다. 아침저녁으로 향을 사르고 독경하는 이외에는 한가로워 일이 없었다.

매양 하늘이 맑고 햇볕이 따사로울 때마다 여러 손님들을 이끌고 숲에 들어가 과일을 따오니 향기로워서 자를 만하고 밭에서 채소를 뽑으니 맛이 감미로웠다. 접시에는 맛있는 안주가 있고 술병에는 아름다운 술이 있다. 맑은 바람은 뜰을 소제하고 밝은 달은 좌석을 비춘다. 봄에는 차를 갈아서 향기로운 샘물로 즐기고 평소에는 거문고를 연주하니 산속의 새가 엿보았다. 때로 취한 사람은 흥청거리고 노래하는 사람은 격렬해진다. 어떤 사람은 조용히 감상하고 천천히 거닐면서 세상 밖으로 벗어나서 자기 개성대로 노닌다. 만나는 즐거움이야 서로 다르겠지만 마음에 얻어지는 것은 모두 스스로 만족할 것이다.

앞서 이곳에 거주한 사람이 암자의 창건한 연유를 기록하지 않아서 숲속의 부끄러움이 되었다. 내가 일찍이 공을 뵈니 공이 혼연히 부탁하였다.

"옛날부터 빼어난 경치는 높은 재주 있는 사람을 만나서 그 문장이 극치에 이르니 그대는 나를 위해 이 암자의 이름을 짓고 기를 지어 주시오."

나는 처음에는 굳게 사양했으나 뿌리치지 못하여 암자의 이름을 "족암"이라고 지었다.

공은 그 이름이 부족한 것으로 생각하여 말하였다.

"화려한 석가래, 붉은 채색을 한 난간, 아름다운 천정과 창문이 구름과 접하면서 햇빛처럼 빛나고 천 개의 문이 활짝 열리며 수백 리의 담장이 있는 것은 장양궁(진의 궁전)과 오작궁(한의 별궁)이니 이것은 건물로서 크고 매우 아름다운 것이다. 큰 파도와 성난 물결이 공중에 물보라를 일으켜 끝이 없고, 동남 오랑캐 땅의 상인들과 바다의 상선들, 드날리는 돛대와 두들기는 노가 뭉게뭉게 피어오르는 연기로 아득하고 희미한 연운 사이로 드나드는 곳으로서 동정호(호남성에 있음)와 팽려호(강서의 심양호)와 같으니, 그곳들은 경치가

뛰어나고 빼어난 곳들이다. 그런데 이 암자를 만족하다고 생각하
는 것은 너무 협소한 느낌이 들지 않는가?"

나는 대답하여 말하였다.

"무릇 사물은 무궁하지만 사람의 몸은 한계가 있는 것이다. 반드
시 물건을 다 차지한 후에야 만족할 것인가? 저 치질을 핥아 주고
수레를 얻거나 시장에 들어가 금을 보고 환장한 사람들은 일에 골
몰하여 죽을 지경에 이르러도 오히려 만족이라는 것을 모를 것이
다. 진실로 마음을 비우고 분수에 맡겨서 그것을 운명으로 생각하
여 만족하면 조금만 먹어도 배가 부를 것이니 어디 간들 만족하지
않겠는가? 이 암자에 살려 하면 궁벽하고 좁아서 비바람만 겨우 가
릴 뿐이나, 여유 있게 그 가운데서 즐겁게 지낸다면 시원한 누대나
따뜻한 방이 있고 즐비한 기둥이 지붕과 연결되어 화려하게 뒤얽
힌 것이 아니라도 내 몸을 용납하기엔 만족할 것이다. 게다가 암자
아래는 시원한 시내가 있어서 흘러내리는 시냇물 소리를 들으면
친밀하게 되리니, 저 삼강(강소성의 송강, 누강과 동강)과 칠택의 물결이
출렁이며 굉음을 내어 지축을 찢는 듯하고 만군의 성낸 부르짖는
것을 기다리지 않더라도 내 귀를 맑게 할 수 있을 것이다. 또 암자
앞에는 산봉우리가 삥 둘러싸고 있어서 그 기상을 바라보면 위연
히 경외스러우니, 저 숭산처럼 높고 태산처럼 험악하여 양지바른
절벽과 그늘진 골짜기가 어둡고 밝은 것이 변화를 일으켜 짙은 구
름과 급한 우뢰가 함께 일어나는 것을 기다리지 않더라도 내 눈을
만족시키기엔 충분하니, 내가 만족이라고 한 것은 이와 같다. 비록
그렇다 해도 실상이 있은 후에 이름이 있는 것이고 내가 있은 후에

사물이 있는 것이다. 공은 바야흐로 사물을 버리고 외형을 잊으며 독립하려는 것이다. 그러니 자신이 소유하는 것도 아닌데 하물며 암자이겠는가?"

대정(금나라 세종의 연호) 21년(1181) 7월 모일에 쓴다.

11. 이유량 제문

이담지 대신 지은 글

하늘이 좋아하고 미워하여 내리는 운명은 사람들이 좋아하고 미워하는 것과 크게 다르다. (하늘은) 어진 사람에게는 재앙을 내리고 나쁜 사람에게는 도움을 주며, 포악한 사람은 오래 살게 하고 선한 사람은 일찍 죽게 한다. 세상 사람들이 한결같이 미워하는 사람에게 때로 목숨을 연장시켜 주고, 오래 살았으면 하는 사람은 촌각도 늘여 주지 않는다. 목숨을 주고 빼앗는 것을 이와 같이 하니 누가 그 권한을 따지겠는가마는 지금 그대가 죽으니 저녁 하늘이 더욱 원망스럽구나.

그대의 뛰어난 영특함을 생각하니 수염은 길고 이마는 넓으며 담은 몸보다 컸었다. 본래 깊은 소양을 쌓았으므로 젊은 나이에 부귀하게 될 것으로 친구들은 기대했었다네. 나는 어린 나이에 그대를 친구들 가운데에서 알았었지! 나이는 나보다 어렸지만 체력은 나보다 건장하였지. 한번 눕더니 갑자기 세상을 벗어나 나보다 먼저

가 버렸구려! 세상을 떠났다는 부음을 들은 저녁에 내 몸을 잃은 것 같았고 밥을 먹으려니 목이 메이고 마음은 망연자실하였다.

평생의 좋았던 사이였음은 황천도 꿰뚫었을 것이나 어찌 서로 만나 담소하며 손바닥을 맞대 보겠는가? 다른 날에 술을 대하면 반드시 유창(송나라 문제의 아들)을 기억할 것이다.

나는 사신으로 먼 지역에 도달하여야 하므로 부득이 장례식에 참석하지 못하므로, 이 한 잔을 올리니 잊지 말고 받으소서.

12. 국순전
술을 의인화한 소설

국순의 자는 자후이고, 그 선조는 농서(감숙성) 사람이다. 순의 90
대 조상 보리는 후직(주나라 시조, 농경신)을 도와서 백성들이 밥을 먹
도록 한 공로가 있었다. 시경에 "우리에게 밀과 보리를 주시었다"
한 것이 이것이다. 대맥이 처음에는 숨어서 벼슬하지 않고 "나는 반
드시 밭 갈아 먹고 살 것이다" 하며 시골에서 살았다.

뒷날 임금이 보리의 소문을 듣고 조서를 내려 안거를 보내 불렀
다. 그리고 임금이 군현에 명령을 내려 보리가 가는 곳마다 후하게
예물을 보내게 하고, 신하들에게 명하여 보리의 집을 직접 방문하
도록 하였다. 그러자 보리는 사람들의 귀천을 가리지 않고 친교를
맺었으며 자기의 뛰어난 능력을 감추고 진토에 뒤섞여 살았다. 이
에 훈훈한 기운이 (사람들에게) 점점 스며들면서 사람들의 마음이
넓어지고 온전해지는 아름다움이 있었다. 그러자 보리가 말하기를
"나를 완성하는 것은 벗이라 했는데, 정말 그 말이 옳구나" 하였다.

점점 보리의 맑은 덕이 알려지자 임금이 그 집에 정문을 표하였다. 그 뒤 보리는 임금을 따라 환구에서 제사지냈다. 임금은 그 공으로 보리를 중산후에 책봉했고, 식읍 1만 호와 식실봉 5천 호를 내려주었으며, 국씨 성을 하사하였다.

보리 5세손은 성왕을 도와 사직을 지키는 것을 자기의 임무로 삼아 태평성세가 이룩됐다. 그러나 강왕이 즉위하면서 점점 소홀하다가 드디어는 꺼림을 당하여 금고시키라는 유시가 있었다. 그리하여 보리의 후손 중에는 유명한 사람이 없어졌고 모두 민가에 숨어살게 되었다.

위나라 초기에 순의 아비 주(세 번 빚은 술)가 세상에 이름이 알려졌고, 상서랑 서막과 친하다는 이유로 조정에 등용되었다. 서막이 말할 때마다 주가 입에서 떠나지 않았다. 그때 어떤 사람이 임금에게 상소하였다

"막이 주와 함께 사사로이 사귀어 장차 난을 일으키려 합니다."

이에 임금이 노하여 막을 불러 꾸짖었다. 막이 머리를 조아리면서 사죄를 했다.

"신이 주를 좇은 것은 그에게 성인의 덕이 있었기 때문입니다. 그리하여 주의 덕을 때때로 배 안에 넣었을 뿐입니다."

그러자 임금이 그를 책망했다. 그후 위나라가 진나라에 나라를 선양하게 되자, 주는 세상이 어지러울 것 같아 벼슬을 버리고 죽림칠현인 유령, 완적의 무리와 더불어 죽림에 놀면서 그 일생을 마쳤다.

순의 재주와 도량이 크고 깊으며 넓기는 만경창파와 같아 맑게 하려 해도 맑아지지 않고 흔들어도 흐려지지 않았다. 그래서 그의

풍류적인 성격은 한 시대를 기울게 했고 자못 사람들에게 기운을 더해 주었다. 순이 엽법사에게 나아가 하루 종일 담론했는데, 그 자리에 참석한 사람들이 모두 절도하게 만들었다. 그리하여 이름이 드날리게 되니 사람들이 순의 호를 국처사라 하였다.

공경, 대부, 신선, 방사로부터 머슴꾼, 목동, 오랑캐, 외국인에 이르기까지 순의 향기와 이름을 마신 사람은 모두 순을 흠모하게 되었다. 매번 성대한 집회가 있을 때마다 순이 이르지 않으면 사람들이 모두 근심하여 "국처사가 없으면 즐겁지 않다" 했으니 사람들이 순을 사랑하는 것이 이와 같이 대단하였다.

죽림칠현의 한 사람인 대위 산도가 감식하는 능력이 있었는데, 일찍이 순을 보고 말했다.

"어떤 늙은 할미가 이렇게 뛰어난 아이를 낳았는가? 이 아이는 반드시 천하 백성을 그르칠 것이다."

공부(관아)에서 순을 불러 청주종사(좋은 술이란 의미)로 임명했으나, 위가 막기 때문에 담당할 수 있는 것이 아니었다. 그래서 평원독우(나쁜 술이란 의미)로 이름을 고쳤다.

순이 얼마 후 탄식하여 말하였다.

"내가 닷 말의 쌀 때문에 허리 굽혀 시골 아이에게 향하지 않을 것이고, 마땅히 술 단지와 도마 사이에 서서 담론할 뿐이다."

그때 관상을 잘 보는 사람이 있었는데 "그대 얼굴에 자줏빛 기운이 떠도니, 후에 반드시 귀하게 되어 천종의 녹을 누리리라. 마땅히 기다려 좋은 값에 팔라"고 말했다.

진나라 후주 때에 양가의 자제들을 주객원외랑에 임명하였다. 당시 임금이 순의 기국이 남과 다름을 보고 장차 크게 쓸 뜻이 있었다. 그리하여 금 사발로 덮어(점을 침) 순을 선발해 광록대부 예빈경으로 임명하고 작을 올려 공(작위 중 첫째)으로 삼았다.

무릇 군신회의에는 반드시 순으로 하여금 짐작하게(술을 따르는 것) 했다. 순이 나아가고 물러나며 응대하는 것이 조용하면서두 뜻에 맞아서 임금이 순의 의견을 널리 수용하였다. 임금이 "경이야 말로 곧음과 맑음이 있어 짐의 마음을 열어 주고 짐의 마음을 풍부하게 하는구려." 하였다.

순이 권력을 잡고서는 어진 사람과 사귀고 손님을 접대하며 늙은이를 봉양하고 귀신에게 제사 지내고 종묘에 제사 지낼 것을 강력히 주장하였다. 임금이 밤에 잔치를 베풀 때도 오직 순과 궁인들만 모실 수 있게 하고, 비록 근신이라 하여도 참여할 수 없게 하였다. 이로부터 임금이 취하여 주정을 부리면서 정치를 돌보지 않았고 순은 입을 닫고 말을 하지 않았다. 그리하여 예법을 아는 선비들이 순을 원수같이 미워했으나 물의가 있을 때마다 임금이 매번 순을 보호하였다.

순이 거두어 들이는 것을 좋아하고 재산을 모으는 데 힘을 쓰니, 사람들이 순을 더럽다 하였다. 임금이 순에게 물었다.

"경은 무슨 버릇이 있는가?"

이에 순이 대답하였다.

"옛날에 두예는 좌전에 심취한 버릇이 있었고, 왕제는 말에 몰두한 버릇이 있었는데, 신은 돈에 몰두하는 버릇이 있습니다."

그러자 임금이 크게 웃으면서 주의를 더 기울였다.

일찍이 입궁하여 임금에게 면전에서 아뢰었는데 순은 평소 입에 냄새가 있었다. 임금이 그것을 싫어해 말하였다.

"경은 나이가 많고 기운이 다하여 나의 씀을 감당하지 못하겠다."

그러자 순은 드디어 관을 벗고 사죄하였다.

"신이 받은 작을 사양하지 않으면 망할까 두렵습니다. 신이 관직을 그만두고 집으로 돌아가도록 허락하여 주십시오."

임금이 좌우에 명하여 순을 부축하여 나가도록 했다. 순은 집에 돌아온 후 갑자기 병이 생겨서 그날 저녁에 죽었다. 순은 아들은 없고 족제인 청이 당나라에 벼슬하여 내공봉에 이르렀다. 그리하여 그 자손이 중국에서 다시 번성하게 되었다.

사신이 다음과 같이 논평하였다.

"국씨의 선조는 백성들에게 공이 있었고, 청렴결백을 자손에게

大倉一秫稗耳設使盡觀雖窮數
之翰安能盡耙耶昔司馬太史嘗遊會稽鑱禹穴
以窮天下之壯觀故氣益奇偉而其文頗窺蕩焉而
有豪壯之風則大丈夫周遊遠覽揮斥八極將以
廣其胷中秀奇氣耳余若極楷於名檐之內則必不
能窮其奇挫其異以賞其雅志也有以見天之厚
余多矣月某日某記
　趙醇傳
趙醇字子厚其先隴西人也九十代祖辛佐后稷
仕曰君必耕而後食矣乃居獻獻上聞其有後記
以安車徵之下郡縣所在敦遣命下臣親造世
粒蒸民有功焉詩所謂貽我來牟是也年始隱不
西厓集　卷之五　　二十
遂定交柞臼之間而和光同塵吳粟蓁嗽漬有
藉之美年乃嘗日成我者朋友也宣不信然既而
以清德聞乃表雄其閭焉從上祀圓丘以功封
世孫輔成王必社稷封五千戸豉姓爲麹氏五
山侯食邑一萬戸食實封五千戸豉醉之盛康
王邯位漸見疎忌使之禁錮著於諸令是以後世
無顯著者皆被匿於民間至魏初醇父知名於
世與尚書郞徐邈偏汲引於朝每說酐不離口時

남겼다. 예를 들면 창(옷기장으로 담은 술)이 주나라에서 아름다운 덕을 하늘에 이르도록 했으니, 할아버지의 풍도가 있다 하겠다. 그러나 순이 작은 지혜로 빈천한 집에서 태어나 금 그릇의 점으로 뽑혀 술 단지와 도마에 서서 담론하면서도 임금에게 바른말로 과오를 바로잡거나 잘못된 것을 폐지하도록 하지 않았다. 이로 인해 왕실이 혼란해지고 엎어져도 붙잡지 못하여 마침내 천하에 웃음거리를 만들었으니 거원(산도의 자)의 말(천하백성을 그르칠 아이라는 것)이 족히 믿을 만하다."

13. 영사에게 보낸 답장
명유에 관한 의견

(전략) 진나라, 송나라 이후 세상에 시로서 이름이 난 승려는 많았으나 그 저술에 있어서는 비록 매우 뛰어났다는 자도 그 근원을 궁구한 사람은 없었습니다. 대체로 비홍(비유해서 재미있게 말하는 것)과 저술은 다른 것이기 때문에 우리 유학하는 사람 가운데 이것을 겸한 사람이 없으니 하물며 승려이겠습니까? 우리 영사는 과연 이것에 능통하시며 타인보다 훨씬 현명하십니다.

그러나 명유를 말하셨는데, 그 의미는 제가 분별하고자 합니다. 세상에서 소위 명유라고 말하는 사람들을 보면 문장이나 시에 공교로워서 과거 급제한 사람들에 불과합니다. 과연 이와 같이 해서 명유가 된다면 얼마나 어지럽게 명유가 많겠습니까? 명유는 지금 세상에서 보이지 않는데, 예전에도 또한 적었습니다.

전한의 가의·사마천, 당의 한유·유종원 등이 바로 그러한 사람이니 한·당의 성세에서도 그 이루어 놓은 일이 현저하여 특별히 뛰어난 사람은 이들뿐입니다. 근고(송나라)에 또 구양수가 있어 고문을 숭상하고 제자서를 배격하여 지금의 한유로 알려졌고, 왕안석은 분전(삼황오제의 전적)을 조술(스승의 도를 밝혀 저술함)하여 옛 성인의 도를 밝혔고, 소식은 제자백가의 글을 대단히 사랑하여 저작의 근원을 궁구하였으니 참된 명유인 것입니다.

　명유의 실상이 없으면서 그 이름만을 훔친 사람은 우리 도(유교)에 있어 죄를 짓는 사람입니다. 저는 명유가 되기를 진정으로 원하지 않거니와 만약 저에게 이 명유의 호칭을 주신다면 삼가 재배하면서까지 사양하겠습니다. 감당할 수 없는 것은 받을 수 없습니다. 행여 다시는 말하지 마십시오.

14. 공방전
엽전을 의인화한 소설

공방(구멍이 모나게 뚫린 엽전)의 자는 관지(돈꿰미)다. 그의 선조는 옛날 수양산에 숨어 동굴에서 살았는데, 일찍이 세상에 나왔지만 쓰이지를 못하였다. 황제 때에 처음으로 조금씩 사용되었으나 워낙 성품이 고지식하여 세상일에는 그다지 세련되지 못하였다.

황제가 관상을 보는 사람을 불러 살피게 하니 그가 한참 동안 들여다보고는 말하였다.

"산과 들의 성질을 가지고 있고 거칠어서 쓸 만한 것이 못 됩니다. 그러나 만약 전하의 쇠를 녹이는 용광로 속에서 갈고 닦으면 그자질이 점점 나타날 것입니다. 임금은 사람을 사용가능한 그릇이되게 하는 자리이니 원컨대 전하께서는 저 쓸모없이 완고한 구리와 같이 버리지 마시옵소서."

이렇게 추천을 받은 결과 세상에 그 이름을 나타내게 되었다. 그 뒤에 잠시 난리를 피해 강가의 숯 화로 쪽으로 이사해 가족을 이루고 살았다. 방의 아비인 화천(왕망이 주조한 동전)은 주나라의 큰 재상이 되어 나라의 세금을 담당하게 되었다.

방의 생김새가 밖은 둥글고 구멍은 네모나며 때에 따라 변통을 잘하였으므로 한나라에서 벼슬하여 홍려경(사신을 접대하는 관직)이 되었다. 그때 오왕 비가 교만하고 참월하여 멋대로 정치를 했는데, 방이 오왕에게 붙어서 많은 이익을 취했다. 무왕 때에 온 나라 경제가 말이 아니었다. 나라 안 창고가 텅 비게 되었는데 임금이 이것을 걱정하여 방을 부민후(백성을 부하게 하는 자리)로 임명하였다. 그는 같은 무리인 염철승 근과 함께 조정에 있었는데, 근은 방을 보고 항상 형이라 하면서 이름을 부르지 않았다.

방은 성질이 탐욕스럽고 염치가 없었다. 국가의 재산을 총괄하면서 이자의 많고 적음을 저울질하는 법을 좋아하였다. 방은 나라를 편안케 하는 것에는 질그릇이나 철을 주조하는 것만 있는 것은 아니라고 생각했다. 그는 백성들과 조그만 이익을 가지고 다투고, 물가를 올리고 내리며, 곡식을 천대하며 돈을 중하게 여겼다. 그리하여 백성들이 근본이 되는 농업을 버리고 말업에 해당하는 상업을 좋게 하여 농사를 방해했다. 당시 간관들이 상소를 올려 이를 잘못이라고 간했지만 임금이 받아들이지 않았다.

또 방이 교묘히 권세 있고 귀한 사람들만 섬겼다. 그들 집에 드나들면서 권세를 함께 부리고 벼슬을 팔아 승진시키고 갈아치우는 것도 손아귀로 움켜잡았다. 많은 공경들이 절개를 꺾고 방을 섬기니, 곡식을 쌓고 뇌물을 받은 물목을 적은 문권과 서류가 산과 같이 쌓여 가히 헤아릴 수가 없었다. 방은 만나는 사람과 물건을 대할 때 어질거나 못난 것을 따지지 않았다. 비록 시장 사람이라도 재물만 많다면 두루 사귀니 이른바 시장바닥의 사귐이란 이런 것을 말한다. 때로는 거리의 나쁜 소년들을 따라다니며 바둑을 두고 격오(주사위 놀이) 등 투전을 일삼았다. 그리고 자못 승낙을 좋아했으므로, 당시 사람들이 말하기를 "공방의 말 한마디는 무게가 황금 백근과 같다" 하였다.

원제가 즉위하자 당시 간의대부인 공우가 글을 올렸다.

"방이 오랫동안 바쁜 직무를 맡고도 농사의 중요한 근본을 깨닫지 못하고 한갓 전매의 이익에만 힘을 썼습니다. 나라를 좀먹고 백성에게 해를 입혀 공사가 모두 곤궁하며 뇌물수수가 낭자하고 청탁알선이 공적으로 행해집니다. '짐을 지고(負) 타면(乘) 도둑을 오게 한다'라는 것은 『주역』에 분명히 기록된 가르침입니다. 청컨대 방의 관직을 파면하여 욕심 많고 비루한 모든 사람들을 경계하십시오."

그때 집정자 중에 곡량학으로 관직에 진출한 사람이 있었다. 그는 장차 국경 방위책을 세우려 하니 군자금이 부족하였으므로 방이 저지른 일을 미워하는 공우의 말에 동조하였다. 이에 원제가 공우의 요청을 받아들였으므로 방은 관직에서 쫓겨났다.

방이 자기 문인들에게 말하였다.

"내가 전에 주상을 만나 주상이 천하를 잘 다스리도록 교화하여 장차 나라의 경제가 풍족하고 백성의 재물이 많아지도록 애를 썼다. 그런데 이제 조그마한 죄로 버림을 당했다. 등용되어 조정에 있거나 버림을 받거나 나에게는 보탬이나 손해될 것이 없다.

다행히 내 목숨이 아주 끊어지지 않고 실오라기처럼 살아 있으니 앞으로 입을 다물고 말하지 않으면서 몸을 부지할 것이다. 부평초처럼 이리저리 떠돌면서 장강과 회수의 별장으로 되돌아가겠다. 약야계 위에 낚싯대를 드리우고 고기를 낚고 술을 사서 민상과 해고와 더불어 술잔을 기울이며 배를 타고 떠다니면서 남은 생애를 마치련다. 비록 천종의 봉록이나 오정(소, 양, 돼지, 물고기와 순록을 담는 5개의 솥)의 음식인들 나는 부러워하지 않는다. 내 어찌 그것 때문에 이런 한가로운 삶과 바꾸겠는가? 오래 지나면 나의 계책이 반드시 다시 일어날 것이다."

진나라 화교가 방의 가르침을 듣고 좋아하여 많은 재산을 모았다. 이때부터 방을 너무 아낀 나머지 버릇처럼 방에 빠져들게 되었다. 이것을 본 노포가 「전신론」을 지어 돈을 비난하고 (돈을 좋아하는) 풍속을 바로잡고자 애썼다. 화교 무리 가운데 오직 완선자(죽림칠현의 한 사람)는 마음이 활달하여 속물을 좋아하지 않았으되, 방의 무리와 더불어 말을 채찍질하면서 나가 놀고 주점에 가서 취하도록 마시곤 했다. 왕이보는 일찍이 입으로 방의 이름을 말하지 않고 단지 '저것'이라 했다. 삿된 생각을 하지 않고 높고 깨끗한 것을 말하는 사람들은 방을 이같이 더럽게 생각하였다.

그후 당나라가 일어나자 유안이 도지판관이 되었는데, 나라의 씀씀이가 넉넉하지 못하여 다시 방의 계책을 사용하여 나라의 씀씀이에 편리하도록 하자고 건의했다. 이런 내용은 『당서』의 식화지에 실려 있다. 하지만 그때 방은 죽은 지 이미 오래 되었으므로 그의 문도로서 사방에 흩어진 자들이 물색되어 다시 기용되었다. 그 결과 방의 계책이 개원·천보시대에 널리 실시되었고, 조서로 방에게 조의대부소부승의 벼슬이 추증되었다.

송나라 신종조 때 왕안석이 국정을 맡으매 여혜경을 끌어들여 정사를 돕게 하고 청묘법(봄에 백문을 대여하면 추수 때 이자 20문을 더해 상환함)을 사용했다. 그 결과 천하가 소란해지고 크게 곤궁하게 되었다. 소식이 청묘법의 폐단을 극론하여 그 법을 배척하려다가 오히려 모함에 빠져 쫓겨나게 되었다. 이런 일이 있은 뒤로는 조정 선비들이 감히 말을 못 하였다. 오직 사마광이 정승으로 들어가 그 법을 폐지하기를 아뢰고 소식을 천거하여 쓰니 방의 무리들이 점점 쇠퇴하여 다시 융성해지지 못했다.

방의 아들 윤은 경박하여 세상에서 비난을 받았다. 뒤에 윤이 수형령(세무 담당 책임자)이 되었으나 장물이 발견되어 죽임을 당하였다.

西河集　卷之五　　　　二十二

右扶出焉既歸暴病渴一夕卒無子族弟清後仕

忠乞賜臣歸田私第則臣知止足之分矣上命左

吾用耶醉迷免冠謝日臣臣受寵不讓恐有斯亡之

于上前醉素有口臭上惡之日卿年老氣港不堪

濟有馬癖臣有錢癖上大笑注意益深嘗入奏對

諭鄙爲上問日卿有何癖對日昔老氣嘗有傳辤王

士疾之如讐上每保護之醉又好敷欲營賢産時

以沈酗廢政醉乃以狎其近臣而不能言故禮法之

夜宴唯與宮人得侍雖近臣不得預自是之後上

賢捷賓養老賜醵祀神祇祭宗廟醉偎主之上嘗

孔方字貫之其先嘗隱首陽山居窟穴中未嘗出

孔方傳

源之言有足信矣

可替否而迷亂王室顛而不扶卒取笑於天下且

之智越於龍賄早中金融之遷立談將恨不能獻

史臣日錢氏之先有功于民以濟白遺子孫其窓

唐官至内供奉于孫復盛於中國焉

為世用始黄帝時稍採取之然性彊硬未其精錬

於世事帝召相工觀之工熟視久日山野之質

사신은 다음과 같이 말하였다.

"남의 신하된 몸으로서 두 마음을 품고 큰 이익만을 좇는 사람을 어찌 충신이라 하겠는가? 방이 때를 만나고 주인을 만나 정신을 모으고 정중한 약속을 맺었고 헤아릴 수 없는 뜻밖의 사랑을 받았다. 당연히 이로운 일을 생기게 하고 해로운 것을 제거하여 은혜를 갚아야 했다. 그러나 오왕 비를 도와 멋대로 권력을 행사하고 사사로운 당을 만들었다. 이런 행동은 '충신은 경계 밖의 사귐이 없어야 한다'는 말에 위배되는 것이다."

방이 죽고 그 무리가 다시 송에서 쓰이자 집정자에게 아부하여 오히려 바른 사람을 모함했었다. 비록 길고 짧은 이치는 저 하늘에 있으나, 만약에 모두 죽였더라면 이같은 뒤탈은 없었을 것이다. 다만 억제하기만 하고 남겨 두어 그 폐단이 후세까지 미치게 했다. 몸을 써서 일하지 않고 말만 앞세우는 사람은 미덥지 못하다. 따라서 이를 걱정하지 않을 수 없다.

임춘 연표

기원전 5세기	임방이 서하지방에서 출생, 공자의 제자, 후에 서하백작에 추증.
후삼국시내	임언이 왕봉규 뭐하에서 진공을 세우고 고리 개국공신 됨.
숙종 9년(1104)	임언(보주 사람)이 별감으로 신기군 등을 훈련, 동북면 전쟁 참여.
11~12세기	임간(보주 사람)이 정2품, 그 아들 셋이 정2-3품으로 활동.
1094~1131	임중간(보주 사람)이 내시로 활동 후 38세에 죽음.
1116~ ?	임종비(보주 사람)가 한림학사로 활동.
1133	임광비(보주 사람)가 출생.
1152	이인로 출생.
1154	임춘(초명 대년)과 이담지 출생.
1160(대년 7세)	대년이 육갑을 외움.
1161(대년 8세)	임광비가 남경에서 상경, 합문지후 임명, 김명식과 뒷마당에서 대련. 김명식이 군관시험에 합격, 군관으로 입영.
1163(대년 10세)	대년을 낳을 때 엄마가 문창성 태몽을 꾸었다고 말함.
1164(대년 11세)	임광비가 한림이 되어 옥당 근무, 대년이 임종비 지도받기 시작.
1165(대년 12세)	대년이 백부 임종비에게서 시와 부를 지도 받음.
1166(대년 13세)	꾀꼬리소리 듣고 시를 지음(아버지가 칭찬, 시 지으면 금낭에 넣기 시작).
1167(의종21년)	임광비가 사간으로 임명됨, 그해 5월 임금이 시를 짓게 함.
1167(대년 14세)	글방에 다니기 시작(미수, 담지가 글방 친구).
1169(대년 16살)	7월 이미수와 이담지를 초청해 시를 지음. 임광비 우부승선으로 승진.
1170(대년 17세)	1월 경축행사 실시, 임광비가 임금 일행을 위해 저녁식사를 준비. 임종비가 한림학사가 되었으나 신병으로 재가 치료중. 대년을 태자 시종으로 추천, 탈락, 재검토 후 발탁.

1170. 8.29.	의종이 화평재에서 밤늦게 까지 연회. 정중부 등이 거사 결정.
1170. 8.30.	이고가 첫 번째 칼로 임광비를 살해, 무신난 발생.
	무신들이 태자궁에 가서 김거실 등 숙직자 전원 몰살.
	대년이 김 군관의 집으로 피신했다가 집으로 돌아옴.
	김 군관은 이의방 휘하였으며, 대년의 집을 돌보아 줌.
	대년은 처음에는 빈둥거리며 방황함.
1170. 9월 중순	이미수가 태자궁 근무자 몰살 소식을 전하고 자기는 중이 되겠다고 함.
	다음날 대년이 꿈을 꾸고 고민한 후 두문불출하고 책읽기로 결심.
1171.	이고와 채원를 죽이고 이의방이 정권의 중심에 섬. 김명식이 낭장 승진.
1172. 봄	대년의 결혼(하음전씨 둘째 딸).
1173.	담지의 방문—승려의 반란과 미수의 입산 계획 알려줌.
	미수가 머리 깎고 입산하다.
1173. 8월	김보당의 난.
1174. 초여름	기지가 변성명하고 강남에 숨기로 하다.
1174 여름	개경을 떠나 양양으로 가다. 「장검행」 시를 쓰다.
	양양에 초가집을 마련하고 책을 읽다.
	쓸쓸하고 외로운 생활.
1174. 겨울	누이동생이 결혼하다. 기지가 첫 아들을 낳다.
	이의방이 정균에게 살해되다.
1175. 여름	황보약수에게 충고하다.
1175. 여름	김명식 낭장이 피살됨. 어머니가 살해됨.
	오세재에게 시를 써 주다.
	늦가을 도가에 관한 글(일제기)을 쓰다.
1176. 이른봄	관제스님에게 조언을 구하다.
	상주에서 기생 일점홍을 만나다.
	보릿고개 때 절에서 양곡을 지원받다.
1176. 겨울	황보약수의 과거 급제

1177. 6월	개령에서 미수와 만나다.
1177. 가을	무작정 말을 달려 여행하다.
1178. 2월	밀주 태수의 초청을 받아서 성주에서 기생 계월을 만남.
1178. 여름	이담지의 과거 급제.
	죽림고회 모임을 발기하다.
1179. 봄	무기력한 생활이 계속되다. 개경으로 돌아가기로 하다.
1179. 가을	왕보약수가 중원 서기로 가다.
	경대승이 정중부를 죽이고 정권을 장악함.
1180. 봄	토지 처분, 개경으로 돌아오다.
	옛집을 방문한 후 조역락의 집에 우선 유숙하다.
	이미수의 장원 급제.
1180. 가을	죽림고회 모임을 시작하다. 공신전을 찾고자 청원하다.
1181. 봄	봄날 봉엄사 죽루에서.
1181. 6월	이천 선사의 암자(족암)에서.
1182. 봄	홍인연이 지은 시를 기지에게 보이며 조언을 구하다.
1182. 5월	과거시험에 응시하기로 하다.
1182. 6월	과거 낙방 및 홍인연의 과거 급제.
1182. 가을	가여운 아내에게 시를 드리다.
1183. 이른봄	최문윤이 토지 제공을 제안하다.
	이담지, 사신으로 가다.
1183. 봄,여름	토지와 재목을 장만하고 집을 짓다.
1183. 8월	담지에게 먹을 달라고 부탁하다.
1183. 추석	초당 완공을 자축하다.
1183. 가을	초당에서 「국순전」을 쓰다.
1184. 봄, 여름	여러 사람들에게 편지를 쓰다.
1184. 10월	임춘, 요절하다. 「공방전」 등 유고 발견.
1185~1219.	이인로가 임춘의 시문을 모아 『서하선생집』을 엮다.
1222.	최우가 『서하집』을 편찬.
14세기	담인이 『서하집』을 구리항아리에 보관.
18세기	인담이 『서하집』을 발견.

임춘과 관련된 인물들

■ 강좌칠현

임춘 林椿 (1154~1184)
본관은 보주(현재의 예천), 초명 대년, 기지로 개명. 어린 시절에 유복한 생활을 하고 문장에 천재적인 소질이 있어 시인인 큰아버지 광비의 지도를 받음. 17살 때 태자시종으로 낙점되어 입궐을 기다리던 중 정중부 등이 난을 일으켜 아버지(광비)가 살해됨. 기지는 김명식 군관의 도움으로 피난했다가 시골로 숨었는데, 어머니는 김명식을 숨겨 주다가 살해됨.
춘은 변성명하고 본관을 서하라 하면서 책을 읽고 시와 문장으로 세월을 보냄. 무신정권 아래 문풍이 쇠하는 것이 안타까워 춘은 죽림고회를 결성하고 토론하는 등으로 문풍을 일으키고자 노력함. 그는 우리나라 최초의 가전체 소설인 「국순전」과 「공방전」을 쓰고 수많은 시, 서, 전, 서간 등을 남긴 후 30세의 젊은 나이에 요절하였음.
가족으로 아버지 임광비, 어머니 나주 오씨, 누이동생 연희가 있고, 처는 하음전씨이고, 아들 충세, 경세, 정세 등이 있음.

오세재 吳世才 (12세기)
자는 덕전, 본관은 고창. 임춘의 모친이 살해된 것을 알려줌. 이때 임춘은 오세재의 재주가 한유와 흡사하다면서 고문을 숭상할 것을 요청한 사실이 있음. 죽림고회 회원임. 1182년 과거 급제했으나 벼슬을 못하고 가난에 시달리다가 외조부 고향인 경주에서 죽음.

이담지 李湛之 (1154 - ?)
이인로, 임춘과 더불어 글방 동기생, 도가의 가문에서 태어남, 병부상서 이윤수의 아들임. 무신난 후 유락객이 되었다가 귀경하여 1178년 과거 급제함. 북조사신을 다녀왔음. 죽림고회의 회원으로 후에는 주벽이 심했음.

이인로 李仁老 (1152~1220)

자는 미수, 호는 쌍명재, 본관은 경원, 가문은 여러 대에 걸친 임금의 외척 집안으로 불교 가정임. 증조부가 금강거사라 불렸으며, 계부와 아우 찬지가 승려였음. 임춘과 같은 글방을 다니던 친구로 정중부난 이후 승려가 됐다가 환속하여 1180년에 장원으로 과거 급제하여 사국과 한림원에 근무함. 죽림고회 회원임. 저서 『파한집』이 있음.

조통 趙通 (12세기)

자는 역락, 본관은 옥과, 죽림고회 회장임. 고려 명종 때 과거에 급제하여 정언이 되고, 지서북면유수사가 되었음. 경·사·백과에 통달하고 너그럽고 공손하였음. 벼슬이 좌간의대부, 국자감, 대사성, 한림학사에 이르렀음.

함순 咸淳 (12~13세기)

자는 자진, 본관은 함양, 공부상서 함유일의 아들로 죽림고회 회원임. 도성 성곽 옆에 띳집을 짓고 살았음. 고려 명종 때 과거 급제했고 익령(양양)에 부임하자 임춘이 송별회에 참석한 후 서를 지었음.

황보항 皇甫沆 (12~13세기)

자는 약수, 본관은 안정(지금의 영주시 안정면), 임춘의 글방 후배로 고문과 시에 능통하였음. 명종 6년(1176)에 과거에 급제, 중원(충주)의 서기로 부임하자 임춘이 시와 서를 지었음. 죽림고회 회원임. 「약장6편」을 저술함.

■ 임춘의 가족과 친척

임방 林放 (기원전 5~6세기)

노나라(249~868 BC) 사람으로 자는 자립이고 당 현종이 서하백작에 추봉했고, 송 고종이 장산후를 가봉하였음. 공자에게 예(禮)의 근본에 대해 물었는데 공자가 훌륭하다고 칭찬하였으며, 오늘날까지 공자의 제자로 문묘에 배향되고 있음.

임언 林彦 (10세기)

신라 말 어지럽던 시대에 왕봉규 장군 휘하에서 많은 전공을 세웠고, 후당 명종이 왕봉규를 회화대장군으로 임명하자 927년에 임언이 사은사로 후당에 다녀오기도 했는데 고려가 삼국을 통일한 후 개국공신(벽상공신)이 되고 한 고을의 태수로 임명되었음.

임언 林彦 (1060~ ?)

숙종 때 여진이 침공하자 부승선이었던 임언이 마군 중심의 군대 재편성을 건의하여 별감으로 임명되어 마군을 조련한 후 신기군과 신보군 등을 창설하였음. 그후 도지병마영할사로 임명되어 군사를 이끌고 동북면에 가서 윤관을 도와 전쟁을 직접 수행하여 여진군을 물리치는 큰 전과를 올렸음. 동북면에 여섯 성을 쌓은 후, 공험진에 비석을 세워 경계를 삼고 윤관의 이름으로 보고서를 임금에게 올렸고 영주성을 쌓은 경위와 대책 등을 써서 성벽에 붙였는데, 그 글들이 명문이었음. 조정에 들어와서는 한림시강학사로 임명되었고, 지공거가 되어 오연총과 더불어 과거시험을 관장했으며 간의대부 및 예부시랑 등을 역임하였음.

임간 林幹 (11~12 세기)

본관은 보주, 임자고(태자대사에 추봉)의 아들로 지추밀원판삼사사, 추밀원사좌복야, 태자소보, 판상서형부사, 판서북면병마사, 문하시랑평장사, 수사공 등 요직을 거친 후 1112년에 문하시랑평장사(정2품)로 치사함. 아들 임경청도 요직을 거치다가 추밀원사판삼사사(정2품)로 치사했고, 아들 임경식과 임경화도 정3품의 벼슬을 하였음.

임종비 林宗庇 (12세기)

임춘의 백부, 본관은 보주, 고려 인종 때 과거 급제, 벼슬이 한림학사에 이르렀음. 시인으로 유명함. 임춘을 지도함.

임광비 林光庇 (1133~1170)

일명 종식, 임춘의 아버지, 본관은 보주, 인종 때 과거에 급제, 사간을 거쳐 좌부승선이 되었는데 무신난 때 이고의 첫번째 칼을 맞아 피살됨.

■ 무신난 이후의 무관

경대승 慶大升 (1154~1183)
고려 중기에 중서시랑평장사를 지낸 경진의 아들로 15세에 음서로 교위에 임명되었다가 파면되었는데, 1179년 허승 등과 모의하여 정중부와 정균 등을 살해하고 도방을 설치, 정권을 장악하였음. 4년 후 비명횡사함.

김명식 金命湜 (? ~1175)
임광비의 수양동생 겸 무예수업의 상대역임. 이의방의 수하에서 군관으로 있던 중 무신난 때 임춘을 피신케 했고, 이고 일당을 척결하는 데 공이 있어 낭장으로 승진하였음. 정중부가 이의방을 제거하자 도망쳐 임춘의 집에 숨어 있다가 발각되어 정중부 부하에게 피살됨.

이고 李高 (? ~1171)
고려 의종 말년(1170) 정중부 등과 함께 무신의 난을 일으켜 정권의 중심에 섰다가 이의방 일파에게 피살됨.

이의방 李義方 (? ~1174)
본관은 전주, 대장군 이용부의 아들로 정중부 등과 함께 1170년 무신난을 일으켰고, 얼마 후 이고 일파를 제거하고 자신의 딸을 명종의 태자비로 삼아 정권의 중심에 섰음. 이에 서북면병마사 조위총이 난을 일으켰는데, 그 난을 막고자 평양으로 갔다가 추위로 패퇴하여 잠시 귀경한 시기에 정중주의 아들 정균에게 피살됨.

정중부 鄭仲夫 (? ~1179)
고려의 무신, 본관은 해주, 천민 출신이었으나 7척의 거인이어서 궁궐호위병인 공학금군에 편입된 후 인종 때 견룡대정으로 발탁되었음. 내시 김돈중(김부식의 아들)이 자신의 수염을 태운 사건 때문에 문관에 대해 악감정을 가졌음. 의종 때 교위 등 여러 직을 거처 상장군이 되었음. 1170년 무신난을 일으켜 정권을 잡고 의종을 폐하고 명종을 즉위시킴. 문하시중이 되었다가 경대승에게 피살됨.

■ 그 밖의 관련 인물

김거실 金居實 (? ~1170)

의종 24년(1170) 소경으로 태자궁의 행궁별감이었는데 임춘을 태자시종으로 발탁하기로 결정함. 며칠 후 무신난이 일어나자 이고 등이 보낸 순검군에게 피살됨.

김군수 金君綏 (12~13세기)

호는 설당, 본관은 경주, 기지가 그의 재주를 사랑하여 시를 써 줌. 무신으로서 후에 좌간의대부에 올랐음. 1218년 거란이 침입하자 서북면병마사가 되어 공을 세웠음. 시문과 묵죽이 뛰어남.

김극기 金克己 (1150~1209)

고려 중기의 문인, 임춘의 시와 글을 읽고 평한 시가 동문선에 실려 있음.

김천 金闡 (12세기)

의종 23년(1169) 내시전중감으로서 연복정에서 연회를 준비한 적이 있음. 이듬해 초 태자시종을 선발했는데, 이때 임춘을 탈락시킴. 명종 2년(1172) 서북면병마사에 임명되고, 같은 해 동지추밀원사로 지공거가 되어 진사 29인을 급제시켰음.

연지 演之 (12세기)

고려 중기 승려, 술승으로 유명함, 후에 최이가 병에 걸려 낫지 않자 관상을 본 적이 있음.

이규보 李奎報 (1168~1241)

본관은 황려, 자는 춘경, 호는 백운거사, 시인으로서 재상을 역임함, 문집으로「동국이상국집」이 전함.

이유의 李惟誼 (12세기)

이자연의 후손으로 고려 명종 때 참지정사를 지낸 이광진의 둘째 아들, 낭중 벼슬을 함.

이윤수 李允脩 (12세기)
경주이씨의 종실로 이담지의 아버지임. 병부상서로 재직 중 명종 5년(1175) 중방의 오해로 거제현령으로 좌천됨. 이중약 좌사의 아들로서 이중약이 도가에 심취하였던 기행에 대해 임춘에게 부탁하여 일제기를 쓰게 함.

이지명 李知命 (? ~1191)
자는 낙수, 본관은 한산(광주), 18세에 과거 급제로 황주 서기가 되어 청렴하고 기민을 잘 돌본 것으로 유명, 충주판관을 거쳐 좌간의대부, 한림학사 승지, 정당문학 등에 이르렀음. 1183년 임춘이 초당 신축을 위해 재목 채취를 도와달라고 부탁하자 쾌히 응하고 도와줌.

일점홍 一點紅 (12세기)
상주의 관기

정소 鄭紹 (12세기)
조역락과 동문수학하던 친구로 고려 명종 때 경북 상주에서 서기로 근무함. 임춘과 사귀고 주연을 베풀어 위로해 주고 곡식을 보내 생계를 지원함.

최문윤 崔文胤 (12세기)
1183년 임춘에게 땅을 나누어 주어 집을 짓게 함.

최영유 崔永濡 (12세기)
이인로의 장인, 고려 명종 때 과거 급제, 지후와 사업 등 벼슬을 함. 중국에 하정사로 갈 때 이인로를 서장관으로 대동한 적이 있음.

홍인연 洪仁演 (12세기)
1182년에 과거에 급제함. 임춘은 이때 낙방하였는데, 홍인연 과거 급제 축하차 시를 지었음.

참고한 책과 논문

『국역 고려사』, 동아대학교출판부, 1977.

김종서 외, 『고려사절요』, 민족문화추진회, 1989.

이승한 저, 『고려 무인의 이야기』, 푸른역사, 2003.

이규보, 『동국이상국집』, 민족문화추진회, 1985.

서거정, 『동문선』, 민족문화추진회, 1989.

최자, 『보한집』, 대양서적, 1973.

임영인, 『서하 임춘 선생 연보』, 서하 임춘선생 숭모사업회, 삼양문화사,
         2008.

임춘 원저, 진성규 역주, 『서하집』, 일지사, 1984.

임춘 원저, 이정훈, 『서하집』, 지식을만드는지식 고전선집, 2008.

장후예위 지음, 최인애 옮김, 『술은 익어가고 도는 깊어지고』, 영림카디널,
         2009.

김시열, 『어느 시인의 삶, 임춘』, 사람책 도서관, 2015.

박유리, 『역주서하집』, 동아대학교출판부, 1985.

이인로, 『파한집』, 성균관대학교 대동문화연구원, 1973.

박영규, 『한권으로 읽는 고려왕조실록』, 들녘, 1996.

『한국사신론』, 일조각, 1983.

林英海, 『比干與林氏』, 河南大學出版社, 1993.

김진영, 「임춘의 현실인식과 문학」, 『한국고전문학산문연구』, 동화출판사,
         1981.

김진영, 「임춘론」, 『한국문학작가론 2』, 형설출판사, 1986.

김창룡, 「임춘 가전의 연구」, 연세대 국학연구소, 1995.

박성규, 「임춘론―그의 고문숭상과 산문성의 한시를 중심으로」, 『한문학논
         집』 12. 단국한문학회, 1994

박유리, 「임춘의 생애와 의식세계」, 부산한문연구 1, 부산한문학회, 1985.

심호택, 「고려중기문학론 연구」, 계명대 한국학연구소, 1991.

엄연석, 「임춘의 유학사상 이해와 출처은현관의 특징」, 영남대 인문과학연구소, 2014.

유명종, 「고려 해동7현의 사상—임춘을 중심으로 하여」, 동아대 석당학술원, 1983.

윤용식, 「서하임춘문학연구」, 단국대 박사학위논문, 1992.

이동철, 「이규보 · 임춘시의 연구」, 형설출판사, 1994.

이동환, 「임춘론」, 『어문론집』 19 · 20합집, 고려대 국어국문학회, 1979.

임병학, 「서하임춘의 철학사상」, 연세대 인문과학연구소, 『인문과학』 94집, 2011.

최기섭, 「서하임춘의 문학고」, 『동악한문학론』 3집, 동악한문학회, 1987.

최은진, 「서하 임춘의 문학연구」, 성신여자대학교 석사학위논문, 1992.